DROEMER

Von Karen Winter ist bereits folgender Titel erschienen:
Wenn du mich tötest

Über die Autorin:
Karen Winter ist eine erfolgreiche Spannungsautorin, die seit vielen Jahren mit ihren Thrillern auch die Leser in Frankreich und den Niederlanden begeistert. Sie lebt in Hamburg. Zusammen mit ihrem Mann bereist sie, beruflich wie privat, die Welt. Ihre abenteuerlichen Reisen sind die perfekte Inspirationsquelle für ihre abgründigen psychologischen Romane und äußerst brisanten Thriller.

KAREN WINTER

WAS IN HELLER NACHT GESCHAH

PSYCHOTHRILLER

DROEMER

Besuchen Sie uns im Internet:
www.droemer.de

FSC
www.fsc.org
MIX
Papier aus verantwortungsvollen Quellen
FSC® C083411

Originalausgabe Februar 2018
Droemer Taschenbuch

Redaktion: Alexandra Löhr
Covergestaltung: Franzi Bucher, München
Coverabbildung: Shutterstock.com / Chris Tefme;
Shutterstock.com / Yongyut Kumsri
Satz: Adobe InDesign im Verlag
Druck und Bindung: CPI books GmbH, Leck
ISBN 978-3-426-30585-0

2 4 5 3 1

PROLOG

September 2007, nördliche Nordsee

RUNE KRISTENSEN SCHRECKTE aus einem unruhigen Schlaf auf. Obwohl er schon seit fast zwei Wochen auf der Bohrinsel arbeitete und in zwei Tagen turnusmäßig aufs Festland zurückkehren würde, hatte er sich diesmal nicht an den Rhythmus des Schichtbetriebs gewöhnen können. Vielleicht lag es daran, dass Vertreter des Vorstandes mit an Bord waren, angeblich um sich mit den Routinen auf der Bohrinsel vertraut zu machen. Tatsächlich hatte Rune in einem vertraulichen Gespräch erfahren, dass es vorrangig um Kostensenkungen ging. Das bereitete ihm Sorgen. Da das ohnehin schon knappe Personal nicht weiter reduziert und die Löhne nicht gesenkt werden konnten, würde es darauf hinauslaufen, die Arbeitsabläufe zu verkürzen und Sicherheitsbestimmungen aufzuweichen.

Er schlug die Bettdecke zurück, schwang sich aus seiner schmalen Koje und fuhr sich müde mit den Fingern durch das dichte dunkelblonde Haar und über das von einem kurzen Bart bedeckte Kinn. Er warf einen Blick in den Spiegel, der neben dem Schreibtisch in seiner Kammer hing. Die Last der Verantwortung für die neuen, tieferen Bohrungen in den vergangenen Wochen war nicht spurlos an ihm vorübergegangen. An diesem Morgen sah er deutlich älter aus als fünfundvierzig und so fühlte er sich auch. Er brauchte dringend eine Pause und freute sich schon auf die vier freien Wochen, die vor ihm lagen. Obwohl es ihm jedes Mal schwerfiel, die Aufgabe – wenn auch nur vorübergehend – in andere Hände zu geben. Als leitender Ingenieur hatte er das Projekt über die letzten sechs Monate intensiv begleitet und jede neue Bohrung bis ins Detail vorbereitet.

Ein entferntes Rumpeln riss ihn aus seinen Gedanken, und

er verharrte intuitiv in seiner Bewegung. Lauschte. Das Geräusch hatte geklungen wie der Donner eines sich nähernden Gewitters, aber es war kein Unwetter angesagt worden. Er fuhr seinen Laptop hoch, um den Wetterbericht anzusehen, als es erneut krachte. Näher diesmal. Heftiger. Die ganze Bohrinsel schien sich zu bewegen. Rune erstarrte. Das war kein Gewitter! Im selben Augenblick brach der Alarm los.

Rune griff zum Telefon.

»Was ist los?«, fragte er, sobald die Verbindung zur Brücke stand.

»Die letzte Bohrung … wir kriegen den Gasaustritt nicht unter Kontrolle …«

»Ich bin sofort bei euch!«

Hastig zog er sich an, riss seine Kabinentür auf und eilte an den aufgeschreckten Arbeitern vorbei durch hell erleuchtete Gänge und Treppen hinauf zur Brücke, doch noch bevor er das nächste Level erreichte, erschütterte eine weitere Explosion die Plattform. Rune wurde gegen die Wand geschleudert. Über ihm brach eine Leitung auf. Dampf schoss heraus. Er konnte sich gerade noch wegrollen. Aus einem Quergang hörte er Schmerzensschreie, Hilferufe. Teile der Deckenverkleidung waren herausgebrochen, Kabel hingen lose herunter, und ein junger Mann lag eingeklemmt darunter. Rune lief zu ihm. Es gelang ihm, eines der Teile so weit anzuheben, dass der Mann sich befreien konnte. Es war der junge Assistent eines der Vorstandsmitglieder an Bord: Olav Holm. Sie hatten am Vortag erst miteinander zu tun gehabt.

»Was ist passiert?«, wollte der junge Mann aufgeregt wissen. »Wie kann …?«

»Sehen Sie zu, dass Sie rauskommen!«, befahl Rune anstatt einer Antwort. »Wissen Sie, wo der nächste Sammelpunkt ist?«

Olav Holm nickte nervös. Er war schreckensbleich, schien aber nicht weiter verletzt zu sein. Rune ließ ihn stehen und eilte weiter die Treppen zum nächsten Level hinauf. Hier gab es Fenster. Als er hinaus in die Nacht blickte, stockte ihm vor Entsetzen der Atem. Der Ostturm der Bohrinsel brannte lichterloh!

Auf der Brücke angelangt erfuhr er, dass sich das Feuer innerhalb kürzester Zeit aufgrund eines Defektes durch die Lüftungsschächte hatte ausbreiten können. Normalerweise schlossen die Schächte in einem solchen Fall automatisch.

»Sind noch Arbeiter im Ostturm?«

»Wissen wir nicht. Die First-Responder sind schon drüben, aber wir brauchen ein Spezialteam …«

In diesem Moment kam die Meldung, dass der betroffene Turm nicht mehr zu retten war. »Wir kriegen keinen Zugang. Die Hitze ist zu groß!«

»Sind da noch Menschen drin?«, brüllte Rune seine Frage in das Mikrofon.

»Wissen wir nicht, und selbst wenn, wir können da nicht rein!«

»Ich will sofort das Spezialteam und ich geh selbst mit«, wandte Rune sich an den Leiter des Brandschutzes, der direkt neben ihm stand.

Bevor dieser widersprechen konnte, gab es eine neue Schreckensmeldung. »Wir können das Bohrloch nicht mehr sichern. Das fliegt uns alles gleich um die Ohren!«

Durch die Fenster der Brücke sah Rune auf die von Schlamm und Öl verdreckten Männer draußen an dem Gestänge, die verzweifelt versuchten, die Ursache der ganzen Katastrophe einzudämmen. Aber ein Blick auf die seismischen Geräte zeigte, dass sie den Kampf nicht gewinnen würden.

»Wir haben zu schnell, zu tief und vor allem ohne genügende Sicherung gebohrt«, bemerkte Rune bitter. »Nun bekommen wir die Quittung. Wir können nicht einfangen, was von unten hochgeschossen kommt. Holt die Männer da weg. Wir müssen hier alle raus, bevor die ganze Insel hochgeht.«

»Wir können die Plattform nicht einfach aufgeben«, ertönte eine Stimme aus dem Hintergrund. »Die Kosten ...«

Rune wandte sich zornig um. »Scheiß auf die Kosten! Es geht hier um Menschenleben! Wir werden evakuieren.« Er trat ganz dicht an den Vertreter des Konzernvorstandes heran. »Sie können ja gern hierbleiben.«

Der Mann ließ sich nicht so leicht beirren. »Sie werden das zu verantworten haben.«

»Ich habe den ganzen Dreck hier zu verantworten!«, entfuhr es Rune. »Ich habe diese verdammte Bohrung genehmigt!«

Zu diesem Zeitpunkt wusste er noch nicht, wie groß die Verantwortung, die auf seinen Schultern lastete, tatsächlich war, wie viele Verletzte und Tote sie innerhalb der nächsten Stunden beklagen würden, Menschen, von denen er die meisten persönlich kannte, Menschen, mit denen er gerade noch gesprochen hatte, wie der junge Olav Holm, der auf dem Weg zum Sammelpunkt sein Leben ließ.

»Thore, wie viele Versorgungsschiffe sind in der Nähe, um die Evakuierten aufzunehmen? Anna, sind die Rettungsinseln noch einsetzbar? Und wer ist für die Hubschrauber verantwortlich? Wo können wir welche abrufen?«, feuerte Rune eine Salve nach der anderen an Fragen und Anweisungen an seine Mitarbeiter auf der Brücke ab, und seine Übersicht und Geistesgegenwart rettete vielen Menschen an diesem Morgen das Leben.

Doch die Bilder des Grauens würden immer in seiner Erinnerung verhaftet bleiben. So wie der Anblick des in sich zusammenbrechenden Ostturms, dessen Teile ins Meer stürzten und verschwanden, und mit ihnen all diejenigen, die sich nicht rechtzeitig hatten retten können oder lebenden Fackeln gleich in die Tiefe gesprungen waren, in der Hoffnung, dass das Meer sie erlösen würde. Bilder, mächtig genug, sein Leben aus den Fugen zu reißen.

MONTAG

Juli 2017, Lofoten

»Das Lofotengebirge beginnt sich blau zu färben. Ich weiß nicht, was schöner ist – entweder, wenn du es in der Ferne liegen siehst wie eine einzige tiefblaue Mauer mit tausend Türmen darauf … oder wenn du dich ihm näherst und siehst, wie die Mauer sich öffnet, wie jeder Gipfel ein eigener Berg wird, einer wilder als der andere … «

JUDITH WAGNERS ATEM ging schneller, als die Inselgruppe aus dem Dunst auftauchte, die der norwegische Dichter Bjørnstjerne Bjørnson schon vor mehr als einhundert Jahren so treffend beschrieben hatte, dass ihr seine Worte jetzt unwillkürlich in den Ohren klangen. Obwohl es erst sechs Uhr dreißig war, stand die Sonne schon hoch am Himmel und warf ihr Licht über eine Nebelbank, die wie glitzerndes Eis vor den Inseln über dem Wasser des Westfjords lag, und der Wind, der auch im Sommer stets einen Hauch von Polarluft mitbrachte, blies ihr das Haar aus dem Gesicht und ließ ihre Augen tränen. Judiths Finger umklammerten das kalte Metall der Reling. War es wirklich nur der Wind, der ihr die Tränen in die Augen trieb? Sie kämpfte gegen die Angst, die sie plötzlich ergriff. Warum war sie zurückgekehrt? Das Stampfen der schweren Schiffsmotoren vibrierte durch ihren ganzen Körper.

Ein Mann streifte sie im Vorbeigehen, er war groß, kantig, nordisch attraktiv. Sie spürte seinen Blick auf sich, versuchte, ihn zu ignorieren.

Sie verharrte an Deck, obwohl ihre Finger bald erstarrten und der Wind ihr den letzten Funken Wärme aus dem Körper blies. Erst als die Fähre die Nebelbank erreichte und sich das strahlende Weiß in feuchten grauen Schwaden verlor, eilte sie fröstelnd zurück in die Passagierkabine, wo sie ihren Platz an einem der großen Panoramafenster einnahm. Ein paar Tische weiter saß ein junges Pärchen beim Frühstück, dahinter schnarchte leise ein Trucker auf einer Bank. Auf der anderen Seite las eine ältere Frau zurückgelehnt in ihrem Sessel. Ansonsten war das Deck verlassen.

Als sie wieder hinausblickte, hatten die tief hängenden Wolken die Fähre völlig eingehüllt. Auf den Scheiben kondensierten sie zu vielen kleinen Tropfen, die in Rinnsalen eilig am Glas hinabglitten. Von einem Moment auf den anderen schienen sie allein auf dem Meer zu sein, verloren in Raum und Zeit, vom Festland ebenso abgeschnitten wie von ihrem Ziel. Es war eine Leere, die sich beinahe so anfühlte wie ihr Leben in den vergangenen Monaten.

Bevor sie beschlossen hatte, es hinter sich zu lassen.

Sie dachte an ihre Wohnung in Frankfurt, daran, wie die Sonne an einem Sommermorgen wie diesem durch die mächtige Platane im Hinterhof schien und ihr Schlafzimmer in grüngoldenes Licht tauchte, und sie meinte das Knarren der Dielen zu hören, wenn Madame Bovary von ihrem Schreibtischstuhl heruntersprang, um ihre Morgenmahlzeit bei ihr einzufordern.

Wie es ihr jetzt wohl ging? Strich sie um Jennys Beine, den Schwanz tänzelnd wie eine Schlange, den Kopf hoch erhoben, den Rücken gekrümmt? Judith verspürte einen Schmerz bei dem Gedanken an sie, der sie an das Heimweh ihrer Kindheit erinnerte, an diese unerträgliche Einsamkeit in einer fremden Umgebung. Sie hatte das einzige Wesen, das noch zu ihr gehörte, zurückgelassen. Abgeschoben.

›Sie wird es gut haben‹, hatte Jenny beteuert. ›Sie hat den ganzen Weinberg für sich.‹

Judith stellte sich vor, wie Madame Bovary an einem geschützten Platz zusammengerollt lag, Reste von dunkler Erde in ihrem Fell, ihre Krallen frisch gewetzt am Holz eines alten Weinstocks. Natürlich würde sie es gut haben. Besser als in einer Sachsenhausener Altbauwohnung. Aber das war es nicht. Vermisste Madame Bovary sie? War Judith Teil ihrer Katzenträume, oder hatte das Tier sie bereits vergessen, weil sie wie alle ihre Artgenossen nur in der Gegenwart zu Hause war und die Not des Überlebens sie zu Opportunisten machte?

Judith schüttelte den Gedanken ab. Es war sinnlos, sich mit Fragen zu quälen, auf die sie keine Antwort erhalten würde. Zumal die Sehnsucht nach ihrer Katze vermutlich nur Ausdruck ihrer aufkommenden Zweifel war. Aber dafür war es zu spät. Nach fast einwöchiger Reise war sie am Ziel, das just in diesem Moment wieder vor ihr auftauchte, denn das Schiff ließ die Nebelwand hinter sich, die Sonne kam durch und in das Blau des Himmels wuchsen zum Greifen nahe die scharfkantigen Gipfel des Lofotengebirges. Rote und gelbe Holzhäuser lagen wie bunte Bauklötze am Fuß der steilen Hänge, davor Fischerboote in spiegelglattem Wasser – ein erhabener und zugleich friedvoller Anblick.

Die Fähre drosselte ihre Fahrt, dann hatte sie auch schon die Mole umrundet und öffnete ihren Bug. Die Fischerboote begannen auf den Wellen zu tanzen, und das Knarren und Scheppern von Metall und Holz durchbrach die morgendliche Stille. Nervös stieg Judith die Stufen hinunter zum Autodeck.

Keine zehn Minuten später parkte sie ihren Golf an der Ausfahrt des kleinen Hafens. Sie trat an die Pier, atmete den Geruch von Seetang und Vogelkot ein und beobachtete, wie die Fähre wieder ablegte und ihr großes Maul sich langsam schloss. Die anderen Passagiere waren längst fort, das Geräusch ihrer

Fahrzeuge verklungen. Zwei große silbergraue Möwen landeten unweit von ihr und stritten über etwas, das auf den Steinen lag.

Die Szene war ihr seltsam vertraut. Kein Wunder, genauso hatte sie sie in ihrem Roman beschrieben. *Die Ankunft auf den Inseln.* Selbst der Lichteinfall war derselbe. Langsam wandte sie sich um, ihr Blick fiel auf die Tür einer alten Fischerhütte, deren Holz grau verwittert war. Gleich würde sie sich öffnen. Judith hielt den Atem an. Reglos starrte sie auf die Hütte.

Nichts geschah.

Natürlich nicht.

Judith atmete erleichtert aus, und eine Welle der Scham überwältigte sie. Sie stand noch immer wie festgewachsen auf der Pier, ihr Körper gehalten von einer unnatürlichen Spannung. Sie musste sich zwingen, sich abzuwenden, den Blick auf ihren Wagen zu richten, einen Schritt zu gehen. Über das Wasser hallte das Klappern des sich schließenden Bugs der Fähre, das Kreischen neu ankommender Möwen. Ein weiteres Geräusch mischte sich darunter.

Judith legte schützend die Hände über ihre Ohren, als könne sie so ihre Wahrnehmung manipulieren, aber vergeblich. Auch wenn ihr Gehör so eingeschränkt war, signalisierten ihre Augen ihr eine Bewegung am Rand ihres Gesichtsfeldes, und ihr Gehirn brachte gegen ihren Willen das Gehörte und Gesehene zusammen. Ihr brach der Schweiß aus. Das Geräusch, das sie nicht hatte vernehmen wollen, war das hohe Quietschen einer nicht geölten Türangel gewesen. Entsetzt starrte Judith auf die verwitterte Fischerhütte.

WENN KNUT KRISTENSEN nicht mit Touristen sprechen wollte, gab er einfach vor, sie nicht zu verstehen. Wenn überhaupt, antwortete er auf ihre Fragen in dem selbst für Norweger schwer zu verstehenden Dialekt der Lofoten, und in achtundneunzig Prozent der Fälle verfehlte diese Taktik ihre Wirkung nicht. Sicher spielte auch sein Alter eine Rolle in dieser Komödie. Nach siebeneinhalb Jahrzehnten sah Knut älter aus, als er tatsächlich war, verwittert wie ein Stück Treibholz, und nur wer ihm länger in die Augen schaute, erkannte, dass er nicht der schlichte Fischer war, für den er sich ausgab. Aber die wenigsten Touristen wagten das. Und das war gut so. Es verschaffte Knut die gewünschte Freiheit.

›Du erinnerst mich an Yoda‹, hatte Rune vor nicht langer Zeit zu ihm gesagt, nachdem er Zeuge einer solchen Begegnung geworden war.

›Yoda? Wer ist Yoda?‹

›Ein Filmheld aus meiner Jugend.‹ Rune hatte ihm auf seinem Handy eine kurze Videosequenz gezeigt von einem verhutzelten Wesen mit breitem grünem Kopf und viel zu großen Ohren, das sich, gestützt auf einen Stock, ungelenk vorwärtsbewegte.

›Das ist ja wohl lächerlich‹, hatte Knut empört abgewehrt.

›Lächerlichkeit ist der erste Eindruck, den er vermittelt, da gebe ich dir recht, aber de facto weiß er seine Gefährlichkeit genauso geschickt zu verbergen wie du.‹

Gegen seinen Willen war Knut geschmeichelt gewesen. ›Du hältst mich also für gefährlich?‹

Anstatt einer Antwort hatte Rune nur gelacht und dabei seiner Mutter so ähnlich gesehen, dass es Knut einen Stich versetzt hatte. Seine Schwester wäre in diesem Jahr achtzig geworden, und er vermisste sie schmerzlich.

Das war das Unangenehme am Alter. Menschen, die einen ein Leben lang begleitet hatten, starben und hinterließen eine Lücke, die von der nachwachsenden Jugend nur unzureichend geschlossen wurde. Natürlich stand Rune ihm nah, beinahe wie ein Sohn, aber es trennte sie eine ganze Generation, Rune war zwanzig Jahre jünger als er, ein Mann in der Blüte seines Lebens. Knut erinnerte ihn gern daran, wenn er ihn wieder einmal dabei ertappte, wie er abends allein mit einem Bier in seiner kräftigen Hand auf der Veranda seines Hauses saß und sein Blick über die halbmondförmige Bucht von Fredvang schweifte.

›Du vergeudest deine Zeit, Junge‹, pflegte er dann häufig zu sagen.

›So wie du, nehme ich an‹, war in der Regel die knappe Antwort.

Am Klang von Runes Stimme konnte Knut sofort erkennen, wie viel sein Neffe getrunken hatte. Meistens war es zu viel, dann zog Knut sich diskret zurück. Aber seine Intervention war auch an guten Tagen fraglich. Das wusste er wohl. Wer war er, Rune Ratschläge geben zu wollen? Ausgerechnet er, der sich ein Leben lang gegen Konventionen gewehrt hatte. Wenn er nur daran dachte, wie oft seine Schwester versucht hatte, ihn zu verheiraten. Glücklicherweise hatte es kaum Frauen vom Festland gegeben, die sich ein Leben auf den Inseln vorstellen konnten. Und die, die von den Inseln stammten, kannten Knut zu gut oder hatten zu viel über ihn gehört, um sich auf ihn einzulassen.

Doch die Zeiten hatten sich geändert. Die Lofoten waren zum Sehnsuchtsort unzähliger Menschen geworden. Die Besucher kamen in einem nicht abreißenden Strom, einer Prozession von Gläubigen gleich, sogar im Winter. Knut verdiente gut daran, und seit Rune auf die Inseln zurückgekehrt war, versuchte er, seinen Neffen in seine Geschäfte einzubinden, aber bislang ohne Erfolg.

Knut blickte aus dem Küchenfenster, über die Wiesen, die sich bis zum Wasser erstreckten. Über drei Generationen hatten die Kristensens mehr als einhundert Hektar des wenigen Landes auf Moskenesøya und Flagstadøya in ihren Besitz gebracht, das sich bewirtschaften ließ, das meiste davon war mittlerweile verpachtet und vielleicht schon bald verkauft, weil es niemanden gab, der es übernehmen würde. Weil Knut der Letzte der alten Garde war, und Rune der Einzige, der hätte nachfolgen können.

Müßige Gedanken, mahnte Knut sich und stemmte sich aus dem Küchenstuhl hoch. Das Aufstehen fiel ihm schwer an diesem Morgen, und er fragte sich, warum er sein Alter mehr als sonst spürte, jeder einzelne Knochen, jedes Gelenk schien sich gegen die Bewegung zu wehren. Lag es am Wetter? Der Nebel hing tief über der Bucht von Fredvang, und er meinte, schon die feuchte Kälte zu spüren, die ihn erwartete, wenn er das Haus verließ. Er schob die Gardine zur Seite. Zwölf Grad zeigte das Außenthermometer am Fenster. Hochsommer auf den Lofoten. Vielleicht sollte er einfach sitzen bleiben und in der Küche einheizen.

»Komm schon«, motivierte er sich selbst. »Gleich wird es besser. Du musst nur erst in Bewegung kommen.«

»Führst du inzwischen Selbstgespräche?«

Knut sah zur Tür. Rune musste den Kopf einziehen, um nicht gegen den Türrahmen zu stoßen. Knut hatte ihn nicht hereinkommen hören. Aber das wollte nichts heißen, auch sein Gehör funktionierte in letzter Zeit nicht immer zuverlässig.

»Dahin kommst du auch noch, wenn du so weitermachst«, raunzte er. »Was willst du überhaupt hier?«

»Ich wollte sehen, wie es dir geht. Ich fahre gleich raus für ein paar Tage …«

Knut zog eine Augenbraue hoch. »Hast du dir das gut überlegt? Es soll Sturm geben.«

»Wird schon nicht so schlimm werden.«

»Na, du musst es wissen.« Knut rieb sich die Arme, machte einen unsicheren Schritt.

Rune beobachtete ihn mit gerunzelter Stirn. »Warum bleibst du nicht drin, wenn es dir nicht gut geht?«

»Ich habe zu tun«, knurrte Knut. Die Besorgnis in Runes Stimme gefiel ihm nicht.

»Es wird schon nicht so dringend sein«, erwiderte Rune.

»Es ist Hochsaison«, hielt Knut dagegen. »Wenn ich auf dem Campingplatz nicht nach dem Rechten sehe, geht alles drunter und drüber, und außerdem reist heute die Frau an, der ich die Wohnung in Gretas Haus vermietet habe.« Knut warf einen Blick auf die Uhr neben dem Herd. »Die Fähre war schon da. Ich frag mich, warum die Deutsche noch nicht hier aufgekreuzt ist?«

»Vielleicht hat sie sich verfahren.«

Knut schnaubte. »In Fredvang gibt es nur zwei Straßen. Wer sich hier verfährt, ist nicht lebenstauglich.«

»Na, das wirst du sicher herausfinden«, bemerkte Rune abschließend. »Wir sehen uns spätestens Freitag.« Das helle Blau seiner Augen leuchtete in seinem bärtigen Gesicht, als er seinem Onkel zum Abschied zuzwinkerte.

»Pass auf dich auf«, murmelte dieser. Es bereitete ihm Sorge, dass Rune niemanden hatte, der auf ihn wartete, zu dem er zurückkehren konnte. Das ließ ihn im Zweifelsfalle waghalsiger agieren als nötig. Und wofür? Für ein paar verdammte Fische mehr. Dafür musste er draußen auf dem Meer nicht sein Leben riskieren.

Wenn du schon nicht dein Erbe annehmen willst, solltest du, verdammt noch mal, zurück auf deine Bohrinseln, lag es Knut deshalb nicht das erste Mal auf der Zunge. Doch er schwieg, obwohl er wusste, dass sie unten in Stavanger, der Ölhauptstadt des Landes, ständig Männer mit Runes Erfahrung suchten.

Rune hatte mit diesem Kapitel seines Lebens abgeschlossen. Sagte er. Stattdessen lebte er von der Hand in den Mund von dem bisschen Geld, das ihm die Fischerei einbrachte. Mit gesenktem Kopf hörte Knut, wie die Haustür ins Schloss fiel, gleich darauf blickte er dem weißen Pick-up seines Neffen nach, bis er ihn nicht mehr sehen konnte, humpelte schließlich in den Flur und zog seine Jacke an. Sein alter Landrover war an diesem Morgen genauso widerspenstig wie sein Körper, aber schließlich sprang der Wagen an, jedoch nicht, ohne eine große blaue Rauchwolke auszustoßen. Langsam fuhr Knut ans südliche Ende der Bucht. Der schmale Landstrich zwischen dem Meer und den steil ansteigenden Hängen war hier gerade breit genug für die enge Straße und das kleine, von einem verwitterten Zaun umschlossene Grundstück mit dem alten zweistöckigen weißen Holzhaus. Zwei Apfelbäume und eine Kiefer trotzten dem Wind und der Salzluft, im hohen Gras darunter blühten hellblaue Schlüsselblumen und farbenprächtige Lupinen. Orangegelbe Kapuzinerkresse rankte an dem verwitterten Holzzaun. Zwischen Haus und Schuppen lag ein Stapel Treibholz. Knut runzelte die Stirn, während er den Wagen am Straßenrand parkte. Es wäre gut gewesen, noch einmal zu mähen. Ein bisschen aufzuräumen.

Die Tür des Schuppens flog auf. Ein Wesen stolperte hustend heraus, ein staubiger, blauer Arbeitsoverall schlotterte um den dünnen Körper, das Haar war unter einem schmutzigen roten Kopftuch versteckt, das Gesicht verborgen unter Atemmaske und Schutzbrille.

Knut suchte unwillkürlich Deckung in der Erwartung, dass der Schuppen gleich in die Luft fliegen würde, aber nichts dergleichen geschah. Greta Amundsen riss sich lediglich keuchend Brille und Maske vom Gesicht, befreite ihr zerzaustes, blondes krauses Haar von dem Kopftuch und stöhnte: »Oh, mein Gott!«

Dann erst nahm sie Knut wahr, und ein flüchtiges Lächeln huschte über ihr hageres Gesicht. »Knut! Guten Morgen!«, rief sie. »Schon gefrühstückt?«

Er stieg die wenigen Stufen zur Gartenpforte hinauf. Beim Näherkommen bemerkte er die Schmutz- und Staubspuren in Gretas Gesicht, die die Konturen der eben abgesetzten Brille und Maske auf ihrer Haut nachzeichneten.

»Was zum Teufel machst du schon wieder?«, fragte er.

Sie lächelte noch immer. »Ich probiere etwas aus.«

»Willst du es mir zeigen?«

Sie schüttelte den Kopf. »Morgen vielleicht.«

Er folgte ihr ins Haus. Sein Elternhaus. Als Greta damals eingezogen war, hatte sie die Räume möbliert übernommen, sie hatte nicht lange bleiben wollen. Nur ein paar Wochen. Inzwischen jährte sich ihr Einzugstermin zum zehnten Mal, und das alte Mobiliar hatte sie nach und nach durch eigenes ersetzt. Nur das Buffet in der Küche stand noch dort, wo es schon immer gestanden hatte, so lange Knut denken konnte. Jedes Mal, wenn er Gretas Küche betrat, liebkosten seine Finger das abgegriffene, glänzende Kiefernholz, und jedes Mal fragte er sich, was wohl passierte, wenn es verrückt und herausgeschafft würde. Würde das Haus seine Seele verlieren? Hatte es vielleicht deshalb niemand bislang gewagt? Als er sah, dass Greta ihn beobachtete, zog er hastig seine Hand zurück.

»Heute kommt die Deutsche«, sagte er schnell. »Werdet ihr euch vertragen?«

Greta schälte sich aus dem Overall, darunter trug sie ein altes T-Shirt, unter dem sich ihre knochigen Schultern abzeichneten, und eine Jeans, die ebenso um sie schlotterte wie ihr Arbeitsanzug.

»Warum sollten wir uns nicht vertragen?«, fragte sie leichthin, während sie sich mit einem Handtuch Gesicht und Hände reinigte. »Es ist ja nicht das erste Mal, dass du mir hier jemanden einquartierst.«

»Deshalb frage ich. Das letzte Mal hat es nicht so gut geklappt.«

Greta schenkte ihm einen langen Blick aus ihren unergründlichen grünen Augen. »Das war auch ein Mann. Das konnte nicht gut gehen.«

»Ihr habt euch nur die Küche geteilt.«

»Genau.« Greta klopfte ihm im Vorbeigehen vielsagend auf die Schulter. »Willst du einen Kaffee?«

Knut zögerte. Zuviel Kaffee schadete seinem Herzen, aber was war die Alternative? Greta hatte meistens nur Wasser da oder Tee, und Knut verabscheute beides. »Brüh ihn nicht so stark«, bat er.

Greta nickte. »Wann kommt die Deutsche?«

Knut warf einen Blick auf seine Uhr. »Die Fähre hat vor einer Stunde in Moskenes angelegt. Eigentlich sollte sie längst da sein.«

»Vielleicht kauft sie noch etwas ein.«

»Hm«, brummte Knut nur. Daran hatte er noch gar nicht gedacht.

Greta stellte einen halb vollen Becher Kaffee vor ihn auf den Küchentisch, den sie mit heißem Wasser auffüllte.

»Was macht Rune?«, fragte sie, als sie sich ihm gegenüber

mit einem dick belegten Käsebrot in der Hand setzte. »Willst du auch was essen?«

Knut reagierte nicht sofort. Es überraschte ihn, dass Greta sich nach Rune erkundigte, und er fragte sich, welchen Grund sie dafür haben mochte.

»Rune fährt heute raus«, antwortete er schließlich, »und ja, ein Brot wäre gut.«

»Käse?«

Er nickte, und sie reichte ihm die Scheibe, die sie in der Hand hielt, dabei betrachtete sie ihn mit leicht zusammengekniffenen Augen. Sie war etwas kurzsichtig. »Du sorgst dich um ihn«, stellte sie fest.

»Ich mache mir immer Sorgen, wenn er allein rausfährt«, entgegnete er knapp. Deswegen hatte sie also gefragt. Er biss von dem Brot ab. Es schmeckte anders in Gesellschaft.

»Hat er nicht vor Kurzem erst gesagt, dass er sich nach einem zweiten Mann umsehen will?«

Knut zuckte mit den Schultern. »Mag sein.«

Greta merkte, dass er nicht über seinen Neffen sprechen wollte, und wechselte das Thema und erzählte von ihrer nächsten Ausstellung, an der sie gerade arbeitete. Er hörte ihr nicht wirklich zu, ihm gefielen ihre Bilder und Skulpturen nicht, aber er wusste, sie verkauften sich gut, zumindest bei den Touristen. Er wurde die Beklemmung nicht los, die er verspürte, seit Rune abgefahren war. Dieses nicht greifbare Gefühl eines drohenden Unheils. Vielleicht hatte es gar nichts mit seinem Neffen zu tun und bezog sich auf etwas anderes. Vielleicht wurde er auch einfach nur alt und senil.

»Hei, kan du høre meg?«

Judith schlug die Augen auf und blinzelte, um im grellen Sonnenlicht die Gesichter zu erkennen, die sich über sie beugten.

»Hun er våken!«

»Was, wo bin ich … «, flüsterte sie noch immer benommen.

Sofort verfielen die Menschen um sie herum ins Englische. »Wie geht es dir? Weißt du, was passiert ist?«

Judith schüttelte unsicher den Kopf. »Nein, ich …«

Ich kann mich an nichts erinnern, wollte sie sagen, aber in diesem Moment überfiel sie die Erinnerung. Ihr Blick suchte die Fischerhütte. Die Tür.

Sie war geschlossen.

Schon wieder hatte sie sich überwältigen lassen von ihrer eigenen überbordenden Fantasie. So wie es in den vergangenen Wochen immer wieder geschehen war. Judith bekämpfte einen erneuten Anfall von Schwindel. Ihr letzter Roman schien sie regelrecht zu verfolgen, als ob die Geschichte von ihr Besitz ergriffen hätte und sie in einen willenlosen Charakter in ihrer Handlung verwandelt hätte. Sie hätte dieses Buch nie schreiben dürfen, das sie so weit herausgelockt hatte aus ihrer kleinen geschützten Welt.

Eine Frau streckte ihr eine Hand entgegen. »Komm, lass dir aufhelfen.«

Sobald sie stand, strich sie sich unsicher eine Haarsträhne aus dem Gesicht und zwang sich zu einem Lächeln.

»Alles in Ordnung?«, fragte die Frau, die wie ihre beiden Begleiter nicht älter als Mitte dreißig war und praktische Trekkingkleidung trug. »Brauchst du einen Arzt?«

»Nein, alles okay, danke«, versicherte Judith peinlich berührt. »Mir war nur ein wenig schwindelig ... vermutlich ein Schwächeanfall ... ich habe eine lange Reise hinter mir ...«

Die Frau nickte verständnisvoll. »Natürlich. Wir haben uns nur sehr erschrocken, als wir dich hier auf der Pier haben liegen sehen.«

»Macht euch keine Sorgen. Ich komme zurecht.« Judith tastete nervös nach ihrem Autoschlüssel in ihrer Jackentasche. Am liebsten wäre sie einfach zu ihrem Wagen gelaufen, sie wollte sich nicht gegenüber wildfremden Menschen erklären. »Vielen Dank für eure Hilfe«, sagte sie daher lediglich und zog zum Zeichen ihres Aufbruchs den Autoschlüssel aus der Jackentasche.

»Keine Ursache, alles Gute.« Die Norweger warteten, bis sie in ihren Wagen gestiegen war, und winkten, als sie losfuhr. Sie wünschte sich, diese Leute nie wiedersehen zu müssen.

Wie ferngesteuert fuhr sie Richtung Norden, ohne das Panorama aus Bergen, Fjorden, Brücken und dem Meer, das sich wie gemalt unter dem blauen Himmel ausbreitete, auch nur eines Blickes zu würdigen. Als die E10, die einzige Fernstraße auf den Lofoten, schließlich ins Landesinnere abbog, und sie das südliche Küstengebirge hinter sich ließ, blieb auch die Sonne zurück. Wie Wasser glitten die Wolken über die Gipfel und tauchten die baumlose Weite, die sich vor ihr erstreckte, in feuchtkalten Nebel.

Ungehalten wischte sie sich eine Träne aus dem Gesicht, der Kloß in ihrem Hals wurde bei dem trostlosen Anblick immer größer. Aber es war zu spät. Ihre ganze Anspannung entlud sich, und sie konnte gerade noch eine unbefestigte Parkbucht am Straßenrand ansteuern, bevor der Heulkrampf sie übermannte.

Sie ließ es zu und weinte ihren Frust heraus mit der wachsenden Gewissheit, dass ihre Rückkehr überstürzt und falsch war. Sie weinte um Madame Bovary, um ihre Wohnung, und vor allem darum, dass sie sich jetzt mutterseelenallein am Ende der Welt befand und niemand ihren Kummer lindern würde. Sie weinte, bis ihr Kopf schmerzte und ihre Augen brannten. Und dann setzte ganz allmählich ihr Verstand wieder ein.

Weinen reinigt die Seele. Jennys Worte.

Sie sah ihre Cousine so klar und deutlich vor sich, dass sie den dringlichen Wunsch verspürte, mit ihr zu sprechen, ihr zu erzählen, was geschehen war, ihre Stimme zu hören und sich den Trost abzuholen, nach dem sie sich verzehrte, und bevor sie sichs versah, hielt sie ihr Mobiltelefon in der Hand, doch nach einem Moment der Besinnung legte sie es zurück auf den Beifahrersitz. Ja, sicher, sie könnte sich Jenny anvertrauen, seit ihrer Kindheit war sie ihre engste und vielleicht auch einzige Freundin. Aber war ihr jetziger Zustand nicht eine Bestätigung von Jennys Warnungen, die sie in einer Phase blinder Selbstüberschätzung schlicht ignoriert hatte?

Im Handschuhfach fand sie Taschentücher. Sie putzte sich die Nase, wischte sich die Augen trocken und versuchte, sich zu beruhigen. Schließlich fühlte sie sich so weit wiederhergestellt, dass sie weiterfahren konnte.

Nach einer weiteren Viertelstunde erreichte sie den Abzweig nach Fredvang. Die Straße führte über zwei hohe, geschwungene Brücken, das Wasser darunter verlor sich im Nebel, der mit jedem Meter dichter wurde, bis sie kaum noch zehn Meter Sicht hatte. Sie kannte dieses Phänomen noch von ihrem letzten Aufenthalt hier. Schon in der nächsten Bucht konnte strahlender Sonnenschein sein.

Tatsächlich lichteten sich die Wolken etwas, als sie die Brücken hinter sich ließ und auf die rechte Spur abbog, die in den

Ort hineinführte. »Richtung Campingplatz und dann geradeaus«, hatte in der Wegbeschreibung gestanden, die sie per Mail erhalten hatte und die ausgedruckt unter ihrem Handy auf dem Beifahrersitz lag. Sie hätte sie nicht gebraucht. Sie kannte den Weg. Sie passierte die halb verfallene Scheune, dann kam der Wegweiser zum Campingplatz, den sie rechter Hand passierte. Nun führte die Straße parallel zu der halbmondförmigen Bucht an verstreut liegenden einzelnen Gehöften und Häusern vorbei. Grünland erstreckte sich bis zum Wasser, das sie mehr erahnte als sah. Zu ihrer Linken konnte sie zwischen Wolkenfetzen Berghänge erkennen.

Und dann glitt ihr Fuß vom Gas. Selbst wenn sie gewollt hätte, hätte sie nicht einfach weiterfahren können. Ihre Hände umklammerten das Lenkrad, während ihr Blick *sein* Haus suchte. Von den beiden hölzernen Säulen, die das kleine Vordach trugen, blätterte die gelbe Farbe, und das helle Grau des Holzes, das zulange ungeschützt den Elementen ausgesetzt war, schimmerte hindurch. Am Fuß der Stufen wuchs Unkraut. Es sah genauso aus, wie sie es in Erinnerung hatte. Nicht mehr geliebt, nicht mehr umsorgt, aber doch noch bewohnt. Davon zeugten die sauberen Fenster, die ausgefahrenen Spuren, die zur Garage führten, Werkzeug, das neben der Eingangstür abgestellt war. Genau wie auf den Fotos, die sie wieder und immer wieder in den vergangenen zwei Jahren minutiös studiert hatte. Sie biss sich auf die Lippe. Sie sehnte sich danach, anzuhalten, auszusteigen, aber sie wagte es nicht. Hier kannte jeder jeden. Sie wollte den Inselbewohnern nicht noch mehr Gesprächsstoff liefern. Ihr Golf machte einen Satz, als sie hastig wieder beschleunigte und das Haus hinter sich ließ, das sie vor zwei Jahren für ihren Protagonisten Einar Thorsen ausgesucht hatte, diesen eigenwilligen nordischen Mann, der so stark und gleichzeitig so schwach war und so viel Leid erfahren hatte in ihrem Roman.

Ihr Ziel lag am Südende der Bucht. Ein zweistöckiges weißes Holzhaus, an dessen verwittertem Zaun sich wie zum Trotz gegen das trübe Wetter leuchtend gelbe und orangefarbene Blumen emporrankten. Sie liebte dieses Haus. Als Schauplatz hatte es nur eine unbedeutende Nebenrolle in ihrem Roman gespielt, aber wie oft hatte sie ihre Charaktere daran vorbeigehen und über den Zaun in den halb verwilderten Garten blicken lassen, und als sie dann bei ihrer Suche nach einer Bleibe gesehen hatte, dass ausgerechnet hier Zimmer zu vermieten waren, hatte sie nicht widerstehen können. Natürlich hatte sie Jenny nichts davon erzählt, sie hätte ihren Spott nicht ertragen.

Zum zweiten Mal an diesem Morgen überlagerte das schmale Gesicht ihrer Cousine die Realität, und Jennys drängende Stimme klang ihr in den Ohren. *›Fahr nicht dorthin zurück. Du machst alles nur noch schlimmer!‹*

Letztlich hatte ihre Warnung sie nicht überrascht. Jenny war die Einzige, die wirklich um ihr Seelenleben wusste und um ihre Nöte. Die Einzige, der sie persönliche Fragen gestattete.

›Aber ich muss!‹, hatte sie ihr Vorhaben verteidigt. ›Seit ich den Roman abgeschlossen habe, träume ich nahezu jede Nacht von den Inseln. Ich muss herausfinden, warum ich sie nicht aus meinem Kopf bekomme.‹

Jenny, die Redakteurin bei einer der anspruchsvolleren Frauenzeitschriften und von einem unerschütterlichen Pragmatismus geprägt war, hatte ihre Lippen zu einem Kussmund geschürzt, wie immer, wenn ihr etwas nicht gefiel. ›Du hast dich über ein Jahr intensiv mit dem Leben dort beschäftigt, während du den Roman geschrieben hast‹, hatte sie dann gesagt, ›das legt man nicht einfach ab wie ein Kleidungsstück. Das weißt du. Aber anstatt einfach abzuwarten, dir selbst Zeit zu geben, vielleicht Urlaub zu machen, vermietest du deine Wohnung und …‹

›Das ist nicht mein erstes Buch‹, hatte Judith sie unterbrochen, nun ihrerseits gereizt. ›Ich habe bereits neun Romane veröffentlicht. Was hier gerade geschieht, ist mir noch nie passiert.‹

›Du warst auch noch nie so überarbeitet.‹

Erdrückendes Schweigen war diesen Worten gefolgt.

›Hör zu, es tut mir leid‹, hatte Jenny darauf eingelenkt. ›Ich glaube zu wissen, wie viel Kraft dich dieser Roman gekostet hat, was er dir bedeutet …‹

Mit einer Geste hatte Judith versucht abzuwiegeln, unfähig etwas zu sagen. Niemand, nicht einmal Jenny, ahnte auch nur im Entferntesten, wie tief sie sich in ihrer eigenen Romanhandlung verloren hatte und wie es seither in ihrem Innersten aussah.

Aber Jenny war nicht so leicht zu bremsen gewesen. ›Du hast dir die Seele aus dem Leib geschrieben, deshalb ist der Roman so erfolgreich geworden‹, war sie unbeirrt fortgefahren. ›Du warst schon immer gut, aber jetzt stehst du ganz oben auf der Bestsellerliste. Du darfst nicht einfach fliehen vor allem, was das mit sich bringt.‹

Ihre Blicke hatten sich gekreuzt, und es war Judith schwergefallen, der Herausforderung zu begegnen, die in Jennys Augen gelegen hatte.

Wenn sie jetzt an jenes Gespräch zurückdachte, musste sie Jenny allerdings recht geben. Es war tatsächlich eine Erleichterung gewesen, Frankfurt den Rücken zu kehren und alles hinter sich zu lassen. Den Verlag, die Agenten, die Medien. Sie hatte das Telefon abgeschaltet und war einfach verschwunden. Sie hatte das Rampenlicht noch nie geliebt. In den vergangenen Jahren war es ihr gelungen, ihm auszuweichen und den Kontakt mit ihren Lesern auf einen freundlichen, aber distanzierten Mailverkehr zu beschränken, und, ja, sie hatte befürchtet, dass sich genau das, angesichts des Erfolgs ihres Romans, nun ändern würde. Aber das war nicht alles. Bei Weitem nicht. Es war so viel komplizierter.

Sie schluckte unwillkürlich, als sie ihren Wagen hinter einem alten Landrover am Straßenrand parkte und ihr zukünftiges Zuhause erblickte. Hinter einem Fenster im Erdgeschoss brannte Licht, und sie konnte eine Frau erkennen, die näherkam und winkte. Sie wurde also bereits erwartet. Sie hatte das Haus noch nicht erreicht, als die Eingangstür sich schon öffnete.

»Hallo, herzlich willkommen!« Sie blickte in ein hageres Gesicht, das eingerahmt wurde von einem zerzausten blonden Haarschopf. Die Frau war wie sie selbst etwa Ende Vierzig und streckte ihr eine schmale Hand entgegen, deren Griff erstaunlich fest war. Sie sprach Englisch und stellte sich mit einem breiten, herzlichen Lächeln vor: »Ich bin Greta.«

»Hallo«, erwiderte sie zurückhaltend. »Judith. Judith Wagner.« Zu oft war sie in der Vergangenheit schon auf den schönen Schein hereingefallen, hatte sich blenden, verführen und letztlich ausnutzen lassen.

Greta ließ sich von ihrer Verschlossenheit jedoch nicht irritieren. »Schön dich zu sehen«, fuhr sie im Plauderton fort, während sie Judith in den Hausflur und von dort in eine geräumige Küche führte. »Wir warten schon auf dich. Das ist Knut, unser Vermieter.«

Ein alter Mann, knorrig wie ein Stück Wurzelholz, erhob sich langsam von seinem Stuhl am Küchentisch. »Bleib doch sitzen«, bat Judith, als sie sah, wie schwer es ihm fiel. Unbeholfen ging sie auf ihn zu. »Judith Wagner«, stellte sie sich eilig vor.

Er nickte, und sie war sich nicht sicher, ob er sie verstanden hatte.

»*Hallo, Judith, du er sent*«, sagte er schließlich mit einer Stimme, die so knarzig war wie sein Äußeres.

Judith sah hilflos zu Greta.

»Er sagt, dass du spät bist«, übersetzte sie.

»Ja, tut mir leid, ich … ich bin, nein, ich …« Judith räusperte sich beschämt. »Ich hoffe, das hat deinen Tagesplan jetzt nicht durcheinandergebracht.«

Der Alte schüttelte den Kopf. Verstand er sie doch?

»Möchtest du einen Kaffee, hast du schon gefrühstückt?«, fragte Greta, bevor Judith noch etwas bemerken konnte.

»Oh, das ist aber nett, danke«, erwiderte Judith überrascht.

»Dann setz dich – oder nein, du willst bestimmt erst deine Zimmer sehen.« Greta nahm ihre Hand und zog sie in den Flur. »Du wohnst oben. Du hast dort zwei Räume und ein eigenes Bad. Die Küche im Erdgeschoss teilen wir uns.« Judith folgte ihr zögerlich. Was veranlasste Greta, ihr so überschwänglich zu begegnen, als wären sie alte Freunde?

Eine weiße Holztreppe führte ins Obergeschoss. Die Zimmer hatten Dachschrägen, die Fenster Erker, alles war in hellen Pastellfarben tapeziert und eingerichtet, es gab eine Sitzecke mit einem Fernseher, einen Arbeitsplatz für ihren Laptop, im Schlafzimmer ein breites Bett und genug Stauraum in weißen Einbauschränken für ihre Sachen. Das Bad war schlicht, aber modern. Aus allen Fenstern ging der Blick aufs Meer. In ihrem Roman hatte hier ein altes Ehepaar gelebt. Sie hatten nicht viel Geld gehabt. Und die Frau hatte immer davon geträumt, die zugigen Räume im ersten Stock zu renovieren. Sie hatte sich hellgelbe Tapeten gewünscht, die die Sonne am Morgen widerspiegeln würden. Ein Zufall?

»Und?«, fragte Greta, die nicht ahnen konnte, was Judith bewegte. »Was meinst du?«

»Es ist schön«, beeilte sie sich zu sagen.

»Freut mich, dass es dir gefällt. Es so zu renovieren, war meine Idee.«

Judith betrachtete Greta nachdenklich. »Wohnst du schon lange hier?«

»Diesen Monat zehn Jahre.« Greta lachte kurz auf und der Ton dieses Lachens erinnerte Judith an etwas, doch der Gedanke entglitt ihr, ohne dass sie ihn greifen konnte. Sie trat ans Fenster. Der Nebel hing noch immer tief über der Bucht, es war kaum etwas zu sehen. Judiths Herz schlug schneller.

»Judith? Alles okay?«

Hastig wandte sie sich um und versuchte zu lächeln, aber es misslang kläglich. »Ja, natürlich, alles gut«, stieß sie atemlos hervor.

Greta zögerte. »Na, dann sieh dich erst mal um«, bemerkte sie schließlich und wandte sich zur Tür. »Ich setze unten schon mal Kaffee auf.«

Lass mich nicht allein, war Judiths einziger Gedanke.

MIT DER RUHE eines Mannes, der genau wusste, was er tat, kontrollierte Rune Kristensen die Ausrüstung an Bord seines Kutters. Natürlich war alles dort, wo es hingehörte. Dafür sorgte er immer sofort nach dem Anlegen. Sobald der Fisch ausgeladen war, reinigte er das Boot und verstaute jedes einzelne Gerät wieder an seinem Platz, sodass er nicht suchen musste, wenn er auf See war, sondern mit sicherem Griff gleich das richtige Werkzeug zur Hand hatte.

Denselben Check wiederholte er noch einmal vor dem Auslaufen, wenn er außer dem Motor auch alle elektronischen Geräte an Bord überprüfte. Die anderen Fischer rissen hin und wieder Witze über seine Kontrollsucht, für Rune war das Abarbeiten dieser persönlichen Liste ein Ritual, das ihm die nötige Sicherheit vermittelte, die er, nur auf sich gestellt, draußen auf dem Meer brauchte.

Im Hinblick auf diese Sicherheit hatte er auch bei der Modernisierung des Kutters nicht allein nur auf einem leistungsstarken Motor und einer guten Kühlung für die Laderäume bestanden, sondern ebenso auf die neueste Ausstattung mit elektronischen Seekarten, Radar, Echolot und Autopilot. Die Technik machte ihn unabhängig und ermöglichte es ihm, auch ohne zweiten Mann rauszufahren. Seine finanziellen Reserven waren dadurch zwar erheblich geschrumpft, aber das hatte er in Kauf genommen, ja beinahe begrüßt. Da er nun gezwungen war, regelmäßig zu arbeiten, erhielt sein Leben eine willkommene Routine.

Rune startete den Motor, und das träge Tuckern des Dieselmotors durchbrach die Stille im kleinen Hafen von Fredvang.

Die meisten Boote lagen fest vertäut an der Pier, und auch in den niedrigen roten Holzschuppen, in denen die Fischverarbeitungsfirma untergebracht war, rührte sich nichts. Nur eine grauweiße Katze strich auf ihrer morgendlichen Runde an den Häuserwänden entlang und hinterließ ihre Spur in der noch unberührten Tauschicht.

Rune schob seine graue Wollmütze tiefer in die Stirn, bevor er die Leinen löste. Er sah nicht zurück, während er die Mole hinter sich ließ und auf die schmale Durchfahrt über den Fjord zuhielt, der Fredvang vom Rest der Insel trennte. Dabei lächelte er grimmig, denn die Ironie seines Handelns war ihm sehr wohl bewusst. Dieses nicht Zurückzublicken glich einer Zwangshandlung, war eine Erweiterung seines Kontrollrituals, an die er sich sklavisch hielt. Als könne er sich, wenn er es nur oft genug tat, so von den Schatten seiner Vergangenheit befreien, von den quälenden Erinnerungen an eine Zeit, nach der er sich nur deswegen zurücksehnte, um an einem bestimmten Punkt seines Weges eine andere Entscheidung zu treffen und sich damit eine zweite Chance zu geben.

Er blickte über das ruhige, klare Wasser, das in den Untiefen sogar bei dieser Witterung in hellem Türkis schimmerte. Gleich würde er die Bucht von Ramberg mit ihrem weiten weißen Sandstrand passieren und die ersten Ausläufer der langgezogenen atlantischen Dünung unter sich spüren. Dann würde es ihm besser gehen. Dann würden seine Gedanken nicht mehr kreisen, denn dann gab es nur noch das Meer, das Boot und ihn.

Er hatte der Psychologin, die ihn nach dem Unglück betreut hatte, nicht geglaubt, hatte ihre Warnungen in den Wind geschlagen. Die Diagnose Posttraumatischer Stress war für ihn ebenso eine Modeerscheinung wie Burnout oder Depressive Verstimmung. Eine Erste-Welt-Befindlichkeit.

Er erinnerte sich noch gut an die blonde Ärztin, an ihr

schmales Gesicht mit der randlosen Brille. Sie war in seinen Augen zu jung und zu hübsch, um einem Mann wie ihm etwas zu erzählen. Damals war er nicht bereit gewesen, sein Seelenleben vor diesem Mädchen auszubreiten. Ein folgenschwerer Fehler. Kurz darauf hatte sich der Abgrund aufgetan.

Der Kutter begann durch die Dünung zu stampfen. Rune atmete erleichtert auf, denn wie jedes Mal überkam ihn hier auf dem offenen Meer jene Ruhe, die er an Land so verzweifelt vermisste. Hier draußen lösten sich die Fesseln, die seine Seele hielten, spuckte der Abgrund ihn wieder aus. Hier brauchte er keinen Alkohol, um zu vergessen. Hier fand er sogar Schlaf.

Niemand im Norden, im Land seiner Kindheit und Jugend, wusste um das Trauma, mit dem er kämpfte. Nicht einmal sein Onkel, der sich sorgte, wenn er allein rausfuhr, und sich wünschte, er würde einen weiteren Mann mitnehmen. Sie hatten hin und wieder darüber gesprochen, aber Rune fürchtete, dass die bloße Gegenwart des anderen ihn der Atempause beraubte, die er so dringend brauchte, um Kraft zu tanken für die nächsten Tage an Land, die wieder erfüllt sein würden mit Albträumen und Ängsten.

Langsam, aber stetig arbeitete der Kutter sich durch die See. Je nach Wetterlage waren es sechs bis sieben Stunden Fahrt bis in das Fanggebiet im Nordatlantik, und Rune genoss jede Minute davon. Er überließ dem Autopiloten das Ruder, kochte sich einen Kaffee und trat mit dem Becher in der Hand hinaus an Deck, wo ihm der Wind um die Ohren blies und die Gischt entgegenspritzte. Weit und breit war kein anderes Boot zu sehen. Im Sommer hatten nur die Touristen Hochsaison, die Zeit seiner Zunft war von Januar bis April, wenn die großen Dorschschwärme zum Laichen in die nordischen Gewässer zogen. Sie lockten Fischer aus ganz Norwegen in den Westfjord, und die Fotos der ausgenommenen Fische über den Trockengestellen, die in der kalten Luft langsam fermentierten und so zu einer Delikatesse wurden, waren längst zum Wahrzeichen der Region geworden.

Jetzt im Sommer war die Ausbeute weitaus dürftiger. Neben Dorsch fing Rune vor allem Heilbutt, aber er musste schon ein paar Tage in den Fanggründen bleiben, damit es sich überhaupt lohnte. Im ersten Jahr nach seiner Rückkehr war er während der Sommermonate auf einem Walfänger mitgefahren. Vor Spitzbergen im arktischen Meer hatten sie Jagd auf die bis zu zehn Meter langen Minkwale gemacht. Ein blutiges Geschäft, das ihn zu seiner eigenen Überraschung verstört hatte. Es war doch etwas anderes, den Todeskampf eines großen Meeressäugers zu beobachten, als eine Ladung zappelnder kalter Dorsche an Bord zu nehmen. Der Anblick der toten Wale, der Geruch ihres warmen dampfenden Fleischs, das mehrere Tage zum Auskühlen an Deck hing, während das Skelett wieder über Bord geworfen wurde, hatte ihn lange nicht losgelassen. Dabei war es für ihn von Kindheit an normal gewesen, Walfleisch zu essen, gerade zu Mittsommer hatte er gern ein Walsteak auf den Grill gelegt, doch der Appetit darauf war ihm nach dieser Erfahrung vergangen. Dennoch würde er seine Landsleute nicht kritisieren. Die Fischerei war ein Knochenjob, und eine goldene Nase ließ sich damit nicht verdienen. Aber es war ehrliche Arbeit. Ehrlicher als alles, was er vorher gemacht hatte. Rune war sich der Pathetik seiner Gedanken durchaus bewusst, aber manchmal half es, ein wenig theatralisch zu sein, um den eigenen Blick auf die Welt nicht zu verlieren.

So wie nach dem Gespräch mit Rolf.

›Wie lange willst du dich da oben noch verstecken?‹, hatte sein ehemaliger Kollege, der inzwischen zum Abteilungsleiter aufgestiegen war, ihn vor vier Tagen gefragt. ›Wir brauchen solche Leute wie dich.‹

›In der norwegischen Ölindustrie gibt es derzeit mehr als sechshundert arbeitslose Ingenieure‹, hatte Rune gekontert. ›Die Zahl wird wachsen, wenn sich die Lage am Weltmarkt nicht ändert. Ihr braucht mich nicht.‹

›Wir brauchen nicht irgendeinen Ingenieur. Wir brauchen jemanden mit deiner Erfahrung. Du bist seit den Achtzigern dabei, hast viele große Projekte mit auf den Weg gebracht …‹

›Diese Zeiten sind vorbei, Rolf‹, war Rune ihm ins Wort gefallen.

Einen Moment war Stille gewesen.

›Was machst du jetzt?‹, hatte Rolf dann gefragt.

Rune hatte mit seiner Antwort gezögert. Nicht, weil er nicht zu dem stand, was er tat. Aber wenn nicht einmal Rolf wusste, womit er inzwischen seinen Lebensunterhalt bestritt, dann hatte die Abschottung der vergangenen Jahre perfekt funktioniert. Und genau das war sein Plan gewesen. Es ging niemanden in Stavanger etwas an, was aus Rune Kristensen geworden war.

›Ruf mich nicht wieder an‹, hatte er deshalb lediglich geantwortet. ›Ich bin nicht der richtige Mann für euch.‹

Natürlich hatte Rolf sich damit nicht zufrieden gegeben. Um ihrer alten Freundschaft willen hatte Rune auch nicht gleich aufgelegt, sondern ihm zugehört.

›Was damals passiert ist, war nicht deine Schuld, Rune.‹

›Das haben einige Leute, vor allem die Staatsanwaltschaft, damals anders gesehen.‹

›Da ist in der Informationspolitik viel schiefgelaufen. Die Rechtsabteilung war gerade unter neuer Leitung, wenn du dich erinnerst.‹

Und ob Rune sich erinnerte. ›Ich nehme an, Ove Mikkelsen sitzt nach wie vor fest auf seinem Stuhl‹, hatte er kühl bemerkt.

Rolf hatte sich nervös geräuspert, wie immer, bevor er etwas

Unangenehmes verkünden musste. ›Ove ist in die Geschäftsführung aufgestiegen.‹

›Himmel, Rolf, und dann hast du den Nerv mich anzurufen und mir einen Job anzubieten?‹

›Nicht irgendeinen Job, Rune, es geht um …‹

›Vergiss es! Da rettet dich nicht einmal unsere Freundschaft. Ich wünsch dir noch einen schönen Tag.‹

Er hatte aufgelegt. Dann erst hatte er sich gefragt, woher Rolf seine Nummer hatte und voller Zorn sein Mobiltelefon gegen die Wand geworfen. Ove Mikkelsen war ein Speichellecker, ein Opportunist, wie er im Buche stand. Sein Platz in der Geschäftsführung war nur die Bestätigung dafür, dass Ove die damalige Krise im Sinne der Firma gemanagt hatte und es somit ein politischer Schachzug gewesen war, Rune ans Messer zu liefern. Verdammt, er hatte es immer geahnt.

Zwei Tage hatte er gebraucht, um sich zu beruhigen, einen weiteren, um nüchtern zu werden, sodass er nach Svolvær fahren konnte, um sich ein neues Telefon zu kaufen.

Rune ließ den Blick über das Wasser gleiten. Es war so diesig, dass Himmel und Meer in lichtem Grau nahtlos ineinander übergingen. Der Anblick beruhigte ihn, vertrieb die Erinnerung. Es war vorbei. Niemand würde ihn hier oben finden. Tief atmete er die salzige Luft ein, bis er nur noch sich, das Boot und das Meer spürte.

DIENSTAG

JUDITH WACHTE AUF, weil ein Sonnenstrahl durch einen Spalt zwischen den Vorhängen auf ihr Gesicht fiel. Sie versuchte, die Bilder ihres Traums festzuhalten, doch sie verblassten bereits. Zurück blieb nur ein vages Unbehagen, das sie zunächst nicht zuordnen konnte.

Hatte sie von der Fischerhütte geträumt? Verspürte sie deshalb diese Beklemmung? Vor ihrem inneren Auge tauchte wieder verwittertes Holz auf und eine Tür, ja, natürlich, es konnte nur die Hütte gewesen sein, denn durch die Tür hatte sie auf ein undurchdringliches Grau im Innern geblickt, und verborgen darin hatte etwas gelauert, kalt und gefährlich. Sie riss ihre Augen auf und starrte auf den alten Ohrensessel am Fußende des Bettes, auf den sie am Abend achtlos die bunte Überdecke geworfen hatte. Lauschte auf das Kreischen der Möwen, das selbst durch die geschlossenen Fenster zu hören war. Und atmete tief durch. Dann warf sie die Bettdecke zurück und stand auf. Wenn so etwas wie am Fähranleger von Moskenes nun wieder passierte und sie erneut in eine solche Situation geriet?

Während sie die Vorhänge aufzog, die Sonne ins Zimmer ließ und ihren Blick über die Bucht und das Meer gleiten ließ, das in türkisfarbenen Wellen auf den weißen Strand auflief, wanderten ihre Gedanken wieder wie von selbst zu ihren Protagonisten. Allen voran *Einar Thorsen*. Als sie gestern sein Haus wiedergesehen hatte, das Haus, das sie für ihn ausgewählt hatte, hatte sie es sich eingestehen müssen: Jenny hatte recht gehabt, Sie hatte sich die Seele aus dem Leib geschrieben und war dabei ihrem eigenen Protagonisten verfallen. Was für eine beängstigende Erkenntnis! Und nun war sie zurückgekehrt, um, ja – was? Ihm nahe zu sein, näher, als es in Frankfurt möglich war? Auf seinen Spuren zu wandeln? Oh, sie kannte jeden seiner Schritte, jede Regung seines Herzens, schließlich hatte sie ihn geschaffen. Sie hatte mit ihm geliebt und gelitten. Sie war ihm so nah wie keinem anderen Menschen. Er war ihr Freund, ihr Begleiter gewesen und zur Projektionsfläche ihrer Träume geworden.

Wie oft hatte sie allein in einem Café in Sachsenhausen Paare beobachtet, die harmonisch und innig miteinander umgingen, hatte sich vorgestellt, wie es wäre, Einar an ihrer Seite zu haben, mit dem sie Freude wie Leid teilen konnte. Wie sehr hatte sie sich danach verzehrt und doch gleichzeitig gespürt, dass sie nicht in der Lage sein würde, das nötige Vertrauen aufzubringen, um sich einem Partner gegenüber so weit zu öffnen, dass diese Harmonie und Innigkeit in ihrer realen Welt entstehen konnten. Die Flucht in die Welt ihrer Romane war einfacher gewesen.

Ein Schwalbenpaar nahm ihre Aufmerksamkeit gefangen und sie verfolgte den Flug der beiden im klaren Himmel, der von einem so tiefen Blau war, wie sie es nur aus dem Norden kannte. Unten hörte sie Greta rumoren. Es klang, als ob sie in der Küche werkelte, und Judith fragte sich, was sie diesmal wohl erwartete. Am Vorabend hatte Greta mit den Worten ›Glaub nicht, dass ich das immer mache!‹ einen Topf Suppe auf den Tisch gestellt, eine auf den ersten Blick nicht besonders appetitliche trübe Brühe, in der große Fischstücke, Kartoffeln und verschiedene Sommergemüse schwammen. Judith hätte am liebsten abgelehnt, aber sie war hungrig gewesen und zu müde, um sich selbst etwas Warmes zuzubereiten, nachdem sie ihr Auto ausgeladen, sich eingerichtet und im Supermarkt in Ramberg noch etwas eingekauft hatte. Deshalb hatte sie vorsichtig probiert und war positiv überrascht gewesen.

›Ein Rezept meiner Großtante‹, hatte Greta sie aufgeklärt. ›Optisch nicht wirklich attraktiv, aber unschlagbar lecker.‹

Als Judith wenig später die Küche betrat, überraschte Greta sie tatsächlich wieder, allerdings auf eine Weise, auf die Judith gern verzichtet hätte.

»Ich war heute Morgen schon in Å«, erzählte Greta, nachdem Judith sich ein Brot geschmiert und sich mit einem Kaffee zu ihr gesetzt hatte. »Dort habe ich gehört, dass eine Deutsche gestern am Fähranleger von Moskenes einen Schwächeanfall hatte.« Über den Rand ihres Bechers musterte Greta sie mit einem Blick, sodass Judith die Röte in die Wangen schoss. »Warst du das?«

Judith schloss beschämt die Augen, dankbar für den frischen Luftzug, der durch das geöffnete Fenster hereinkam. Es war nicht verwunderlich, dass die Nachricht bereits die Runde gemacht hatte. Å, der südlichste Ort der Lofoten, war nur wenige Kilometer von Moskenes entfernt, und in der Region zwischen Å und Fredvang lebten weniger als fünfhundert Menschen. Wer auch immer Greta über den Zwischenfall unterrichtet hatte, wusste vermutlich auch längst, dass sie sich ihr Haus in den nächsten Wochen und Monaten mit einer Deutschen teilte.

»Was ist passiert?«, fragte Greta, als Judith keine Anstalten machte, etwas zu sagen.

Judith zögerte. »Eigentlich möchte ich nicht darüber sprechen.«

»Eigentlich.« Greta nahm einen Schluck von ihrem Kaffee. »Manchmal hilft es, zu sprechen.«

»Ich möchte so schnell wie möglich vergessen, dass es überhaupt passiert ist.«

Greta stellte behutsam ihren Becher auf dem Küchentisch ab. »Es ist immerhin morgens geschehen und du hast nicht nach Alkohol gerochen oder in deinem Erbrochenen gelegen«, bemerkte sie trocken.

Judiths Anspannung brach sich bei diesen Worten in einem

auch für sie völlig überraschenden Gelächter Bahn, in das Greta spontan einstimmte.

»Meine Güte«, bemerkte die Norwegerin schließlich und wischte sich die Tränen aus den Augen. »Was für eine fantastische Form der Stressbewältigung.« Mit einem schnellen scharfen Blick in Judiths Richtung fügte sie hinzu: »Auch wenn es mich natürlich nichts angeht und ich vermutlich besser nichts dazu sagen sollte, so glaube ich doch, dass du gerade eine ganze Menge Stress zu bewältigen hast.« Sie zog ein rotes Tuch aus der Tasche ihrer zu weiten Jeans und nach einem vergeblichen Versuch, ihr dichtes, krauses Haar damit zu bändigen, sprach sie weiter, als wären die Worte zuvor überhaupt nicht gefallen: »Ich muss gleich wieder los, noch ein paar Bilder wegbringen. Würdest du mir beim Einladen helfen?«

Judith war so überrumpelt, dass sie nur nicken konnte.

Gretas Wagen stand zwischen dem Haus und dem Schuppen, ein rostiger japanischer Kombi, dem Äußeren nach mindestens zwanzig Jahre alt.

»Sieh ihn nicht so an, er ist empfindlich«, witzelte Greta, als sie Judiths Blick bemerkte. »Ich kann mir kein neues Auto leisten. Der Staat verlangt Steuern, die nahezu dem Kaufpreis entsprechen. Das ruiniert mich über Jahre.« Sie riss die Tür zum neben dem Haus gelegenen Schuppen auf und rief über ihre Schulter: »Kannst du hier mal anfassen?«

Judith half ihr, mehrere verpackte Leinwände zu verladen. Die Folie ließ die Motive nicht erkennen, nur Farben schimmerten durch. »Sind das deine Bilder?«

Greta nickte.

»Was machst du damit?«

»Verkaufen. Die Touristen sind verrückt danach.«

Judith warf einen Blick in die Werkstatt und entdeckte neben einer großen Werkbank, auf der Werkzeuge, Farben und Pinsel durcheinanderlagen, mehrere kopfgroße Skulpturen in verschiedenen Stadien der Fertigstellung. »Und der Verkauf wirft nicht genug ab für ein neues Auto?«

Greta hielt beim Beladen des Wagens inne. »Ist das dein Ernst?«

Judith zuckte mit den Schultern. »Ja, warum?«

»Wenn du jemals kreativ gearbeitet hättest, hättest du diese Frage nicht gestellt. Natürlich gibt es diese wenigen großen Überflieger, aber die meisten von uns kommen gerade so über die Runden.« Sie sah Judith an. »Was arbeitest du? Du hast noch gar nichts erzählt.«

»Ist das so wichtig?«

Greta warf ihr einen beredten Blick zu.

»Ich schreibe Bücher«, antwortete Judith, während sie die nächste Leinwand anreichte.

Greta hätte das Bild beinahe fallen lassen. Sie hatte den Anstand, zumindest einen Atemzug lang betreten auszusehen. Dann lachte sie auf. »Du bist tatsächlich Autorin? Hauptberuflich?«

»Ich kann ganz gut davon leben«, erwiderte Judith reserviert.

»Na, da bin ich ja mit Anlauf mitten in den Fettnapf gesprungen.« Greta schüttelte amüsiert den Kopf und fragte völlig unbeeindruckt von Judiths Zurückhaltung: »Und wirst du hier einen Roman schreiben?«

Judith reichte ihr ein weiteres Bild und ergriff dankbar den Strohhalm. »Ja, genau, deswegen bin ich gekommen. Zum Schreiben.«

Greta war in der Tiefe ihres Kofferraums verschwunden, um mehr Platz zu schaffen, und so hörte sie Judiths Worte nur ohne ihr Gesicht dabei zu sehen, sonst hätte sie sie vermutlich nicht für bare Münze genommen. »Das ist spannend, wirklich spannend!«, rief sie.

Als sie wieder auftauchte, zählte sie die Leinwände durch. »Ich glaube, ich hab alles. Danke für deine Hilfe. Ich werde etwas länger weg sein, vielleicht bis heute Abend. Du kommst zurecht?«

»Ja, natürlich. Ich wollte die nähere Umgebung erkunden.«

Gretas Augen blitzten auf. »Recherche? Oh, du musst mir unbedingt erzählen, was du schreibst. Aber jetzt muss ich los. Bis nachher.«

Als das scheppernde Motorengeräusch ihres alten Japaners verklungen war, atmete Judith erleichtert auf. Es war fast unmöglich, sich Gretas herzlicher Vereinnahmung zu entziehen, und obwohl Judith tief in ihrem Inneren ahnte, dass sie sich gut verstehen würden, fühlte sie sich dennoch verunsichert von dieser ungewohnten Nähe zu einem Menschen, der ihr doch eigentlich fremd war. Mit Nachdruck schloss sie die Tür hinter sich und erblickte im Flur ein großformatiges Gemälde. Es war ihr bislang nicht aufgefallen. Aber bei der Vielzahl der Eindrücke, die seit ihrer Ankunft auf sie eingeströmt waren, hatte sie auch noch gar keine Gelegenheit gehabt, mehr als das Nötigste wahrzunehmen. Sie trat näher an die Leinwand heran, die im Hochformat und ohne Rahmen an der Wand hing. Rechts unten in der Ecke stand in schwungvollen Lettern *Greta*. Es gab kein Datum. Das Motiv bestand aus einem großen Oval, das Judith in seiner Tiefe und Farbgebung aus Grün- und Blautönen bis ins Schwarz an eine Höhle erinnerte. Licht floss diffus über das Bild. In der linken Ecke entdeckte sie eine Figur, einen Menschen, angedeutet nur und doch detailliert, in seiner Haltung einsam und geborgen zugleich.

IM RÜCKSPIEGEL SAH Greta Judith in der Einfahrt stehen und seufzte unwillkürlich. Ihre neue Mitbewohnerin wirkte in ihrem ganzen Benehmen so ungelenk und hilflos. Da segnete der Schöpfer eine Frau mit einer perfekten Figur und einem attraktiven Gesicht und vergaß dann, ihr das nötige Selbstbewusstsein und Auftreten dazuzugeben. Greta konnte es schier nicht aushalten, wie Judith im Gespräch nach Worten suchte, zögerte, sich verlor, nur um dann zu verstummen. Greta tippte mit ihren Fingern aufs Lenkrad. Bislang war sie der Meinung gewesen, dass Autoren auch eine gewisse Eloquenz besitzen mussten, außerdem Menschenkenntnis, Einfühlungsvermögen, psychologisches Verständnis. Nichts von alldem schien die Frau zu besitzen, die ihr, gekleidet in ein weites kariertes Männerhemd und eine schmale Jeans, mit hochgezogenen Schultern und tief in den Taschen vergrabenen Händen nachblickte. Nein, sie konnte sich Judith nur schwer als Autorin vorstellen. Sie fragte sich, ob Knut davon gewusst hatte. Verdammt, natürlich. Er wusste immer alles über die Menschen, mit denen er zu tun hatte. Sie ärgerte sich, dass sie ihn nicht gefragt hatte, aber sie war in den vergangenen zwei Wochen so beschäftigt gewesen. Erst vorgestern war ihr wieder eingefallen, dass Knut jemanden bei ihr einquartieren wollte. Mehr oder weniger in letzter Minute. Sie hatte dann den ganzen Tag damit zugebracht, sauber zu machen und ihre Sachen aus den oberen Zimmern zu räumen, die sich dort wie von selbst ausbreiteten. Es gab kaum etwas, was sie mehr hasste als Putzen. Nur Rune vielleicht, diesen versoffenen Scheißkerl. Mit ein bisschen Glück holte ihn ja diesmal die See, und er kam einfach nicht zurück mit seinem vermaledeiten Kutter. Es würde Knut das Herz brechen, aber für den Rest der Welt wäre es vermutlich besser. Ohne dass sie es wollte, erinnerte sie sich an ihre letzte Begegnung im Supermarkt in Ramberg. Profaner hätte es nicht sein können. Ohne einander zu bemerken, hatten sie beide nach demselben Sixpack Bier gegriffen. Die Berührung seiner Finger war wie ein elektrischer Schlag gewesen.

›Ach, Bier kannst du dir kaufen?‹, hatte er höhnisch bemerkt. ›Aber nicht die Miete zahlen. Du solltest mehr arbeiten und weniger trinken, dann kommst du vielleicht mal auf einen grünen Zweig.‹

›Das musst du gerade sagen‹, hatte sie zurückgezischt. ›Ausgerechnet du!‹

Sie hatte seit Jahren keinen Tropfen Alkohol getrunken. Das Bier war für Knut bestimmt. Ab und an erledigte sie seine Einkäufe, aber das wusste Rune nicht. Er wusste so vieles nicht, weil er nur um sich selbst kreiste und in seinem verdammten Selbstmitleid zerfloss. Sie hatte keine Ahnung, was er mit sich herumschleppte, sie hatte es auch nie wissen wollen, aber es gelang ihm, alle um sich herum damit zu belasten.

Während ihres kurzen, aber heftigen Wortgefechts hatte sie aus dem Augenwinkel beobachtet, wie die beiden Angestellten in ihrer Nähe mit der Arbeit innegehalten hatten. Wie sie getuschelt hatten, ohne die Augen von ihnen zu nehmen. Und natürlich hatte die Gerüchteküche danach wieder gekocht. Es war nicht leicht, aus dem Fokus der einfachen Menschen herauszukommen, und Greta Amundsen und Rune Kristensen waren ein Thema, über das sich die Einheimischen auf Moskenesøya und Flagstadøya seit Jahren mit Wonne die Mäuler zerrissen. Dabei gab es eigentlich keinen Grund dafür. Aber wer glaubte das schon. Die Menschen spannen sich lieber ihre eigenen Geschichten, vor allem dann, wenn ihr Leben so unspektakulär und eintönig war wie das mancher Lofotinger. Und leider gelang es ihr und Rune immer wieder, ihre Fantasie aufs Neue zu beflügeln. Das beeinträchtigte Gretas Frieden. Sie wollte nicht als die ehemalige Freundin von Rune Kristensen gelten. Das war sie nie gewesen. Aus der Not heraus hatten sie ein paar Mal miteinander geschlafen, hatten sich mehr oder weniger aneinander abreagiert, zwei Gestrandete …

Sie atmete tief durch.

Nein, sie ließ diese Erinnerung nicht zu. Nicht heute. Der Tag besaß das Potenzial richtig erfolgreich zu werden, wenn er hielt, was er bislang versprochen hatte, und sie benötigte ihre ganze Kraft und Aufmerksamkeit für den Verkauf ihrer Bilder.

Die Touristen rissen sich darum, hatte sie Judith gegenüber behauptet, was schlichtweg Unsinn war. Die Touristen kauften ihre Miniaturen, die sie in nächtlicher Fließbandarbeit anfertigte. Bilder aus Farben und Licht, in denen ihre Kunden die gleitenden Wolken der Lofoten, das Nordlicht oder die Mitternachtssonne zu sehen meinten. Urlaubserinnerungen, die mit zweihundertfünfzig Kronen schon fast zu teuer waren. Aber es blieb nicht viel übrig, wenn sie den Materialeinsatz und die Steuern abzog. Manchmal nicht genug, um die Miete zu zahlen, vor allem im Winter, wenn hauptsächlich Angler und Fotografen, die sich ihre Souvenirs selbst erarbeiteten, die Inseln besuchten.

Aber der heutige Tag konnte die Wende bringen. Die Bilder im Kofferraum waren für eine Galerie in Svolvær gedacht. Die Hauptstadt der Lofoten mit ihren gerade mal viertausend Einwohnern wurde von vielen Kreuzfahrern angelaufen, vor allem aber lag sie auf der Route der Hurtigruten. Die Postschiffverbindung genoss noch immer einen Hauch von Exklusivität, entsprechend gehörten die Passagiere zu einer anderen Klientel als jene, die mit Reisebussen und Wohnmobilen über die Inseln jagten. Greta hatte lange um diesen Platz in der Galerie gekämpft. Die Verhandlungen waren schwierig gewesen, aber letztlich hatten sie sich geeinigt. Die Galeristen waren innovative junge Leute und verschickten die Werke auf Wunsch auch weltweit. Eine Welle der Erregung durchlief Greta bei dem Gedanken. Sie brachte ihnen heute zehn Bilder, wenn nur die Hälfte davon verkauft wurde, brauchte sie sich wegen des nächsten Winters nicht zu sorgen. Dabei ging es ihr nicht darum, sich einen Namen zu machen. Sie wollte nur anständig leben.

Manchmal träumte sie davon, Knut das Haus abzukaufen, ein irrwitziger, unrealisierbarer Traum, aber ein Wunsch, der stetig in ihrem Unterbewusstsein arbeitete und vielleicht ihr Handeln lenkte. Greta hielt viel von der Macht des Unterbewussten. Während ihres Erwachsenwerdens hatte sie Freud gelesen und Jung, hatte deren Texte förmlich in sich aufgesogen, wie man es tat in jenem Alter, in dem der Geist so gierig nach Erklärungen sucht für das Sein und das Leben. Es hatte sie nachhaltig geprägt.

Sie hatte schon einen guten Teil der rund einhundert Kilometer langen Strecke hinter sich gebracht, als ihre Gedanken, ausgelöst durch ein Wohnmobil mit deutschem Kennzeichen, das kurz vor ihr auf die Straße einbog und sie zu einem heftigen Bremsmanöver zwang, wieder zu Judith zurückkehrten.

Ihre neue Mitbewohnerin gefiel ihr, auch wenn sie ein wenig steif und verstockt wirkte, aber das würde sich noch verlieren, da war Greta sich sicher. Sie erinnerte sich nicht, wann sie das letzte Mal derart ausgelassen und völlig sinnentleert mit jemandem so gelacht hatte.

Allerdings bezweifelte sie, dass Judith nur zum Schreiben auf die Lofoten gereist war. Ganz gleich was sie erzählte. Sie erschien ihr auffällig aufgeregt und irgendwie auch verstört, als ob sie sich auf etwas eingelassen hatte, dessen Ausgang sie einerseits herbeiwünschte, andererseits aber auch fürchtete.

Greta griff nach ihrem Handy und googelte Judiths Namen. Sie erhielt zahlreiche Treffer, die sie mit zusammengekniffenen Augen überflog, während sie gleichzeitig versuchte, den Wagen auf der Spur zu halten. Sie klickte ein paar Fotos durch, die alle mehr oder weniger gestellt wirkten. Nichts Privates, kein Facebook-Account, aber immerhin eine eigene Website. Sie versicherte sich mit einem kurzen Blick auf die Uhr, dass sie gut in der Zeit lag, und lenkte den Wagen spontan auf einen der kleinen Parkplätze am Straßenrand, um mehr zu lesen. Sie hatte in der Schule ein paar Jahre Deutsch gelernt, das sie immer mal wieder auffrischte, indem sie sich mit deutschen Urlaubern unterhielt oder im Internet die eine oder andere deutsche Nachrichtenseite besuchte. Sie konnte zwar nicht die Feinheiten, aber doch den Sinn dessen verstehen, was sie gerade las. Sie war überrascht, wie viel Judith schon veröffentlicht hatte, fünfzehn Romane und zwei Sachbücher. Und das vorwiegend in den letzten zehn Jahren bei verschiedenen Verlagen. Es gab Übersetzungen in mehrere Sprachen und eine TV-Adaption im vergangenen Jahr. Kein Wunder, dass sie davon leben konnte. Der letzte Roman, ein Wirtschaftskrimi, war vor Kurzem erst veröffentlicht worden. Er spielte auf den Lofoten.

Greta legte das Telefon aus der Hand und fuhr weiter. Aber die eben erhaltenen Informationen gingen ihr nicht aus dem Kopf. Judith hatte einen Roman geschrieben, der hier auf den Inseln spielte. Das ließ darauf schließen, dass sie nicht zum ersten Mal hier war. Wieso war sie zurückgekehrt? Judiths unterschwellige Neugier gepaart mit ihrer Unsicherheit bekam angesichts dieser Informationen eine neue Bedeutung. Und sie bestätigten Gretas Zweifel, dass Judith nicht auf den Inseln war, um zu schreiben. Es gab eine Geschichte, die es zu ergründen galt. Greta lächelte still in sich hinein. Hoffentlich war sie inspirierend.

ALS JUDITH DEN schmalen Weg bergauf stieg, der hinter dem Haus am Hang verlief, kam sie trotz der leichten Meeresbrise nach wenigen hundert Metern bereits ins Schwitzen. Sie war froh, dass sie sich nur für eine kurze Hose und ein T-Shirt entschieden und die warme wetterfeste Kleidung in ihren Rucksack verbannt hatte. Ihre Turnschuhe erfüllten ihren Zweck nur leidlich, und schon bald spürte sie, wie die Bewegung, die ungewohnte Anstrengung für die Muskeln und die Konzentration auf den nächsten Schritt sie innerlich zur Ruhe kommen ließen. Was in der Nacht und heute Morgen noch bedrohlich gewirkt hatte, verlor mit jedem Höhenmeter an Bedeutung, und als sie schließlich auf die Häuser von Fredvang hinunterblickte, das sich einem Spielzeugdorf gleich unter ihr ausbreitete, auf den weißen Saum der Bucht und die umliegenden Berghänge, verspürte sie jenen Hauch von Glück und Zufriedenheit, den sie vermisst hatte, seit sie vor mehr als einem halben Jahr die letzte Zeile ihres Romans geschrieben hatte. Wohlwissend um die Gefahr, in die sie sich begab, ließ sie es zu, dass sich das Fredvang ihrer Geschichte erneut über das reale Fredvang legte, und geradezu begierig suchte sie aus der Vogelperspektive die Wege, die ihre Protagonisten gegangen waren, betrachtete ihre Häuser, Wohnungen und die Plätze, an denen sich schicksalhafte Begegnungen und Szenen abgespielt hatten. Es war eine Heimkehr in eine eigene, ganz persönliche Welt. Was hier vor ihr lag, hatte sie geschaffen, die Menschen, die in dieser Welt lebten, waren ihre Geschöpfe. Sie kannte ihre Gefühle, ihre Sorgen, ihre Absichten und die dunklen Gesichter ihrer Vergangenheit. Und wenn sie sich konzentrierte, *konnte sie sie sehen.*

Spielte dort nicht Einars neunjährige Tochter Anna vor dem Haus? Judith kniff die Augen zusammen. Natürlich, sie pflückte Wiesenblumen, die in verschwenderischer Fülle an den Wegrändern wuchsen, und flocht einen Kranz daraus, es war eine ihrer Lieblingsbeschäftigungen. Gleich würde sie ihn sich aufs Haar setzen und ins Haus laufen, um ihrer Mutter zu sagen, dass sie ihre Freundinnen auf dem Skålbekhof besuchen würde. Aus der Entfernung konnte Judith es nicht sehen, aber sie *wusste,* dass Einars Haus jetzt noch keine Spuren von Verwahrlosung zeigte. Liv und Anna lebten noch bei ihm, es war eine kostbare Zeit, die sie alle viel zu selbstverständlich nahmen, getragen von der Leichtigkeit des Sommers, in dem Tag und Nacht eins wurden im Licht des Nordens. Trauer durchzuckte Judith in der Gewissheit um die Endlichkeit dieser Idylle, um die Sorgen, die Streitereien und den Tod, der bereits wartete und für sie jede Handlung, jede Gefühlsregung dieser Menschen überschattete, seit sie ihre Geschichte zu Ende geschrieben hatte. Verschämt wischte sie sich eine Träne von der Wange. Die Intensität ihrer Emotionen irritierte sie. Hastig löste sie sich von der Betrachtung des kleinen Ortes und ließ den Blick nach Norden über die Silhouetten der Berge und ihre schneebedeckten Gipfel gleiten, über die schroffen, baumlosen Felsen, die mehr als tausend Meter steil ins Nordmeer fielen. Dabei war die Rückkehr an die Schauplätze ihrer Romane für sie keine neue Erfahrung. Aber die bisherigen Besuche waren immer kurz gewesen, meist in Begleitung von Journalisten oder Fotografen. Und auch wenn es sie anfänglich überrascht hatte, an diesen Plätzen andere Menschen anzutreffen als ihre Protagonisten, war es ihr doch gelungen, Distanz zu wahren und Fiktion und Realität zu trennen. Diesmal gelang ihr das nicht. Alles war so viel intensiver, so viel greifbarer!

Vielleicht lag es an den Inseln selbst. Sie hatte viel über die

Geschichte der Lofoten gelesen, über ihre Zugehörigkeit zu den ältesten Gesteinen der Erde, und auch über ihre Mystik, die sich angeblich in der für ihre geografische Lage unerwartet frühen Besiedlung vor gut sechstausend Jahren begründete. Die Inseln der Götter hatten die Wikinger sie genannt. Hatten die Lofoten letztlich auch sie verzaubert, ihr diesen Roman und Charaktere wie Einar Thorsen, seine Frau Liv und ihre gemeinsame Tochter Anna entlockt?

Gesprächsfetzen unterbrachen ihre Gedanken. Judith blickte sich um, aber niemand war zu sehen. Es dauerte jedoch nicht lange, bis eine Gruppe Wanderer bepackt mit Rucksäcken um die letzte Windung des Pfades bog und den Aussichtspunkt erreichte. Ihrer Ausrüstung nach planten sie vermutlich, in der Bucht von Kvalvika zu übernachten, die nur zu Fuß über die Berge oder mit dem Boot zu erreichen war. Der Strand dort galt als einer der schönsten auf den Lofoten, und bei ihrem letzten Besuch hatte Judith selbst eine solche Wanderung geplant, sie aus Zeitmangel jedoch nicht realisieren können – wie so vieles anderes auch.

Während sie den Wanderern nachblickte, wurde ihr bewusst, dass sie jetzt all das nachholen konnte, was sie sich in den vergangenen Jahren versagt hatte. Sie war frei und ungebunden. Es gab nichts, worauf sie Rücksicht nehmen musste, niemand, der auf sie wartete. Sie musste nur lernen, zu leben, zu genießen, wie Jenny immer forderte. ›Tanz, lach, geh mit Männern aus!‹

Judith schloss bei dem Gedanken unwillkürlich die Augen. Das letzte Mal, als sie sich überreden ließ, mit einem Mann auszugehen, war sie nach nur einem halben Jahr verheiratet gewesen. Völlig unreflektiert. Sie wusste später nicht, warum sie sich in diese Ehe hatte drängen lassen, aber alle, auch Jenny, waren begeistert gewesen von Thomas, der sie angeblich aus ihrer selbstgewählten Einsamkeit herausgeholt hatte. Dabei hatten sie sich nichts zu sagen gehabt. Fixiert auf ihr Äußeres hatte er sie zu seinem hübschen, aber bedeutungslosen Anhängsel degradiert. Die Erkenntnis hatte sie wie so oft in prekären Situationen ihres Lebens sprachlos zurückgelassen.

Wie anders ging es ihr beim Schreiben. Wenn sie sich fallen ließ in die Welt ihrer Erzählungen und das Leben ihrer Protagonisten, fehlten ihr nie die Worte. Psychologische Feinfühligkeit und große Tiefe im Zwischenmenschlichen wurden ihr in den Besprechungen ihrer Romane immer wieder attestiert. Wie oft hatte sie sich gewünscht, auf diese Fähigkeit in ihrem eigenen realen Leben zurückgreifen zu können!

Es war früher Nachmittag, als sie heimkehrte. Greta war noch nicht zurück. Da der Himmel aber noch immer wolkenlos und Judith voller Elan war, füllte sie ihren Wasservorrat auf und ging hinunter zum Strand, von dem sie nur das schmale Band der Straße trennte. Das türkisgrüne Wasser, so einladend es auch schimmerte, war zu kalt, um mehr als einen Fuß hineinzusetzen, doch der Sand unter ihren nackten Sohlen fühlte sich gut an. Die Ebbe hatte die gesamte Fläche der halbmondförmigen Bucht freigegeben, sodass Judith bis ans entfernte Nordende schlendern konnte, ohne nass zu werden. Eine große Schar Wildgänse stob von ihrem Ruheplatz auf, als sie sich ihnen näherte, und verdunkelte für einen Moment das Licht der Sonne. Fasziniert lauschte Judith dem Schlagen der Flügel und dem lang gezogenen Klagen ihrer Rufe.

Schließlich erreichte sie das andere Ende der Bucht, kletterte über niedrige Dünen auf den schmalen Weg, der zum Campingplatz führte, und folgte ihm bis zu der Anhöhe, auf dem ein kleines Holzhaus als Rezeption diente. Von dort konnte sie über eine weite Wiese blicken, die am Meer in einen weiteren schmalen Strandabschnitt überging. *Einer von Einars Lieblingsplätzen.* Judith schluckte schwer. Den Campingplatz gab es in ihrem Roman nicht, sondern eine Schafsweide, und Einar hörte nur das Klingen der Glocken und das Blöken der Lämmer, während er die Sonne beobachtete, die sich dem Meer näherte, und dabei trank, bis der Alkohol seinen Schmerz betäubte. Sie war versucht, hinunterzugehen, am Strand die Mulde zu suchen, die sein Körper zurückgelassen hatte, und die leeren Flaschen aufzusammeln, die er jedes Mal vergaß. Ihr Herz schlug schneller.

Stopp!

Sie durfte sich diesen Hirngespinsten nicht hingeben. *Einar Thorsen war ein Geschöpf ihrer Fantasie. Eine Figur aus einem Roman.* Sie schloss für einen Moment die Augen und als sie sie wieder öffnete, fokussierte sie ihren Blick bewusst auf die vereinzelten Wohnmobile und Zelte auf dem Gelände, das um diese Tageszeit verlassen war, doch von ihrem letzten Aufenthalt wusste sie, dass die große Wiese bis zum Abend bis auf den letzten Platz besetzt sein und die Sanitäreinrichtungen dem Ansturm der Camper nicht standhalten würden. Vor zwei Jahren hatte sie hier im Rahmen ihrer Recherche selbst ein paar Nächte verbracht. Die Stelle, an der sie ihr Zelt aufgeschlagen hatte, war keine fünfzig Meter entfernt.

›Als Frau allein mit dem Zelt auf die Lofoten, du bist ja total verrückt!‹, hatte Jenny ihr Vorhaben damals kopfschüttelnd kommentiert. ›Aber wenn du ein paar interessante Erfahrungen und gute Fotos mitbringst, nehme ich die Geschichte gern.‹

Tatsächlich war es alles andere als bequem gewesen nur mit Mietwagen und Zelt unterwegs zu sein und auf jeglichen Komfort zu verzichten, den Hotels und Frühstückspensionen boten. Schon der Aufbau ihrer nächtlichen Unterkunft nach einem langen Tag bei Wind und Regen hatte sie bisweilen an den

Rand dessen gebracht, was sie normalerweise auszuhalten bereit war. Doch trotz aller Anstrengung waren es gute Tage gewesen, frei von der Last ihres Romans, der sie jetzt auf Schritt und Tritt begleitete und ständig aufs Neue mit Erinnerungen überfiel.

Wie um die düstere Richtung zu unterstreichen, die ihre Gedanken erneut nahmen, ballten sich dort, wo sich eben noch endlos blauer Himmel erstreckt hatte, Wolken über dem Meer zu einer massiven grauen Wand zusammen. Judith warf einen Blick über die Bucht. Die Flut hatte bereits eingesetzt, sie musste den Weg zurück über die Straße nehmen. Ein ungutes Gefühl breitete sich dabei in ihr aus, um sich abzulenken, kramte sie ihre Jacke aus dem Rucksack und sagte sich, dass es nur einen Grund gab, beunruhigt zu sein. Und das war das Wetter. Sobald die Sonne hinter den Wolken verschwand, würde es unangenehm kühl werden. Tatsächlich kam schon Wind auf. Als sie wenig später die Straße erreichte, begann es zu regnen. Feuchtigkeit stieg dampfend von dem aufgewärmten Asphalt auf und zog sich in der bereits abgekühlten Luft einem weißen Band gleich zwischen den verstreut liegenden Häusern entlang. Der Anblick besaß etwas Gespenstisches, und Judiths Unbehagen wuchs mit jedem weiteren Schritt.

Sie war etwa auf halber Strecke, als sie durch die Regenschleier hindurch die Lichter eines entgegenkommenden Fahrzeugs aufblitzen sah. Die Norweger waren zurückhaltende, vorsichtige Fahrer, daher fiel ihr sofort auf, dass dieser Wagen schnell, viel zu schnell auf sie zuraste. Sie runzelte die Stirn. Etwas stimmte nicht, war nicht richtig an dem Bild, das sich ihr bot, aber es blieb keine Zeit zum Überlegen, denn plötzlich entdeckte sie das Kind.

Ein Mädchen, nicht älter als vier oder fünf Jahre.

Was machte es dort mitten auf der Straße?

Judiths Herz schlug ihr bis zum Hals.

Das durchsichtige Regencape des Kindes, unter dem ein helles Sommerkleid zu erkennen war, schimmerte im Licht der Scheinwerfer des sich rasch nähernden Wagens. Intuitiv sprintete Judith los.

»Geh von der Straße runter! Da kommt ein Auto!«, brüllte sie gegen den Wind.

Das Kind wandte den Kopf in ihre Richtung, bewegte sich aber nicht. War es sich der Gefahr denn nicht bewusst? Judith riss die Arme hoch, um den Fahrer zu warnen, aber der Wagen raste in konstant hohem Tempo weiter auf sie zu. In letzter Sekunde packte Judith das Mädchen am Arm und riss es mit sich in den Graben. Das Auto schoss vorbei.

Nasses Gras drückte gegen ihr Gesicht, das Gewicht des Kindes lastete auf ihr. Das Mädchen schrie vor Schreck und wehrte sich heftig gegen Judiths festen Griff. Über den prasselnden Regen hinweg hörte Judith das Quietschen der Bremsen. Das Schlagen einer Autotür.

Das Kind befreite sich aus ihrer Umklammerung, kletterte auf allen Vieren aus dem Graben und stürzte auf den Mann zu, der in ihre Richtung gelaufen kam. »Papa!«, rief es. »Papa!«

Der Mann im grünen Arbeitsoverall schrie Judith wütend an, während sich das Mädchen weinend an sein Bein klammerte. Judith verstand kein Wort. Ihre rechte Schulter schmerzte von dem ungestümen Sprung in den Graben, ebenso wie ihr rechter Knöchel. Umständlich stemmte sie sich hoch. Der Mann schrie noch immer. Er machte keine Anstalten ihr zu helfen.

Judiths anfängliche Verstörung verwandelte sich in Wut. Mit zusammengebissenen Zähnen stemmte sie sich auf die Beine. »Schrei mich nicht so an!«, brüllte sie den Mann auf Englisch an, als sie endlich vor ihm stand. »Wenn ich nicht gewesen wäre, hättest du deine eigene Tochter überfahren! Das Kind stand mitten auf der Straße, und du bist gefahren wie ein Irrer!«

Ungläubig starrte er sie an.

»Was sagst du da?«, fragte er dann, nun ebenfalls auf Englisch, aber immer noch voller Zorn, während der Wind ihm den Regen ins Gesicht klatschte und die Worte von den Lippen riss. »Du bist diejenige, die irre ist! Meine Kleine stand am Straßenrand und hat auf mich gewartet, wie sie es jeden Tag macht, wenn ich von der Arbeit komme. Ich hatte den Blinker schon gesetzt, um auf unser Grundstück abzubiegen, doch dann springst du wie aus dem Nichts auf das Kind zu und reißt es in den Graben!«

Judith schüttelte fassungslos den Kopf. »Das stimmt nicht! Ich habe doch gesehen, wie schnell du gefahren bist …«

»Stehst du unter Drogen?«, fiel er ihr harsch ins Wort. »Du kannst froh sein, dass meinem Mädchen nichts passiert ist! Sonst …« Er schüttelte drohend seine Faust in ihre Richtung.

Judith wich einen Schritt zurück, blickte hinunter auf das Kind, das noch immer das Bein ihres Vaters umklammert hielt, das Gesicht jetzt von ihr abgewandt. Ohne ein weiteres Wort nahm der Mann es auf den Arm und ging zu seinem Wagen. Er setzte das Mädchen auf den Rücksitz und stieg dann mit einem letzten verachtenden Blick in ihre Richtung selbst ein. Nur zehn Meter weiter bog er auf ein Grundstück ein. Judith wandte sich zitternd ab. Der Regen prasselte mit einer Macht auf sie herab, als wolle ein zorniger Gott sie für ihre Intervention strafen. Sie wollte weitergehen, aber sie konnte nicht, sie war völlig erschöpft nach der Aufregung, einsam und verstört, und die Welt schien sich aufzulösen hinter den Kaskaden von Wasser, die vom Himmel strömten.

Wieder und wieder sah sie den Wagen durch den Regen auf das Mädchen zurasen, hörte sich selbst rufen, spürte den Widerstand des Windes, als sie auf das Kind zu rannte, den Stoß, als sie gemeinsam im Graben landeten. Sah das wutverzerrte Gesicht des Mannes vor sich.

Hatte sie sich die Gefahr nur eingebildet?

Nein.

Sie starrte auf die Straße, so solide unter ihren Füßen, auf das Gestrüpp, das sich am Rand der Fahrbahn unter Regen und Wind bog. Schmeckte Salz und Wasser auf ihren Lippen. Das war alles real. Sie war real. Also musste auch die Gefahr real gewesen sein. Ihr Blick wanderte auf die andere Straßenseite. Und die Kälte, die sie erfüllte, als sie das hellgelbe Gebäude mit dem roten Dach erkannte, und begriff, wo sie sich befand, hatte nichts mit dem Regen zu tun, der sich in diesem Moment einen Weg unter ihre Jacke bahnte und in einem feinen Rinnsal über ihren Rücken lief.

KNUT KRISTENSEN FLUCHTE leise, während er seinen alten Landrover durch den Regen lenkte. Die Scheibenwischer kämpften vergeblich gegen die Wassermassen an, und Windböen rüttelten an der Karosserie und drückten das Fahrzeug aus seiner Spur. Aber sein Unmut galt nicht dem Wetter. Niemand, der auf den Lofoten geboren war, ließ sich davon wirklich aus der Ruhe bringen. Der tatsächliche Adressat seines Ärgers war Rune. Hatte er ihn nicht gewarnt? Hatte er ihm nicht abgeraten, rauszufahren?

Rune war schon als Kind unbelehrbar gewesen, wenn er sich etwas in den Kopf gesetzt hatte. Knut erinnerte sich nur zu gut, wie seine Schwester am Starrsinn ihres Sohnes bisweilen verzweifelt war. Aber damals hatten sie sich wegen Alltäglichkeiten gestritten, Kleinigkeiten im Vergleich zu dem, was heute auf dem Spiel stand. Riskierte Rune sein Leben denn immer wieder mit Bedacht?

Knut nahm den Fuß vom Gas, als eine erneute Windböe den Wagen erfasste, und blinzelte unsicher in den Regen. Was war dort am Straßenrand? Irritiert beugte er sich vor und wischte mit der Hand Kondenswasser vom Glas der Frontscheibe. Saß dort jemand zusammengekauert im Gras?

Er blendete auf, aber das Fernlicht ließ lediglich die Regenwand noch undurchdringlicher erscheinen. Er stoppte den Wagen.

Tatsächlich.

Dort saß jemand.

Knut unterdrückte den Impuls, einfach weiterzufahren. Niemand mit klarem Verstand kauerte bei solchem Wetter am

Straßenrand. Knurrend zog er die Handbremse, schaltete den Warnblinker ein und stellte den Kragen seiner Jacke auf. Als er ausstieg, riss ihn der Wind fasst von den Beinen.

»Hei, noe har skjedd? Er de ikke bra?«, rief er. Ist etwas passiert? Geht es dir nicht gut?

Er erhielt keine Antwort. Die ganze Situation hatte etwas so Befremdliches, dass er erneut den Impuls unterdrücken musste, zum Wagen zurückzugehen und weiterzufahren. Zögernd bewegte er sich weiter auf die Gestalt zu.

Erst als er direkt vor ihr stand, erkannte er, dass er eine Frau vor sich hatte. Die Kapuze ihrer Regenjacke war heruntergeweht, das lange Haar klebte ihr am Kopf. Ihre langen schlanken Beine unter der völlig durchweichten kurzen Hose waren verdreckt.

Doch das Beunruhigenste war der leere Ausdruck in ihrem Gesicht. Sie sah ihn an und doch gleichzeitig durch ihn hindurch, genauso hatte seine Großtante ihn damals angesehen, nachdem sie den Verstand verloren hatte, und dieser Blick hatte ihn als Kind bis in seine Träume verfolgt.

Dann erkannte er sie.

Es war Judith, seine Mieterin.

Was zum Teufel machte sie hier draußen bei diesem Wetter? Was war ihr zugestoßen? Seine Gelenke protestierten, als er mühsam vor ihr in die Hocke ging und sie an der Schulter berührte, den Regen ignorierend, der wütend auf ihn herabschlug. »Judith? Was ist passiert?«

Keine Reaktion.

Sie zitterte am ganzen Körper.

Er musste sie ins Trockene schaffen. Und sie brauchte womöglich einen Arzt. Sollte er sie nach Ramberg bringen oder nach Hause? Greta war sicher noch nicht zurück, und die Vorstellung, allein mit Judith zu bleiben, gefiel ihm nicht. Er sah sich um. Runes Haus lag gut hundert Meter weiter, aber dort war natürlich alles dunkel. Bei Jan Møller zwanzig Meter entfernt auf der anderen Straßenseite brannte Licht, und Knut erinnerte sich, dass Jans Frau Eva seit einem halben Jahr als Arzthelferin in Ramberg arbeitete.

Ungelenk richtete er sich auf, ging zurück zu seinem Wagen und nahm das Telefon aus dem Handschuhfach. Da er hin und wieder beruflich mit Jan zu tun hatte, hatte er seine Telefonnummer abgespeichert. »Knut Kristensen hier, ich steh draußen auf der Straße in der Nähe deines Hauses und brauche Hilfe. Hier ist eine Frau …«

Jan reagierte zurückhaltend, was Knut überraschte, denn normalerweise kannte er ihn als hilfsbereiten, aufgeschlossenen Mann, der durch seine Arbeit als mobiler Landmaschinenmechaniker viel auf den Inseln herumkam und immer eine launige Geschichte zu erzählen wusste. »Herrgott, Jan, komm einfach raus und hilf mir!«, unterbrach er daher ungehalten Jans Fragen. »Und am besten bringst du Eva gleich mit.«

Augenblicke später sah er sie durch den Regen auf sich zueilen. Eva war eine pausbäckige rundliche Frau, die stets für jeden ein Lächeln bereit hatte, doch als sie Knut jetzt erreichte, war ihre Stirn ärgerlich gerunzelt, und bevor er fragen konnte, informierte Jan ihn darüber, was geschehen war.

»Was hat sie getan? Deine Tochter von der Straße in den Graben gerissen? Einfach so?«, wiederholte er ungläubig, während sie die noch immer völlig apathische Judith gemeinsam zum Haus der Møllers bugsierten.

»Einfach so«, bestätigte Jan. »Es gab keinen Grund. Die Kleine hat am Straßenrand auf mich gewartet, wie jeden Nachmittag. Ich war dabei, den Wagen ausrollen zu lassen, da tauchte sie im Scheinwerferlicht auf und …«

Knut winkte ab. »Schon gut, ich muss es nicht noch einmal hören.« Durch seine Jacke hindurch spürte er, wie Judith zitterte, und konnte sich der Verantwortung nicht entziehen, die plötzlich auf ihm lastete. Er erinnerte sich, wie sie bei ihrer Ankunft sich um ein Gespräch mit ihm bemüht hatte. Sein erster Eindruck passte so gar nicht zu der Situation, in der sie sich jetzt befanden. Was hatte sie nur veranlasst, so zu handeln?

Er wartete in der Küche der Møllers, während Eva sich um Judith kümmerte. Jan war mit seiner Tochter ins obere Stockwerk gegangen. Nachdem Knut eine Weile hinaus in den Regen gestarrt hatte, zog er sein Telefon aus der Tasche und rief Greta an. Sie war schon auf dem Heimweg.

»Wie lange brauchst du noch?«, wollte er wissen.

»Etwa eine dreiviertel Stunde. Aber ich wollte noch einkaufen.«

»Komm gleich nach Hause. Ich brauche dich hier.«

»Was ist passiert?«

»Es geht um Judith. Ich weiß noch nicht genau, was passiert ist, ich konnte noch nicht mit ihr sprechen.«

»Oh, mein Gott, ist sie verletzt?«

»Nein, ich glaube nicht, aber sie …«

»Sie steht unter Schock«, fiel Eva ihm ins Wort.

Er hatte sie nicht hereinkommen hören. Erst jetzt erreichte ihn auch der Hauch von Desinfektionslösung, der sie umgab, seit sie in der Arztpraxis arbeitete.

»Mit wem sprichst du?«, wollte sie wissen.

»Greta.«

Eva nickte knapp und streckte ihre kleine kräftige Hand nach dem Telefon aus. »Hallo Greta, hier ist Eva …«

Knut ließ sich auf die Bank unter dem Fenster sinken, während er lauschte, wie ihm die Last der Verantwortung von den Schultern genommen wurde. Evas Ausführungen gegenüber

Greta entnahm er, dass sie Judith mit trockener Kleidung versehen und medizinisch so weit versorgt hatte. Für ihn blieb nichts weiter zu tun. Greta würde Judith abholen. Er stand auf und griff nach seiner Jacke, die über der Stuhllehne hing. Unter ihr hatte sich das Tropfwasser auf den hellen Fliesen zu einer Pfütze gesammelt.

»Was sagst du?«, hörte er in diesem Moment Eva fragen. »Sie hatte gestern auf der Pier in Moskenes einen Schwächeanfall und ist zusammengebrochen?«

Knut hielt beim Anziehen seiner Jacke inne, als Evas Blick ihn traf. Mit einem Seufzen legte er die Jacke zurück über den Stuhl.

»Was weißt du über die Frau?«, wollte sie von ihm wissen, nachdem sie das Gespräch mit Greta beendet hatte. »Gibt es jemand, den wir im Zweifelsfall anrufen können?«

Umständlich ließ er das Telefon in seine Hosentasche gleiten. »Konntest du nicht mit ihr reden?«

Eva schüttelte den Kopf. »Sie sieht mich an, wenn ich sie anspreche, aber ich bin mir nicht sicher, ob das, was ich ihr sage, überhaupt zu ihr durchdringt.« Sie räusperte sich. »Körperlich weist sie keine bedenklichen Symptome auf, aber sie scheint nervlich völlig am Ende zu sein. Ich hatte mal einen solchen Fall während meiner Zeit im Krankenhaus in Svolvær …«

Knut ließ sie einen Moment erzählen, ohne ihr wirklich zuzuhören. »Wie gehen wir weiter vor? Muss sie ins Krankenhaus?«, unterbrach er sie dann.

»Ich wollte abwarten, wie sie auf Greta reagiert«, sagte Eva. »Ein vertrautes Gesicht könnte sie aus ihrer Apathie holen. Laut Greta haben die beiden sich auf Anhieb gut verstanden.«

»Wer versteht sich nicht mit Greta«, knurrte Knut.

»Na, ich wüsste da einige«, bemerkte Eva mit einem Unterton, der Knut überraschte.

»Ja, Männer vielleicht, aber ihr Frauen …«

»Du siehst aus, als könntest du etwas zu trinken vertragen«, beendete Eva die Diskussion und schob ihm eine Flasche Bier über den Tisch, die sie aus dem Kühlschrank genommen hatte. Dann rief sie ihren Mann und ihre Tochter nach unten. »Kommt ihr essen?« Sie wandte sich erneut Knut zu. »Du isst doch mit, oder?«

Er schüttelte den Kopf. »Wenn es dir nichts ausmacht, würde ich mal nach Judith schauen.«

Sie lag im Gästezimmer auf einer Couch, zugedeckt mit einem Plaid und starrte an die Decke.

»Hey, Judith. Wie geht es dir?«, fragte er von der Tür aus. »Darf ich reinkommen?«

Langsam drehte sie den Kopf in seine Richtung. Der leere Ausdruck war aus ihrem Gesicht verschwunden und er sah ein Flackern in ihren Augen. Dann folgte ein erschöpftes Lächeln. »Hey, Knut«, sagte sie mit schwacher Stimme. »Du sprichst ja doch Englisch.«

Erleichtert lachte er auf.

EINE WELLE GESPANNTER Erwartung durchlief Rune, der breitbeinig an Deck seines Kutters stand und durch sein Fernglas blickte. Die Sturmfront, die im Nordwesten über dem Horizont aufzog, war weitaus stärker als bisher angenommen. Sie war nur der Vorbote einer ganzen Reihe von Tiefdruckgebieten, die eines nach dem anderen in den nächsten Tagen den Nordatlantik heimsuchen würden.

Langsam ließ er das Glas sinken. Die Nachricht traf ihn nicht überraschend. Natürlich hatte er gewusst, worauf er sich einließ, als er rausgefahren war, auch wenn er es seinem Onkel gegenüber verharmlost hatte. Aber er war davon ausgegangen, dass ihm mehr Zeit bleiben würde. Die Kühlräume der *Cassiopeia* waren noch nicht einmal zur Hälfte beladen.

»Rune, sieh zu, dass du dich verpisst, das hier wird kein Spaß!«, klang ihm die vom statischen Rauschen verzerrte Stimme des befreundeten Fischers wieder in den Ohren. »Du weißt selbst, dass du bei dem Wetter nichts mehr aus dem Wasser ziehst.«

Die wilden, vom Wind zerfetzten Wolkenberge kamen schnell näher, Rune konnte bereits mit bloßem Auge erkennen, wie sie ihre Wassermassen über dem Meer entluden. Der Anblick verstärkte das Gefühl der Erregung und vertrieb den letzten Rest Müdigkeit aus seinen Knochen. Jedes kleine Detail rückte in seinen Fokus. Es war eine Empfindung, die er vermisst hatte, ebenso wie die Geräusche, die mit dem zunehmenden Wind immer stärker wurden. In einem stetig anschwellenden Pfeif- und Klangkonzert brach sich der aufkommende Sturm an den Deckskanten, verwirbelte sich in den Nischen und bürstete die Wellen. Tief atmete Rune die kühle salzige Luft ein und nahm wahr, wie die Schaumkronen mehr wurden und die Bewegung des Bootes sich allmählich verstärkte. Die Wellenhöhe stieg. Wenn sich bewahrheitete, was aus der Ferne auf ihn zukam, würde sein Kutter schon bald wie ein Korken auf dem Wasser tanzen.

Der Gedanke bereitete ihm keine Angst. Er war nicht zum ersten Mal allein den Naturgewalten ausgeliefert. Zusammen mit seinem Boot hatte er schon einige Stürme überstanden, und er wusste, dass er sich auf die *Cassiopeia* verlassen konnte, die er nach seinem bevorzugten Sternbild am nördlichen Himmel benannt hatte. Wie alle Fischerboote war sie klein und robust, und selbst wenn sie von der Wucht der See auf die Seite geworfen wurde, richtete sie sich wieder auf, solange sie unbeschädigt blieb. Runes klamme Finger schlossen sich fester um das Fernglas in seiner Hand. Ein irrationaler, archaischer Drang machte sich in ihm breit, der eines erwachsenen, vernunftbegabten Menschen des 21. Jahrhunderts nicht würdig war: Die Versuchung, mitten in den Sturm hineinzufahren, um sich mit ihm zu messen.

Es hatte Zeiten in seinem Leben gegeben, da hätte er dieser Versuchung ohne Zögern nachgegeben. Und sie lagen noch nicht lange zurück. Da wäre die Fahrt einem Gottesurteil gleichgekommen, ihr Ausgang, egal wie, einer Befreiung. Als er jetzt auf das sich nähernde Unwetter blickte, fragte er sich, ob es so gut war, dass er inzwischen vor solchen Anwandlungen gefeit war. Niemand wartete an Land auf ihn, und selbst für Knut wäre es eine Erleichterung, wenn er sich keine Sorgen mehr um seinen Neffen machen musste. Rune lächelte grimmig, als er sich abwandte und die Tür des Steuerstands öffnete. Natürlich war es genau diese Leichtfertigkeit im Umgang mit dem Tod, die seinen Onkel umtrieb.

Während er den neuen Kurs eingab und das Boot wendete, konnte er beobachten, wie der Himmel sich über ihm zuzog. Erste Regentropfen klatschten gegen die Scheibe. Ohne dass er es sehen musste, *hörte* er, wie der Sturm weiter zunahm.

Rune warf einen prüfenden Blick auf seine elektronische Seekarte. Solange der Wind nicht drehte und weiter aus Nordwest kam, würde er vor der See nach Hause laufen können. Das war angesichts der Verhältnisse die beste Alternative. Der befreundete Fischer hatte natürlich recht. Es ergab keinen Sinn den Sturm im Fanggebiet abzuwettern, wenn nur einen halben Tag später das nächste Unwetter aufzog. Das kurzzeitige Nachlassen des Windes würde nicht ausreichen, um die tobenden Wellenberge zu beruhigen.

Er spürte, wie der Kutter unter ihm Fahrt aufnahm und durch die Wellen stampfte. Immer höher bauten sich die Kämme hinter ihm auf und gaben nur für Sekunden die Sicht auf den Horizont frei. Gischt lief vom Wind getrieben in feinen Vorhängen an ihren Vorderflanken herab. Ihr Anblick bot Rune Gelegenheit die gewaltige Dimension der Wassermonster abzuschätzen und gab ihm gleichzeitig Raum für ein kurzes, kalkulierbares Atemholen inmitten der tosenden Fluten. Doch dann katapultierte ihn ein Krachen zurück in die Realität. Ein Zucken ging durch den Kutter, als eine mächtige Welle ihn von achtern traf und untertauchte.

Einen Atemzug lang verspürte Rune Entsetzen, selbst nach all den Jahren war es jedes Mal wieder ein Schock für ihn, wenn Tonnen von Meerwasser über dem Boot zusammenschlugen und drohten, es zu verschlingen.

»Komm schon, Baby«, flüsterte Rune beschwörend, während er gebannt geradeaus sah. »Komm schon, du schaffst es.«

Grün und weiß schillernd lief das Wasser langsam ab, gab das vibrierende Boot wieder frei, und Rune atmete auf. Wie lange würde es dauern, bis die nächste große Welle sie unter Wasser drückte?

Nach drei langen Stunden und zahlreichen weiteren Tauchfahrten war ihm, als würde der Sturm leicht nachlassen, die Wellen niedriger werden und die Bewegungen des Kutters ruhiger. Durch ein Wolkenloch brach ein Sonnenstrahl und tauchte das Boot in unwirkliches Licht. Rune wagte es, sich etwas von der Suppe einzugießen, die er sich in einer Thermoskanne in einer Halterung an der Seite des Cockpits bereitgestellt hatte, und trank vorsichtig. Der Geruch der heißen würzigen Brühe erfüllte den Steuerstand und war eine willkommene Abwechslung zu dem kalten Gemisch aus Salzwasser und Dieselqualm, das ihn seit Stunden umgab. Aus einer Schublade kramte er ein paar Kekse heraus und genoss den Moment der vermeintlichen Ruhe, denn der Sturm war noch nicht vorbei.

Sein Magen reagierte leicht gereizt auf die Nahrung, doch Rune ignorierte den Anflug von Übelkeit. Es würde gleich vorbei sein. Bei einer solchen Fahrt konnte jedem noch so hartgesottenen Seemann mulmig werden.

Meile für Meile arbeitete die *Cassiopeia* sich weiter durch das kochende Meer, torkelte von Wellenkämmen in Täler, verlor sich in dem einheitlichen Grau aus Meer, Himmel und Regen. Runes Blick glitt immer wieder prüfend über die Gerätschaften draußen an Deck. Wenn er auslief, zurrte er alles seefest, dennoch drangen durch das Heulen des Sturms ungewöhnliche schlagende Geräusche zu ihm hindurch. Er versuchte, sie zu ignorieren. Egal, was sich dort draußen vielleicht gerade löste, er musste damit leben, es zu verlieren – jetzt danach zu sehen, konnte seinen Tod bedeuten.

Über Funk hielt er nach wie vor Kontakt zu der Handvoll weiterer Boote, die im selben Seegebiet unterwegs waren. Ihre Berichte über die Entwicklung des Wetters waren nicht ermutigend. Es stürmte weiter, wenn auch nicht ganz so heftig wie in den vergangenen Stunden. Allmählich spürte er auch die Anstrengung, die es seinen Körper kostete, dem schweren Seegang auf Dauer standzuhalten. Rune passte sich den Bewegungen des Kutters an, es war die beste Methode Kraft zu sparen, doch wenn er arbeiten musste, und sei es nur an den Karten oder am Funkgerät, musste er sich mit aller Kraft dagegenstemmen. Dabei war es entscheidend, sich die verbliebene Kraft einzuteilen, denn von seinem Heimathafen trennten ihn noch gut dreißig Seemeilen, was bei diesen Verhältnissen weitere fünf Stunden Fahrt bedeutete. Stunden, in denen weder sein Körper noch sein Geist Ruhe finden durften. Rune starrte durch die beschlagene Scheibe. Um ihn herum tobte das Meer, und seine *Cassiopeia* ächzte und stöhnte, als sie sich über einen weiteren Wellenberg kämpfte. Er wünschte sich, schon im Hafen von Fredvang zu sein, der Fisch bereits ausgeladen und das Boot gereinigt. All das musste erledigt werden, bevor er nach Hause gehen konnte.

Plötzlich ruckte und krachte es erneut. Eine weitere Sturzsee ging über dem Kutter nieder. Rune wurde an die Tür geschleudert und neben ihm flog die Thermoskanne aus ihrer Halterung, knallte mit Wucht gegen die Scheibe und landete scheppernd auf dem Boden, wo sie zwischen seinen Füßen hin- und herrollte. Rune bückte sich danach. Noch bevor er sie zu packen bekam, sah er, dass sie gesprungen war und die restliche Brühe herausleckte. Er ärgerte sich über seine Nachlässigkeit, mit der er sie nach der letzten Benutzung verstaut hatte. Zwanzig Jahre hatte sie ihn auf seinen Reisen begleitet und ihm gute Dienste geleistet. Hätte er mehr Aufmerksamkeit darauf verwandt, wäre sie jetzt noch unversehrt. Ärgerlich riss er Küchenpapier von der Rolle, die er bei den Keksen in der Schublade aufbewahrte, wickelte die Kanne ein und stellte sie zurück, während er sich fragte, ob er im Supermarkt in Ramberg eine neue bekommen würde oder dafür bis ins vierzig Kilometer entfernte Einkaufszentrum in Leknes fahren musste. Dann erst spürte er den schnell stärker werdenden Schmerz in seiner Schulter.

MITTWOCH

GRETA HATTE VERSUCHT, sich auf ihre Arbeit zu konzentrieren, aber sie ging ihr an diesem Morgen nicht gut von der Hand. Vielleicht wäre es doch besser, mit einem Mann zusammenzuwohnen, der die Küche jedes Mal in ein Schlachtfeld verwandelte, sobald er sie betrat, als mit einer Frau, die scheinbar nicht ganz bei Trost war.

Seit sie Judith bei Jan und Eva abgeholt hatte, war sie nicht aus ihrem Zimmer gekommen. Zumindest nicht, solange Greta im Haus war.

»Das ist schon ganz schön psycho«, äußerte sie Knut gegenüber, der gerade bei ihr in der Küche saß. Angeblich um sich nach Judiths Befinden zu erkundigen. Er hätte natürlich auch einfach anrufen können, aber Knut war kein Mensch, der gern telefonierte. »Ich weiß nie, was die Menschen denken, wenn ich mit ihnen telefoniere«, hatte er ihr gegenüber einmal eingestanden. »Es stört mich, nicht ihre Gesichter und ihre Gesten sehen zu können.«

Eine nachvollziehbare Einstellung, fand Greta. Wenn sie gleich nach dem Aufstehen nur mit einem Bademantel bekleidet und einer Kaffeetasse in der Hand wichtige Geschäftsgespräche führte, war sie jedes Mal erleichert, dass die Videotelefonie noch nicht die breite Öffentlichkeit erreicht hatte.

»Konntest du aus Judith rauskriegen, was mit ihr los war?«, fragte Knut jetzt.

Greta schüttelte den Kopf. »Sie hat sich im oberen Stockwerk eingeschlossen. Ich habe sie noch nicht zu Gesicht bekommen.« Sie bedachte Knut mit einem forschenden Blick. Was willst du genau wissen?, lag ihr auf den Lippen, sie verkniff es sich jedoch.

»Hast du eigentlich gewusst, dass sie Autorin ist und einen Bestseller über die Lofoten geschrieben hat?«, fragte sie stattdessen.

Knut rieb sich die Nase, wie immer, wenn er sich ertappt fühlte. »Das mit der Autorin wusste ich, ja.« Er grinste verlegen. »Aber ein Bestseller, sieh an, nein, davon hatte ich keine Ahnung. Worum geht es denn? Ist das Buch übersetzt?«

»Würdest du es lesen, wenn es so wäre?«

Wieder strich Knut sich mit dem Finger über seine Nase. »Wahrscheinlich nicht. Ich meine«, er warf ihr einen listigen Blick zu, »was kann eine Fremde schon über unsere Gegend schreiben, das wir nicht längst wüssten. Weißt du, worum es in dem Buch geht?«

»Keine Ahnung, ich habe im Internet nur gelesen, dass es so was wie ein psychologischer Thriller mit ökologischem Hintergrund ist.«

»Ah«, erwiderte Knut vielsagend, und sie begriff, dass er keine Ahnung hatte, wovon sie sprach.

Sie vertieften die Thematik nicht weiter.

»Hast du etwas von Rune gehört?«, wollte sie wissen.

Am Morgen hatten sie im Radio gemeldet, dass zwei Boote während des Sturms in Seenot geraten waren: ein Segler und ein Fischer.

Knut antwortete nicht gleich. »Er ist heute Vormittag eingelaufen«, antwortete er schließlich. Dabei wich er ihrem Blick aus.

»Und? Alles in Ordnung?«

Knut zuckte mit den Schultern.

»Knut …«

»Du kannst ihn nicht ausstehen, Greta, warum fragst du ständig nach ihm?«

»Weil er *dir* wichtig ist. Und weil ich möchte, dass es dir gut geht«, entfuhr es ihr heftiger als beabsichtigt.

Knut hob die Hände in einer entschuldigenden Geste. »Tut mir leid, aber ich bin ein wenig aufgebracht wegen ihm, und das letzte, was ich jetzt hören möchte, sind Anschuldigungen oder höhnischer Spott.«

»Hast du das von mir schon mal gehört?«

»In letzter Zeit nicht mehr, nein.«

»Also, was ist passiert?«

»Er hat sich auf der Heimfahrt an der Schulter verletzt, sah aus wie sein eigener Tod, als ich ihn getroffen habe. Völlig übermüdet. Wird eine Weile nicht rausfahren können, jedenfalls nicht, um zu fischen.«

»Wann warst du bei ihm?«

Knut räusperte sich. »Bevor ich zu dir gefahren bin.«

Greta nickte verstehend. »Habt ihr gestritten?«

»Ja.«

Sie war versucht, tröstend nach seiner Hand zu greifen, unterließ es aber, da sie wusste, dass Knut derlei Gesten unangenehm waren. »Du musst lernen, dich zurückzuhalten. Rune ist ein erwachsener Mann von Mitte fünfzig«, bemerkte sie stattdessen nur.

»Er ist ein Idiot«, erwiderte Knut barsch.

Greta senkte den Blick. Es war absurd, dass Knut sie zur Verteidigerin seines Neffen machte. Ausgerechnet sie. Aber letztlich ging es nicht um Rune, sondern um Knut. Solange der alte Mann nicht begriff, dass er seinem Neffen nicht vorschreiben konnte, wie er sein Leben zu führen hatte, würden die beiden sich immer wieder in diesen hässlichen Streitereien verlieren, die zu nichts führten und beide nur verbitterten.

»Eines Tages bringt er sich dort draußen noch um«, stieß Knut hervor.

Bevor Greta etwas erwidern konnte, ließ ein Räuspern in der Tür sie beide aufsehen. Es war Judith. Greta fragte sich, wie lange sie dort wohl schon gestanden haben mochte und wie viel sie von ihrem Gespräch verstanden hatte.

»Ich … ich will euch nicht stören, aber ich habe Knuts Stimme gehört …«, begann Judith zögerlich.

Knut stand schwerfällig auf. »Hey, Judith, geht es dir besser?« Überrascht registrierte Greta, dass er Englisch mit ihr sprach. Diese Ehre ließ er nur wenigen zukommen.

»Danke, es geht mir besser«, erwiderte Judith und trat in die Küche, die Arme eng um den Körper geschlungen. Die Blässe und Anspannung in ihrem Gesicht verliehen ihr eine Verletzlichkeit, die ihre Attraktivität noch unterstrich. Sie trug eine dunkle Jogginghose und ein graues Sweatshirt, beides zerknittert, als hätte sie darin geschlafen. Ihr Haar war in einem Zopf nach hinten gebunden. »Ich wollte mich schon längst bei dir dafür bedankt haben, dass du mich vorgestern an der Straße aufgelesen hast, aber ich habe mich nicht so gut gefühlt …« Ein Zittern durchlief ihren Körper, und Greta betrachtete sie genauer. »Wann hast du das letzte Mal etwas gegessen?«, platzte es aus ihr heraus.

Judiths klägliches Lächeln war Antwort genug.

Knut trat unangenehm berührt von einem Bein aufs andere. »Ihr regelt das schon«, bemerkte er und warf einen Blick auf die Uhr, die über der Tür hing. »Ich bin schon wieder viel zu lang hier gewesen. Hab noch zu tun.« Er nickte ihnen zu und dann war er auch schon im Flur verschwunden.

Greta begleitete ihn zur Tür und sah ihm nach, als er mit steifen kurzen Schritten zu seinem alten Geländewagen humpelte und sich mühevoll auf den Fahrersitz stemmte. Es war ein seltsames Gefühl, dass ausgerechnet Knut ihr engster Familienersatz war, während sie seinen Neffen verachtete.

Als sie in die Küche zurückkam, saß Judith auf Knuts Platz und hatte sich grünen Tee eingeschenkt, der in einer Kanne auf einem Stövchen schon seit Stunden vor sich hin simmerte. Eine Vielzahl von Fragen lag Greta auf der Zunge. Sie brannte darauf, aus Judiths Sicht zu erfahren, was geschehen war. Was hatte Judith gesehen? Was hatte sie bewegt, das Kind von der Straße in den Graben zu reißen? Hatte die kleine Tochter von Jan und Eva wirklich nur am Straßenrand gestanden? War ihr Vater tatsächlich so langsam gefahren, wie er behauptete?

Doch Judith kam ihr zuvor. »Wer ist dieser Rune, über den ihr gesprochen habt?«, riss sie Greta aus ihren Überlegungen, bevor sie auch nur eine davon formulieren konnte. Judiths Stimme klang angestrengt, und die Art, wie sie Runes Namen betonte, störte Greta.

Sie runzelte die Stirn. »Du hast uns verstanden?«

»Bruchstücke.«

Wie viel, wollte sie fragen, erwiderte jedoch nur knapp: »Er ist ein Verwandter von Knut.« Niemand, den du kennenlernen solltest, dachte sie, sagte aber nichts, denn sie spürte plötzlich, dass dieser Gedanke mehr als nur ihrer Abneigung gegenüber Rune entsprang. Greta kannte seine Wirkung auf Frauen. Speziell auf Frauen, die aus dem Süden kamen und die, beeindruckt von der Kargheit und der majestätischen Schönheit der Region, Träume spannen um die Menschen, die hier lebten. Es passierte immer wieder.

Es wäre nicht fair gewesen, ihm zu unterstellen, dass er diesen Umstand ausnutzte. Das tat er tatsächlich nicht. Er hielt sich fern von Fremden. Was ihn nur umso begehrenswerter erscheinen ließ.

JUDITH SPÜRTE DIE Fragen, die hinter Gretas wortkargen Antworten lauerten. Sie war Greta eine Erklärung schuldig, nach allem, was sie für sie getan hatte. Sie blickte in das schmale Gesicht der Norwegerin. Es überraschte sie noch immer, wie mühelos Greta ihre Abwehr durchbrach, indem sie ihr mit der Selbstverständlichkeit begegnete, die einer jahrzehntealten Freundschaft glich. In ihrer direkten, bisweilen kompromisslosen Art besaß sie eine gewisse Ähnlichkeit mit Jenny, aber im Gegensatz zu ihrer Cousine schien Gretas Leben längst nicht so sorgenfrei verlaufen zu sein, wie sie es ihrer Umwelt durch ihre irrlichternde Art vorspielte. Greta hatte ebenso wie sie bereits am Abgrund gestanden. Judith hatte es in ihren Augen gesehen. Wenn sie sich unbeobachtet fühlte, trat eine Melancholie in ihren Blick, die das oberflächlich witzelnde und ständig plappernde Bild Lügen strafte. Sich dieser Frau hinter der Fassade zu öffnen, danach sehnte Judith sich, mit ihr wollte sie reden, ihr wollte sie erzählen, was sie bewegte, belastete, ängstigte. Doch sie wagte es nicht. Wie konnte sie ihr von ihrem Roman erzählen, von der Macht, mit der sie das Geschriebene – obwohl längst zwischen zwei Buchdeckel gepresst – noch immer beherrschte, und dem Sog, dem sie so hilflos ausgesetzt war? Würde Greta das wirklich verstehen? Und wie konnte sie von Einar sprechen, ohne sich lächerlich zu machen? Sie war nicht so weit. Aber würde sie es je sein? Oder würden ihre Fantasien sie vorher in den Wahn treiben? Einen halben Tag und eine ganze helle Nacht hatte sie auf ihrem Bett gelegen, und schon der Blick auf die vorbeiziehenden Wolken und das Geräusch des Regens auf dem Dach war zu viel gewesen. Reglos hatte sie an die Zimmerdecke gestarrt, gefangen in bleierner Müdigkeit, und sie würde vielleicht jetzt noch dort liegen, wenn nicht Knut gekommen wäre. Seltsamerweise war ausgerechnet seine Stimme durch den Nebel zu ihr durchgedrungen. Während sie der Begrüßung zwischen ihm und Greta gelauscht hatte, hatte sie ihn vor sich gesehen, diesen knorrigen alten Mann mit den listigen Augen, und sich an das Gespräch erinnert, das sie mit ihm im Haus der Møllers geführt hatte, als er mit einem Bier in der Hand zu ihr ins Zimmer gekommen war.

Sie war so fasziniert gewesen von dem langsamen, gewählten Englisch, mit dem er sie ansprach, obwohl er doch bei ihrer ersten Begegnung so getan hatte, als verstünde er sie nicht, dass es ihm tatsächlich gelungen war, sie aus ihrer Apathie zu reißen. Es war zunächst die einzige Erinnerung gewesen, die ihr vom Aufenthalt in dem Haus im Gedächtnis geblieben war.

Er hatte sich nicht zu ihr gesetzt.

In, wie es ihr schien, sicherer Entfernung war er stehen geblieben und hatte gelächelt, entschuldigend beinahe. ›Weißt du, ich wäre fast an dir vorbeigefahren‹, hatte er dann zugegeben. ›Obwohl ich dich gesehen habe. Es passiert nicht oft bei uns, dass jemand im Regen am Straßenrand sitzt. Es ist abzusehen, dass das Ärger bedeutet.‹

›Du bist aber nicht vorbeigefahren‹, hatte sie leise erwidert.

›Nein, zum Glück.‹

Mehr hatten sie nicht gesprochen.

Mit einem kurzen Nicken hatte er sich wieder verabschiedet. Sie hatte nicht über diese Begegnung nachdenken können, sich nicht fragen, was ihn bewegt haben mochte, sich mit diesen sperrigen Worten bei ihr zu rechtfertigen. Kaum dass er gegangen war, war sie erneut in jenem Nebel versunken, der alles von ihr fernhielt und dämpfte, selbst ihre eigenen Gefühle, seit Jan Møller sie im Regen zurückgelassen und sie erkannt hatte, dass sie sein Kind genau vor Einars Haus in den Graben gerissen hatte.

Aber als sie dann vor wenigen Minuten Knuts Stimme gehört hatte, da hatte sie sich erinnert. Nicht nur an die Begegnung mit ihm, sondern auch an alles andere. An Greta, die sie abgeholt hatte. Evas spürbare Zurückhaltung. Die neugierigen Augen, mit denen ihre Tochter durch die Stäbe des Treppengeländers hindurch auf sie alle heruntergeblickt hatte. Und sie fragte sich, warum niemand außer Knut zu ihr durchgedrungen war? Sie hätte sich gewünscht, er wäre auch jetzt noch ein wenig geblieben, als Puffer zwischen ihr und Greta, die sie just in diesem Moment mit dem Blick einer hungrigen Hyäne betrachtete.

Judith schluckte nervös unter diesem Blick. Es hatte sie viel Kraft gekostet, aufzustehen und die Treppe hinunterzugehen. Die wenigen Worte, die sie zu Knut gesagt hatte, hatten sie erschöpft wie ein abendfüllender Vortrag.

»Ich …«, begann sie verzagt, ohne dass sie wusste, was sie wirklich sagen wollte, einfach nur der Verpflichtung folgend, die sie verspürte, doch Greta schüttelte zu ihrer Erleichterung den Kopf.

»Du musst nichts sagen, wenn du nicht willst.« Beruhigende Worte, doch Judith meinte unterschwellig einen Vorwurf darin zu hören.

»Ich wüsste auch gar nicht, was ich dir erzählen soll«, stieß sie deshalb hervor. »Ich verstehe selbst nicht, was geschehen ist.«

War es so?

Begriff sie es wirklich nicht?

Oder wollte sie lediglich nicht begreifen? Konnte es nicht?

Verzweifelt kämpfte sie gegen die Schleier, die ihr Denken blockierten, tastete sich an das heran, was hinter ihnen lag, verborgen, drohend.

Tu es nicht, flüsterte ihre innere Stimme.

Doch sie hörte nicht auf sie, denn plötzlich sah sie vor sich, wonach sie gesucht hatte, strahlend und abstoßend zugleich, und die Erkenntnis erfüllte sie mit derselben eisigen Kälte, die sie dort draußen auf der Straße im Regen verspürt hatte. Zum dritten Mal seit ihrer Ankunft war sie Opfer ihrer eigenen Fantasie geworden, ihrer eigenen Worte. Der Teebecher glitt ihr aus der Hand und fiel polternd zu Boden.

Wie aus der Ferne blickte sie auf die dunklen Schlieren, in denen der Tee sich über die alten Dielen ausbreitete. Dieselben Schlieren, in denen der Regen über die Straße abgeflossen war, direkt vor Einars Haus, schimmernd im Licht der sich nähernden Scheinwerfer. Es gab diese Szene in ihrem Roman. Genau an dieser Stelle. Nicht in einem Unwetter, aber in der ersten Dämmerung des nahenden Herbsts.

Als sie Jan Møllers Tochter in den Graben gestoßen hatte, hatte sie niemand anders retten wollen als Anna Thorsen.

Das war krank.

Sie war nicht mehr Herr ihrer Sinne.

Was geschah mit ihr, seit sie auf die Lofoten zurückgekehrt war? Hilflos sah sie Greta an. »Gott, ich habe Angst, dass ich verrückt werde«, flüsterte sie. »Dieses Mädchen …«

Greta griff nach ihrer Hand. »Genau darüber wollte ich mit dir reden«, fiel sie ihr ins Wort. »Kannst du mir das, was passiert ist, aus deiner Sicht schildern?«

Judith starrte sie irritiert an. »Ich verstehe nicht …«

»Erzähl mir einfach, was passiert ist. Wie du mit dem Kind im Graben gelandet bist.«

Die Nüchternheit und Ruhe in Gretas Stimme, ihr schweigendes Warten und der versichernde Druck ihrer schlanken Finger verfehlten ihre Wirkung letztlich nicht.

Stockend erzählte Judith von ihrer Wanderung durch die Bucht bis zum Campingplatz. Von ihrem Rückweg entlang der

Straße. Vom einsetzenden Unwetter, dem plötzlichen Anblick des Kindes im Licht der Scheinwerfer. Und der Schnelligkeit, mit der der Wagen auf sie zugekommen war. Und je länger sie sprach, desto ruhiger wurde sie.

Greta lauschte geduldig, ohne sie zu unterbrechen. Ihre Miene war ernst. »Ich glaube nicht, dass du den Verstand verlierst«, sagte sie schließlich.

Judith sah sie überrascht an.

Greta räusperte sich. »Jan Møller ist ein fleißiger und sicher auch kein schlechter Mann. Er kommt viel herum in seinem Beruf und wird nicht nur von seinen Kunden geschätzt.« Sie lehnte sich zurück und verschränkte die Arme vor ihrem Körper. »Aber er hat ein Alkoholproblem.«

»Was?«, entfuhr es Judith.

»Er trinkt.«

»Ja, das habe ich verstanden, aber ...«

»Du merkst es ihm nicht an. Das ist bei vielen Alkoholikern so. Solange sie ihren Pegel haben, funktionieren sie. Nur wenn sie zu viel oder zu wenig bekommen, wird es kritisch.«

Judith schnappte nach Luft, als sie erkannte, worauf Greta hinauswollte. »Du meinst, ich könnte recht gehabt haben? Dass er wirklich zu schnell gefahren ist?« Sie erinnerte sich an die Wut des Mannes, seine sich überschlagende Stimme. War er betrunken gewesen?

Greta nickte. »Natürlich wird er es nie zugeben. Aber seine Frau ahnt vermutlich, dass du dir das Ganze nicht nur eingebildet hast.«

Judith nickte zögernd. Das erklärte Evas Reserviertheit.

Und dann kam ihr Knuts Bemerkung wieder in den Sinn, die sie als so sperrig empfunden hatte. *Es passiert nicht oft bei uns, dass jemand im Regen am Straßenrand sitzt. Es ist abzusehen, dass das Ärger bedeutet.*

Nachdenklich fragte sie Greta: »Weiß Knut von Jans Alkoholproblem?«

»Bei Knut kann man sich nie sicher sein, was er weiß. Es dürfte sonst aber kaum jemand darüber informiert sein.«

»Und woher weißt du es?«

Greta verzog schmerzlich das Gesicht. »Eva ist«, ein kurzer Seufzer, »nein, sie war eine gute Freundin von mir. Sie brauchte hin und wieder jemanden zum Reden. Aber wir haben uns zerstritten.«

»Wegen ihres Mannes.«

»Ja.«

Judith sah sie fragend an.

»Es ... es ging darum, dass wir uns nicht einig darüber waren, wie mit Jans Sucht umzugehen sei.« Erneut räusperte Greta sich. »Mehr kann ich dir dazu nicht sagen. Ich habe schon viel zu viel preisgegeben, indem ich dir von seinem Alkoholproblem erzählt habe ...« Sie scharrte wie ein Kind mit der Fußspitze über den Boden. »Ich fühle mich nicht gut dabei, wirklich nicht.« Doch dann suchte sie wieder Judiths Blick. »Aber ich will auch nicht, dass du an deinem Verstand zweifelst. Du hast so schon genug zu tragen, scheint mir.«

»Danke«, erwiderte Judith schlicht, obwohl sie bereits spürte, wie ihr Herz schneller schlug, als ihr die Bedeutung dessen, was Greta ihr offenbart hatte, tiefer ins Bewusstsein drang.

Sie hatte sich die Geschwindigkeit des Wagens nicht eingebildet. Die Gefahr für das Kind.

Was Greta ihr zu ihrer Beruhigung erzählt hatte, löste nach einer ersten Erleichterung das genaue Gegenteil in ihr aus. Denn Judith wusste: Sie hatte nicht irgendein Mädchen, sondern Anna Thorsen dort auf der Straße gesehen. *Ihre kleine Anna.* Sie zu retten, war das Einzige gewesen, woran sie gedacht hatte.

Die Koinzidenz der Ereignisse verstörte sie. Was schwappte aus der Parallelwelt ihres Romans in die Realität? Wie konnte so etwas passieren? Welche Macht besaßen ihre geschriebenen Wörter? Oder waren das alles nur zufällig aneinandergereihte Ereignisse, denen nur sie eine überhöhte Bedeutung beimaß?

Greta entging Judiths erneut aufkeimende Unruhe nicht. »Was ist?«, fragte sie besorgt.

Judith schüttelte hastig den Kopf.

»Nichts«, beteuerte sie. »Wirklich nichts. Ist alles nur ein bisschen viel im Moment.« Sie bemühte sich um ein Lächeln. »Ich glaube, ich stehe immer noch neben mir.«

Greta öffnete einen der Küchenschränke, nahm Teller und Besteck heraus, und ein Brot, das aussah, als hätte sie es selbst gebacken. »Vielleicht solltest du etwas essen.« Aus dem Kühlschrank stellte sie Marmelade, Butter und Käse dazu.

Judith wagte nicht zu widersprechen, und Greta schnitt ihr eine dicke Scheibe ab.

»Ich würde mich gern bei den Møllers bedanken und etwas für das Mädchen kaufen«, sagte sie noch immer unsicher und innerlich zitternd, während sie eine Ecke des Brotes mit Butter bestrich. »Weißt du, wo ich etwas bekomme?«

»In Ramberg im Supermarkt. Oder gleich nebenan im Trödelladen. Es soll ja sicher nur eine Kleinigkeit sein.«

Judith nickte.

Greta sah sie scharf an. »Kannst du überhaupt Auto fahren in deinem Zustand?«

»Es geht mir sicher gleich besser.«

Wie um ihre Bemerkung zu unterstreichen, biss Judith von dem Brot ab. Es schmeckte gut, fühlte sich aber wie Sand in ihrem Mund an und das Schlucken fiel ihr schwer. Dennoch zwang sie sich die ganze Scheibe zu essen, auch wenn es länger dauerte, als sie je für ein Brot gebraucht hatte. Sie spülte die

Reste mit Tee hinunter, und als sie fertig war, fühlte sie sich tatsächlich kräftiger.

»Soll ich dir aus Ramberg etwas mitbringen?«, fragte sie, bevor sie nach oben ging.

Greta dachte kurz nach, schüttelte dann aber den Kopf. Sie warf einen Blick auf die Uhr über der Tür. »Die Møllers werden nicht vor sechzehn Uhr zu Hause sein.«

Da es gerade erst zwei Uhr nachmittags war, nutzte Judith die Zeit, um noch zu duschen, und während sie sich das heiße Wasser über den Kopf laufen ließ, dachte sie über das eben geführte Gespräch nach. In ihrer Anspannung hatte sie Gretas Absichten völlig falsch interpretiert. Greta war überhaupt nicht darauf aus gewesen, sie auszuhorchen. Sie wollte nur helfen. Dass sie so offen mit ihr über Jan Møllers Probleme gesprochen hatte, war ein sicherer Beweis dafür. Judith fühlte sich noch immer innerlich verletzt, aber die Erinnerung, wie Greta ihr mit jeder ihrer Gesten, jedem ihrer Blicke wortlos signalisiert hatte, dass sie nicht allein war, war wie Balsam auf diesen Wunden.

Als sie sich schließlich auf den Weg nach Ramberg machte, überlegte sie, womit sie ihr eine Freude machen konnte. Sie hatte beobachtet, dass Greta in einer Schublade am Küchenbuffet einen kleinen Vorrat einer ganz besonderen Schokolade aufbewahrte, mit dem sie sehr sparsam umging. Vielleicht könnte sie ihr davon etwas mitbringen.

Bis zur Einmündung auf die E10 begleiteten sie nur die Wolken, die wie Wasser über die steilen Berghänge strömten, einem anderen Fahrzeug begegnete sie nicht. Deswegen überraschte es sie, wie überfüllt der kleine Parkplatz vor dem Supermarkt war. Ramberg war kein großer Ort, nur einige wenige Straßen gingen von der Hauptstraße ab, führten zur Schule und zum Hafen. Die Parkplätze vor dem Supermarkt waren alle belegt. Ein flüchtiger Blick auf die Kennzeichen der parkenden Fahrzeuge zeigte Judith, dass die meisten Urlaubern gehörten, die vermutlich ihre Vorräte aufstockten. Da sie inzwischen Ortskenntnis besaß, wusste sie, dass sich auf der Rückseite weitere Parkplätze befanden, wo sie ihren Golf neben zwei Reisebussen aus Thüringen und Polen abstellte.

Sie blieb kurz im Auto sitzen und beobachtete die meist älteren Menschen, die ungelenk die hohen Stufen herunterkletterten und dann unschlüssig auf dem Parkplatz stehen blieben, bis eine agile junge Frau mit resolutem Auftreten sie um sich scharte und mit lauter Stimme zu erzählen begann, bevor sie sich dann gemeinsam zu dem – in jedem Reiseführer der Lofoten erwähnten – lang gezogenen weißen Sandstrand des Ortes aufmachten.

Im Supermarkt mit seinen bis unter die Decke reichenden Regalreihen suchte Judith eine Weile, bevor sie in einer Ecke, am Ende des Gangs mit den Reinigungsmitteln, zwei Regalmeter mit Kinderspielsachen fand. Es waren hauptsächlich einfache Spielzeuge für draußen: Plastikschaufeln, Förmchen und Eimer, ein paar Netze zum Krebsefangen, Fußbälle und Federballspiele. Einige bunte Autos und Bagger ergänzten das Sortiment. Unschlüssig stand Judith davor. Das war nicht, was sie suchte. Sie hatte an ein kleines Stofftier gedacht, ein hübsches Püppchen, etwas zum Liebhaben und Kuscheln. Aber was wusste sie schon über Kinder und ihre Vorlieben? Es hatte eine Zeit gegeben, da hatte sie davon geträumt, selbst einmal Mutter zu werden, und sich vorgestellt, Bücher für ihre eigenen Kinder zu schreiben. Damals war sie manchmal durch die Spielzeugabteilungen großer Warenhäuser geschlendert, hatte sich betören lassen von der bunten Vielfalt und sich überlegt, womit *ihre* Kinder wohl einmal spielen würden. Aber das lag nun schon mehr als anderthalb Jahrzehnte zurück, seither war sie regelmäßig in Verlegenheit geraten, wenn sie das Kind einer befreundeten Familie beschenkte.

Unverrichteter Dinge verließ sie die Regalreihe. Auch die Schokolade, die sie Greta mitbringen wollte, fand sie nicht. Neben dem Supermarkt verströmte der Trödelladen, von dem Greta gesprochen hatte, eine graue und staubige Atmosphäre, ähnlich der eines alten, lange nicht betretenen Dachbodens, der viel zu voll gepackt war mit Dingen, die niemand mehr brauchte. Sie schlenderte hindurch und wollte schon wieder hinausgehen, als sie neben der Kasse an einem kleinen stilisierten Baum eine Kette mit einem silberfarbenen Anhänger in Form eines anmutigen Einhorns entdeckte. Es war nicht das, wonach sie gesucht hatte, aber dennoch erschien es ihr genau das richtige Geschenk zu sein. Mehr als bereitwillig zahlte sie die einhundertfünzig Kronen, mit denen der Schmuck ausgeschrieben war, und beobachtete zufrieden, wie die Verkäuferin die Kette in einer kleinen Dose verpackte, die sie mit einer Schleife verzierte. Einer spontanen Eingebung folgend beschrieb sie der älteren Frau, die die Farbe und Konsistenz ihres Ladens angenommen zu haben schien, die Schokolade, nach der sie im Supermarkt vergeblich gesucht hatte, und zu ihrer Überraschung verwies diese sie sofort auf das Café-Restaurant auf der gegenüberliegenden Straßenseite. »Eine Spezialität, die es nur hier gibt«, verriet sie augenzwinkernd. »Der Küchenchef stellt sie selbst her. Nicht ganz billig, aber auf jeden Fall etwas Besonderes.«

Als Judith schließlich aus dem Laden trat, brach die Sonne durch die Wolken und tauchte die Bergkuppen, die hinter dem Ort in den Himmel wuchsen, in gleißendes Licht. Jede Schattierung, jeder Fels hob sich scharf, mächtig und gleichzeitig wunderbar filigran darin ab. Judith blieb stehen und während sie sich in dem faszinierenden Anblick verlor, waren all die Sorgen, all der Kummer der vergangen Tage vergessen und ein Hauch von Glück streifte sie, gepaart mit einer unerwarteten Zuversicht. Sie durfte nicht verzagen, sich nicht irre machen lassen. Sie musste darauf vertrauen, *daran glauben,* dass letztlich alles gut werden würde.

Mit einem Lächeln auf den Lippen überquerte sie den Parkplatz, als ein Mann von großer kräftiger Statur aus dem Supermarkt trat und ihren Weg kreuzte. Sein kantiges nordisches Gesicht war zur Hälfte von einem kurzen rotblonden Bart bedeckt, und in seinen Händen, die einem Holzfäller alle Ehre gemacht hätten, hielt er eine Thermoskanne und ein Sixpack Bier. Alles, was sie eben noch empfunden hatte, verlor sich in einem tiefen schwarzen Abgrund. Ungläubig starrte sie den Mann an, unfähig, sich zu bewegen. Helle blaue Augen streiften sie flüchtig, bevor er in einen weißen Pick-up stieg, der im Halteverbot stand. So und nicht anders sah Einar Thorsen aus.

ALS RUNE IN den Rückspiegel blickte, sah er die Frau noch immer mitten auf dem Parkplatz stehen. Zu hübsch, um Verstand haben zu können, war sein erster spontaner Gedanke bei ihrem Anblick gewesen, und wie sie nun mit halb offenem Mund seinem Wagen nachstarrte, fühlte er sich in seiner Annahme bestätigt. Es gab schon seltsame Typen unter den Touristen. Denn dass sie zu ihnen gehörte, daran hatte er keinen Zweifel. Er hatte sie noch nie hier in der Umgebung bemerkt und sie bereits vergessen, nachdem er hundert Meter weiter in die Straße zum Hafen eingebogen war, wo der Schiffsbauer seinen Betrieb hatte, von dem er seinerzeit seine *Cassiopeia* gekauft hatte. Die kaputte Befestigung seines Davits, des Kranauslegers, klapperte auf der Ladefläche des Pick-ups. Obwohl er immer alles gründlich wartete, hatte er diesen Schaden nicht abwehren können. Das Metallteil war von innen verrottet gewesen. Deshalb konnte der Sturm es ausreißen und hatte so das ungewöhnliche schlagende Geräusch verursacht, das er auf der Heimfahrt gehört hatte. Kein großer Schaden, aber wie alles, was mit Wasser und Booten zu tun hatte, kostspielig. Er war erleichtert, dass der Sturm sein Boot nicht weiter in Mitleidenschaft gezogen hatte.

Das war mehr, als er von sich selbst behaupten konnte. Seine schmerzende Schulter ließ ihn kaum schlafen. Es war vermutlich nur eine Zerrung, aber beim Entladen und Reinigen des Bootes nach der Ankunft im Hafen von Fredvang hatte er sich nicht geschont, und es waren doch einige Tonnen Fisch gewesen, die er mitgebracht hatte.

Als er sie in der Kühlhalle der Fischverarbeitungsfirma in ihren Kisten hatte liegen sehen, darauf wartend, ausgenommen und für den Versand verpackt zu werden, hatte er sich dennoch gefragt, ob es das wirklich wert gewesen war.

›Das hätte auch anders ausgehen können‹, hatte ihm Knut vor wenigen Stunden erst vorgeworfen. ›Wenn du schon keine Rücksicht auf dich nimmst, dann wenigstens auf das Boot! Wovon willst du denn einen neuen Kutter bezahlen, wenn du ihn im Sturm zerlegst, weil du starrsinnig und unvernünftig bist? Da reicht das Geld der Versicherung nie!‹

Die Vorwürfe seines Onkels waren das Letzte, was er nach mehr als fünfzehn Stunden Sturmfahrt und einem von Schmerzen ständig unterbrochenen, viel zu kurzen Schlaf hören wollte, und so hatte er Knut kurzerhand vor die Tür gesetzt, jedoch nicht, ohne ihm lautstark klarzumachen, was er von seinen ständigen Einmischungen in sein Leben hielt. Knut hatte dagegengehalten, und es waren viele verletzende Worte gefallen, heftiger als je zuvor.

Inzwischen bereute Rune die Auseinandersetzung, wie so oft. Wenn der Rausch des Zorns erst verraucht war, er wieder klar sehen und denken konnte, schämte er sich für seine Ausfälle. Es war nicht richtig, wie er mit dem alten Mann umsprang, und als er von zu Hause aufgebrochen war, hatte er bei ihm gestoppt, um sich zu entschuldigen, ihn aber nicht angetroffen. Auch auf dem Campingplatz hatte er ihn nicht gefunden, obwohl er über Mittag dort immer seine Runde drehte, um zu überprüfen, ob seine grönländische Platzmanagerin und Reinigungskraft alles im Griff hatte und ihn nicht betrog. Wenn es ums Geschäft ging, traute Knut keinem, vor allem nicht seinen Angestellten. Es war ihm schon immer schwer gefallen, zu delegieren, und jetzt im Alter schien diese Marotte zu einer Manie zu werden. Rune fragte sich, ob sein Onkel mit einer Frau an seiner Seite mehr Ruhe gefunden hätte, aber letztlich war das eine müßige Überlegung. Sie kam ihm auch immer nur dann, wenn er an seine eigene einsame Zukunft dachte. Würde er eines Tages ebenso schrullig werden? Schließlich lag es in seinen Genen.

Auf dem Hof der Schiffswerft herrschte geschäftiges Treiben. Rune war nicht der Einzige, dessen Boot im Sturm Schaden genommen hatte. Er lud die beschädigte Befestigung ab und machte sich auf die Suche nach Mats Larssen, dem Besitzer der Werft. Er fand ihn in seinem Büro bei der Koordination der Aufträge. Larssen war ein geschäftstüchtiger Mann im selben Alter wie Rune, im Gegensatz zu ihm jedoch deutlich gesetzter mit einem runden Gesicht und einer schon ausgeprägten Glatze und einem Bauch, gegen den er, seit Rune ihn kannte, vergeblich mit allen erdenklichen Freiluftsportarten ankämpfte. Er war vor so vielen Jahren vom Festland auf die Inseln gezogen, dass er als Einheimischer galt. Ursprünglich stammte er wohl aus einer Familie von Schiffsbauern aus Narvik.

»Hey, Rune«, begrüßte Mats ihn jovial, wobei sein tiefer Bass durch das kleine Büro dröhnte. »Ich hab schon gesehen, dass du draußen was abgeladen hast. Ist es richtig, dass du sonst sicher mit der *Cassiopeia* wieder zurückgekommen bist?«

Rune fuhr sich mit der Hand durch seinen Bart. »Heute Nacht gegen halb vier bin ich eingelaufen. War eine interessante Fahrt.«

Mats lachte mit einer gewissen Nervosität auf. Er war ein guter Schiffsbauer, aber es war auf den ganzen Inseln bekannt, dass er seekrank wurde, sobald er nur den Wetterbericht hörte. »Ja, was für ein Sturm, eigentlich nicht ungewöhnlich, aber ich frage mich in letzter Zeit häufiger …« Er unterbrach sich selbst und schüttelte den Kopf. »Na ja, egal, es bringt uns eine gute Auftragslage.« Umsichtig schob er ein paar Aufträge auf dem Schreibtisch zur Seite. »Was kann ich für dich tun? Wird ja wohl nicht so schlimm sein wie bei Jonas Grevesen. Der nutzt die Liegezeit gleich für eine Generalüberholung seines Kutters. Aber ihn hat es auch ganz schön erwischt.« Erneut lachte er kurz auf. »Seiner Frau wäre es sowieso am liebsten, wenn er stattdessen bei mir anfangen würde. Ganz böser Streit bei den beiden. Hast du schon davon gehört?«

»Nein«, erwiderte Rune knapp und wechselte das Thema, bevor Mats fortfahren konnte. Mats war in der Regel gut informiert über alles, was auf den Inseln passierte. »Mir ist während des Sturms eine Befestigung vom Davit rausgebrochen«, erklärte Rune. »War von innen verrottet.«

»Eine Befestigung vom Davit«, wiederholte Mats mit gerunzelter Stirn. »Da kannst du von Glück reden, dass du nicht den ganzen Kran verloren hast.« Er wandte sich kurz seinem Computer zu, gab ein paar Werte ein. »Sollen wir uns den Davit auch ansehen?«

»So schlimm ist es nicht.«

»Na, wenn du meinst. Aber nicht, dass du mir nach der nächsten Fahrt doch auf der Matte stehst.«

»Bis wann könnt ihr mir das Teil reparieren?«

Mats griff zum Telefon und rief in der Werkshalle an. »Gunnar, es geht um die Befestigung, die Rune gerade gebracht hat … Hast du schon reingeholt, ja? … Hm, nicht gut … Ich verstehe.« Mit Bedauern sah er zu Rune. »Gunnar meint, da ist nichts zu reparieren, die müssen wir komplett neu anfertigen. Ich fürchte, das dauert ein paar Tage. Wie ich schon sagte, gibt es viel zu tun, und heute Morgen hat sich auch noch einer meiner Schmiede krankgemeldet.«

Rune winkte ab. »Kein Problem. Ich kann sowieso nicht rausfahren.«

»Ach was, tatsächlich?« Mats' Augen blitzten auf. »Dich hält doch sonst nichts an Land. Was ist passiert?«

»Nichts. Ich brauche nur ein paar Tage Ruhe«, wiegelte Rune ab und ärgerte sich über sich selbst. »Man ist ja nicht mehr der Jüngste.«

»Das kannst du wohl sagen«, entgegnete Mats und reckte sich wie zur Bestätigung. »Hast du übrigens schon von dieser Geschichte in Stavanger gehört? War groß in der Zeitung gestern.«

»Stavanger?« Immer wenn das Gespräch auf die Ölhauptstadt des Landes kam, war Rune auf der Hut.

»Ja, dieser Skandal um dieses Bohrinselunglück vor zehn Jahren. Erinnerst du dich? Da gibt es aus irgendeinem Grund neue Erkenntnisse … stand gestern in der Zeitung. Warst du damals nicht auch da unten tätig?«

Die Frage erwischte Rune kalt, doch er reagierte geistesgegenwärtig. »Wie kommst du darauf?«, fragte er so beiläufig, dass Mats sofort wieder das Interesse verlor. »Nicht? Oh, dann hab ich mich wohl vertan. Ich dachte, Knut hätte es kürzlich mal erwähnt.«

»Tatsächlich.« Rune ließ sich nichts anmerken, obwohl sein Puls gefährlich anstieg. »Langsam wird der alte Mann sonderlich. Es war Bergen. Nicht Stavanger. Aber das kann man schon mal durcheinanderbringen. Liegt ja von uns aus gesehen praktisch nebeneinander.«

»Das magst du wohl sagen, und nach wie vor liegt eine Menge Geld dort unten«, wieder lachte Mats in seiner für ihn typischen Art kurz auf, »ich wollte, ich hätte was davon.«

»Hätten wir wohl alle gern«, bemerkte Rune und wandte sich zur Tür. Dort blieb er noch einmal kurz stehen. »Nehmt für meine neue Befestigung vernünftiges Material und nicht irgendein Altmetall von deinem Schrottplatz, ja?«

»Keine Sorge, Rune. Ich ruf dich an, wenn das Ersatzteil fertig ist. Vielleicht klappt es Samstag.«

»Das wäre prima, dank dir.«

Sobald er hinter dem Steuer seines Wagens saß und das Werftgelände verlassen hatte, verließ Rune die gespielte Ruhe. Wütend griff er nach seinem Telefon und wählte die Mobilnummer seines Onkels, wobei er völlig vergaß, dass er sich mit ihm hatte aussöhnen wollen.

»Hast du Mats Larssen eigentlich erzählt, dass ich in Stavanger gelebt und gearbeitet habe?«, fuhr er ihn unwirsch an, als Knut nach gefühlten fünfzehn Mal Klingeln endlich das Gespräch annahm.

»Mats Larssen? Warum sollte ich? Ich rede mit niemandem über deine Angelegenheiten und am allerwenigsten mit ihm. Dann kann ich es ja gleich öffentlich bekannt geben«, erwiderte Knut. In seiner Stimme schwang so viel Überraschung und Ärger, dass Rune keine Sekunde an der Aufrichtigkeit seiner Antwort zweifelte. »Wie kommst du denn darauf?«

Mit wenigen Worten berichtete Rune ihm von ihrem kurzen Gespräch.

Knut antwortete nicht gleich. »An der Rezeption vom Campingplatz liegt noch eine Ausgabe der Zeitung«, sagte er schließlich. »Fahr hin, nimm sie dir mit und mach dir selbst ein Bild. Das muss alles gar nichts mit dir zu tun haben.«

Nicht wirklich beruhigt legte Rune auf.

Zehn Jahre hatte er unbehelligt in Fredvang gelebt. Niemand hatte sich für ihn interessiert, niemand hatte versucht, ihn ausfindig zu machen. Und nun rief erst sein ehemaliger Arbeitskollege Rolf wie zufällig an, und dann folgte diese wie nebenbei hingeworfene Bemerkung von Mats Larssen.

Was ging hier vor, von dem er nichts wusste?

Knuts Platzmanagerin Cupun grüßte ihn missmutig, als er die Rezeption betrat. »Die Zeitung von gestern? Du hast Glück, die wollte ich gerade mit dem anderen Müll rausbringen.« Sie schlurfte in die kleine Küche und wühlte herum, schließlich kam sie mit der Ausgabe zurück und reichte sie ihm.

»Sehr freundlich von dir«, bedankte er sich. »Geht es dir gut? Bist du endlich deine Erkältung los?«

Über den Rand einer schwarzen Hornbrille musterte sie ihn aus ihren schmalen Inuit-Augen. »Es geht mir wieder gut, wenn der Sommer vorbei und die Touristen verschwunden sind«, brummelte sie in ihrem von einem dänischen Akzent gefärbten Norwegisch. »Es wird jedes Jahr schlimmer mit ihnen, das kann ich dir sagen.«

»Du verdienst dein Geld damit.«

Ihre Augen wurden zu schmalen Schlitzen. »Dein Onkel verdient Geld damit. Ich habe gerade genug, um zu überleben.«

Rune zog eine Augenbraue hoch, sagte aber nichts. Knut war misstrauisch und bisweilen auch ein wahrer Misanthrop, aber er zahlte seinen Angestellten ein vernünftiges Gehalt. Ausbeutung war ihm verhasst. Es war eine Eigenschaft, die Rune sehr an ihm schätzte.

Zurück im Wagen warf er die Zeitung auf den Beifahrersitz. Er widerstand dem Drang, sie sofort aufzuschlagen und durchzublättern, denn mit Sicherheit stand Cupun hinter dem Fenster und beobachtete ihn. Immerhin – wie groß die Geschichte auch sein mochte –, auf die Titelseite hatte sie es nicht geschafft. Soviel konnte er zumindest sehen. Dort prangte ein Bild des norwegischen Königspaars bei der Landung auf dem Militärflughafen von Bodø.

Das war aber auch das einzig Beruhigende. Als er zu Hause am Küchentisch das Blatt aufschlug, fand er den Artikel, von dem Mats Larssen gesprochen hatte, auf der Seite zwei. Es war tatsächlich ein ausführlich bebilderter Text zu dem Bohrinselunglück von vor zehn Jahren. Fünfzehn Menschen waren damals bei der Explosion gestorben, mehr als zwanzig weitere verletzt worden, manche von ihnen so schwer, dass sie nie wieder richtig genesen waren. Mit klopfendem Herzen starrte Rune auf die Überschrift:

NEUE ERKENNTNISSE NACH EINEM JAHRZEHNT DES SCHWEIGENS

Atemlos überflog er die Zeilen, las aber nichts, was nicht bereits bekannt gewesen wäre. Er fragte sich schon, was die Zeitung zu dieser Veröffentlichung bewogen hatte, als er in einem der letzten Absätze darauf stieß: Nach zehn Jahren holte die Staatsanwaltschaft die Ermittlungsakten wieder hervor, um das damalige Verfahren, das niemals einen wirklichen Abschluss gefunden hatte, unter den neu gefundenen Aspekten noch einmal zu prüfen.

Woher zum Teufel kamen diese neuen Aspekte?

Warum stand dazu nichts in der Zeitung?

Rune spürte, wie ihm der Schweiß ausbrach, als er sich fragte, was das für ihn persönlich bedeutete. Er hatte damals die technische Leitung auf der Bohrinsel innegehabt, sich aber den Anweisungen der Konzernleitung, die letztlich zu dem Unglück geführt hatten, nicht widersetzt. Das war auch der Vorwurf der Staatsanwaltschaft ihm gegenüber gewesen: Er hätte sich nicht massiv genug gewehrt, obwohl er in seiner Position hätte erkennen müssen, welche Gefahr die Konzernanweisungen für die Arbeit auf der Bohrinsel bedeuteten. Er hätte ganz anders kommunizieren und handeln müssen.

Vielleicht wäre alles zu einem anderen Ende gekommen, wenn die Öffentlichkeit am Prozess teilgehabt hätte, doch die politische Brisanz war so groß gewesen, dass dank eines juristischen Winkelzugs das ganze Verfahren hinter verschlossenen

Türen abgehandelt worden war. Nur Bruchstücke waren publik geworden, weshalb es noch Jahre danach in den Medien immer wieder Spekulationen über die wahren Umstände gegeben hatte.

Auch Runes Identität war geschützt gewesen. Aber würde das auch so bleiben? Hatte nun nach all den Jahren doch jemand herausgefunden, dass Beweise manipuliert und Berichte vernichtet worden waren?

Unvermittelt musste er an Rolfs Anruf denken.

Wir brauchen nicht irgendeinen Ingenieur. Wir brauchen jemanden mit deiner Erfahrung. Erfahrung womit? Dem Management von Katastrophen auf Bohrinseln?

Ohne dass er es verhindern konnte, tauchten die Bilder wieder vor seinem inneren Auge auf, die er seit Jahren so verzweifelt verdrängte. Alles war wieder da, als wäre es gestern erst geschehen. Sein Blick saugte sich an den Fotos in der Zeitung fest, den Luftaufnahmen von dem Feuer, das der Explosion gefolgt war, den tanzenden Trümmerstücken auf dem tosenden Meer. Er spürte wieder die Erschütterung, die die Plattform hatte beben lassen, hörte die Schreie der Verletzten, roch den beißenden Qualm, der sich mit seinen giftigen Dämpfen über das Lüftungssystem in einem Tempo verteilt hatte, dem sie trotz aller Sicherheitsvorkehrungen und Brandschutzeinrichtungen nichts hatten entgegensetzen können.

Himmel, er *war* verantwortlich für jeden einzelnen der fünfzehn Männer, die dort draußen gestorben waren, für jeden einzelnen, derer, die heute noch immer an den Folgen des Unglücks litten. Und wenn er die Macht besitzen würde, die Zeit zurückzudrehen, würde er es tun, um genau an diesem Punkt in seinem Leben eine verantwortungsvollere, menschenwürdigere Entscheidung zu treffen.

Wie oft hatte er in den Jahren nach der Katastrophe nachts

wach gelegen und sich vorgestellt, wie es gewesen wäre die Befehle des Managements zu verweigern, publik zu machen, was innerhalb des Konzerns gespielt wurde. Ja, er hatte um die Gefahr gewusst, und war doch nicht dafür verurteilt worden, keiner von ihnen war bestraft worden, sie hatten einfach weitergemacht in einer rauschenden Zeit, als das Öl sie noch reich gemacht hatte. Würden sie nun anhand der *neuen Erkenntnisse* doch noch zur Rechenschaft gezogen? Gab es diese Gerechtigkeit?

GRETA FUHR MIT den Fingern behutsam über die schlichte geschwungene Vase, die allmählich unter ihren Händen entstand. Sie arbeitete nicht oft mit Ton und wenn, nur zur Entspannung, so, wie andere im Garten arbeiteten, strickten oder einen Kuchen buken. Die ganze Nacht über hatte sie an ihren Miniaturen gesessen, das Café in Ramberg und die Galerie in Vikten, die sie für sie vertrieben, waren ausverkauft. Jetzt in der Hochsaison wagte sie nicht, sich auf den baldigen Verkauf ihrer fünf Gemälde in Svolvær auszuruhen, die sie im Eingangsbereich der Galerie mit Hilfe eines der Galeristen eigenhändig gehängt hatte und an denen sie mindestens dreimal auf der Straße langsam vorbeigeschlendert war, um ihre Wirkung zu genießen. Und natürlich hatte sie Fotos gemacht, die sie hier in der Werkstatt sorgfältig eins neben dem anderen an die Wand gepinnt hatte und erst abnehmen würde, wenn die Gemälde verkauft waren. All das ließ die Arbeit an den Miniaturen wie zu einer Beschwörung werden, einem Hauch ihres Aberglaubens, der sie auch mit jedem Spiegel, der ihr in die Hand fiel, mit besonderer Vorsicht umgehen ließ.

Während sie mit dem Fuß die Drehscheibe in Gang hielt und die Vase modellierte, hörte sie, wie ein Wagen die Auffahrt zur Garage herauffuhr und heftig bremste. Eine Autotür wurde mit Wucht zugeschlagen, gleich darauf die Haustür.

Greta runzelte die Stirn.

War das Judith?

Sie stand auf und sah aus dem schmutzigen Fenster. Tatsächlich stand dort Judiths Golf. Greta verharrte unschlüssig, dann trat sie an das alte steinerne Waschbecken, das noch aus der Zeit von Knuts Großeltern stammte, und wusch sich mit dem eisigen Wasser die Hände.

Was war schon wieder geschehen, dass Judith in einer solchen Stimmung nach Hause kam? Aggressivität passte überhaupt nicht zu ihr. Hatten die Møllers sie womöglich rüde abgewiesen? Aus eigener Erfahrung wusste Greta, wie verletzend Eva sein konnte, wenn sie verunsichert war. Hastig trocknete sie sich die Hände und eilte über den Hof. Sie hatte die Haustür noch nicht ganz geöffnet, da hörte sie Judith schon im oberen Stockwerk rumoren. Es klang, als ob sie ihre Koffer packte.

»Judith?«, rief Greta, schon mit einem Fuß auf der Treppe.

Sie erhielt keine Antwort. Als sie jedoch den oberen Absatz erreichte und durch Judiths geöffnete Schlafzimmertür blickte, sah sie ihre Vermutung bestätigt. Judith hatte alle Schränke aufgerissen und warf hektisch ihre Sachen in ihren Koffer.

»Meine Güte, was machst du?«, entfuhr es Greta.

»Ich packe«, entgegnete Judith ohne aufzusehen. Ihre langen haselnussbraunen Locken standen wie elektrisiert von ihrem Kopf ab. »Aber warum?«

»Ich muss hier weg.«

Sie schmiss alles durcheinander. Wäsche, Pullover, Schuhe …

Greta betrachtete sie voller Sorge. Judith war völlig aufgelöst. Schweiß stand auf ihrer Stirn und die Ader an ihrem Hals pochte in einem beängstigenden Tempo.

»Willst du mir nicht erzählen, was passiert ist?«

»Ich. Will. Nicht. Reden. Es ist genug geredet worden«, erwiderte Judith abgehackt wie ein Automat. »Ich muss einfach nur weg. Es war ein Fehler herzukommen.«

Handtücher, Kosmetik, CDs …

»Wenn du so weitermachst, wirst du den Koffer nie zukriegen.«

Judith stoppte abrupt in ihrer Bewegung. Mit einem Buch in

der Hand – es war eine deutsche Ausgabe von Knut Hamsuns *Pan* – wandte sie sich ihr zu. Und für einen Moment meinte Greta, den puren Wahn in ihren grüngrauen Augen flackern zu sehen. Sie schluckte, als sie sich an die vergangenen beiden Tage erinnerte und sich fragte, was sie tun konnte.

Vor allem Ruhe bewahren.

Und sie musste Judith zum Reden bringen.

»Darf ich reinkommen?«

Judith zuckte mit den Schultern und warf das Buch in den Koffer zu ihren Füßen.

Greta setzte sich ans Fußende des Bettes und strich mit der Hand behutsam über die bunte Überdecke.

»Ich kann dir helfen«, schlug sie vor. »Ich bin sehr gut darin, Koffer zu packen. Ich meine, ich habe es schon lange nicht mehr gemacht, aber früher …« Sie räusperte sich. »Früher gab es mal eine Zeit, da habe ich regelmäßig meinen Koffer gepackt.«

»Ach ja?«

Weitere Bücher flogen auf Jacken und Unterwäsche.

»Ja, tatsächlich, ich habe damals ein richtiges Zigeunerleben geführt, ich glaube, ich habe es nirgendwo länger als zwei Wochen ausgehalten.«

Judith hielt in ihrer Bewegung inne, und Greta beeilte sich, weiterzuerzählen. »Ein solches Leben begrenzt natürlich die Anzahl der Dinge, die man mit sich rumschleppt. Ich wurde sehr schnell sehr minimalistisch. Damals habe ich übrigens festgestellt, dass ich mit wenig Kleidung viel besser auskomme …«

»Warum hast du damals ein solches Leben geführt?«, unterbrach Judith sie rau.

Greta suchte ihren Blick. »Vielleicht aus demselben Grund, aus dem du auf die Inseln gekommen bist. Läufst du nicht auch vor etwas weg?«

Sie konnte beobachten, wie die Muskeln in Judiths ebenmäßigem Gesicht vor Anspannung arbeiteten.

»Natürlich kannst du auch jetzt wieder weglaufen, aber was dich quält, nimmst du mit. Das bleibt nicht hier. Das weißt du. Egal, wie voll du deinen Koffer packst, um keinen Platz dafür zu lassen.«

Judith presste die Lippen zusammen. Greta wagte es, eine Hand nach ihr auszustrecken und vorsichtig ihren Arm zu berühren. Judith trug nur eine kurzärmelige Bluse, und Greta war erschrocken, wie kalt ihre Haut sich anfühlte. Was war in den vergangenen zwei Stunden nur geschehen? Nach ihrem Gespräch am Vormittag war Greta überzeugt gewesen, dass es ihr gelungen war, Judith zu beruhigen. Ihr die Angst zu nehmen. Ihr Mut zu machen. Aber nichts davon hatte scheinbar Bestand gehabt. Was auch immer Judith widerfahren war, es hatte sie ihrer letzten noch verbliebenen Reserven beraubt. Sie konnte sie in einem solchen Zustand auf keinen Fall gehen lassen. Sie musste Zeit gewinnen.

»Ich nehme an, du hast noch keinen Fährplatz gebucht«, sagte sie daher.

Judith schüttelte den Kopf.

»Dann schlage ich vor, dass wir jetzt zusammen runtergehen und ich uns einen Kaffee oder Tee koche oder was auch immer du möchtest. Danach kannst du weiterpacken.«

»Ich … ich kann nicht bleiben …«

»Ich weiß, aber auf eine Stunde mehr oder weniger kommt es jetzt auch nicht an.« Sie stand vom Bett auf und legte Judith freundschaftlich einen Arm um die Schultern. Judith wehrte sich nicht. Greta meinte sogar zu spüren, wie ein wenig die Spannung aus ihrem Körper wich und sie sich schutzsuchend gegen sie lehnte. Gemeinsam gingen sie so die Treppe hinunter.

»Ich denke, Tee wird das Beste für uns beide sein«, plauderte

Greta weiter, nur um die Konversation am Leben zu halten. »Ich habe mir vor einiger Zeit einen ganz wunderbaren Kräutertee schicken lassen, er hat einen völlig beknackten Namen, *Frauenliebe* oder so ähnlich, aber er schmeckt ganz fantastisch.« Sie betraten die Küche. »Komm, setz dich, er ist gleich fertig.«

Schweigend fuhr Judith mit dem Finger die Maserung des Holztisches nach, während Greta Wasser aufstellte und die Vorratsdose mit dem Tee aus dem Küchenbuffet nahm. Sie öffnete sie und hielt sie Judith hin. »Schnupper mal. Meinst du, der schmeckt dir?«

Judith äußerte sich nicht dazu. »Du hast mir meine Frage nicht beantwortet«, sagte sie stattdessen so unvermittelt, dass Greta zusammenzuckte.

»Deine Frage?«

»Warum du es damals nirgendwo länger als zwei Wochen ausgehalten hast.«

Greta zögerte. Sie war ihr ausgewichen, wie Judith richtig bemerkte hatte, sie würde es auch jetzt am liebsten tun, aber sie würde Judith nicht helfen können, wenn sie nicht selbst etwas von sich preisgab. »Ich bin weggelaufen. So wie du jetzt«, sagte sie aus diesem Grund, obwohl es ihr schwerfiel. »Vor etwas, von dem ich meinte, es wäre zu groß, um es zu bewältigen.«

»Und?«

Greta spürte, wie sich etwas schmerzhaft in ihr zusammenzog. »Wir würden hier jetzt nicht miteinander reden, wenn ich es nicht geschafft hätte.« Selbst jetzt und hier fiel es ihr schwer darüber zu sprechen. »Ich war an einem Punkt, wo ich dieses verdammte Leben sehr satt hatte«, zwang sie sich fortzufahren, obwohl sie selbst hörte, wie ihre Stimme zitterte. »Ich war so unendlich müde …«

Judith senkte den Blick. »Das tut mir leid. Ich wollte dir nicht zu nahe treten.«

Greta atmete tief durch. »Das muss dir nicht leidtun. Ich musste diese Grenzerfahrung machen, sonst könnte ich heute nicht mit dieser Intensität malen.«

Judiths Blick flog ihr förmlich entgegen. »Das Bild im Flur …«, entfuhr es ihr.

Greta nickte.

»Ich liebe dieses Bild«, gestand ihr Judith dann zu ihrem Erstaunen. »Es strahlt Einsamkeit und Geborgenheit zugleich aus.«

»So habe ich es noch gar nicht betrachtet«, erwiderte Greta verblüfft. »Aber wenn ich es mir recht überlege, ist deine Interpretation gar nicht so weit entfernt von meinen Gefühlen, die mich beim Malen bewegt haben.«

»Du weißt also, was es bedeutet, sich im eigenen Werk zu verlieren.«

Einen Moment war es still in der Küche.

»Sich im eigenen Werk verlieren …«, wiederholte Greta langsam und ließ Judith nicht aus den Augen. »Das ist es also, womit du kämpfst.«

Judith antworte nicht, aber das war auch nicht nötig.

Greta vergaß den Tee und setzte sich ihr gegenüber an den Tisch, und intuitiv begann sie zu sprechen. Und wie von selbst ergab ein Gedanke den anderen, ein Satz den nächsten. »Du hast dich in deinem Roman verloren. Es ist der, der auf den Lofoten spielt. Das ist es, was dich quält. Deswegen bist du zurückgekommen. Du bist hier, um herauszufinden, was mit dir passiert.« Völlig unreflektiert sprudelten ihre Mutmaßungen aus ihr heraus, doch sie wusste, dass sie richtiglag, sie sah es in Judiths Gesicht.

JUDITH HIELT IHREM Blick stand. Sie wollte dieses Gespräch mit Greta nicht führen. Und doch konnte sie sich ihm nicht entziehen. Wann war sie das letzte Mal einem Menschen begegnet, dessen Erfahrungshorizont ihrem so ähnlich war? Greta stellte die richtigen Fragen. Zog die richtigen Schlüsse.

Du hast dich in deinem Roman verloren.

Die Frau ihr gegenüber wusste, wovon sie sprach. Sie konnte *fühlen,* was Judith durchlebte. Vielleicht nicht in allen Details, aber doch würde sie ihr gegenüber so viel weniger Worte und Erklärungen benötigen, um zu schildern, was sie bewegte und was mit ihr passierte, was sie sich selbst nicht richtig erklären konnte.

Dennoch zögerte sie.

Das hatte weniger mit Greta zu tun, als damit, dass es ihr schwerfiel, sich zu öffnen. Über ihre Gefühle zu sprechen. Sie hatte das noch nie gekonnt, schon als Kind hatte sie sich stets zurückgezogen, war schweigsam und still geworden, wenn etwas sie besonders berührt oder verletzt hatte. Vielleicht war sie deshalb in ihrem Beruf so erfolgreich. Hier konnte sie ihre Gefühle ausleben, ohne dass sie sofort auf sie projiziert wurden. Sicher gab es Leser und Kritiker, die in dem Geschriebenen nach der Persönlichkeit des Autors forschten, die meinten, Rückschlüsse ziehen zu müssen, Parallelen zu benennen. Für Judith war es eine Suche nach Nähe, die es nicht gab. Natürlich spiegelten die Charaktere ihrer Romane eine Facette ihres eigenen Seins wider, seien es tatsächliche Eigenschaften, Erfahrungen oder auch nur Sehnsüchte und Wünsche. Schließlich waren sie ihrer Fantasie entsprungen. Aber im Verlauf der Handlung wurden sie zu eigenständigen Personen mit einem eigenen Willen und einer Entwicklung, die auch für sie als Schöpferin keineswegs immer vorhersehbar war. Ihren Gefühlen zu folgen, sie zu verstehen, durch ihren Filter den eigenen Emotionen eine Bühne zu geben, das war das eigentlich Faszinierende. Es sei denn, man verlor sich in seinem Roman.

Du bist hier, um herauszufinden, was mit dir passiert.

Woher wusste Greta, dass sie einen Roman über die Lofoten geschrieben hatte?

»Ich habe dich natürlich gegoogelt, nachdem du mir erzählt hast, dass du Autorin bist«, gab sie auf Judiths Frage zu. »Allerdings ist mein Deutsch nicht gut genug, um im Detail zu verstehen, worum es geht. Meinst du nicht, es hilft dir, wenn du mir davon erzählst?«

»Es hilft mir, wenn ich diese Inseln so schnell wie möglich verlasse und nie wieder zurückkehre«, entfuhr es Judith, doch schon im nächsten Moment bedauerte sie ihre Unfreundlichkeit. »Tut mir leid«, fügte sie hinzu. »Ich benehme mich entsetzlich …« Sie schluckte, suchte nach Worten. »Ich habe so etwas noch nicht erlebt. Es kommt mir so … unprofessionell vor, so …« Hilflos zuckte sie mit den Schultern. »Ich wüsste nicht einmal, wo ich anfangen sollte zu erzählen.«

»Fang einfach irgendwo an. Mittendrin«, schlug Greta vor.

Judith schüttelte den Kopf. »Es ist sinnlos …«

»Aber heute Vormittag warst du noch so guter Dinge! So guten Mutes! Was ist denn bloß passiert, als du nach Ramberg gefahren bist?«

Ich bin der Inkarnation meines Protagonisten begegnet, lag es Judith auf der Zunge, aber sie sagte es nicht. Es war so unglaublich absurd. So lächerlich und beschämend. Ja, sie schämte sich für das, was ihr wiederfuhr. Aber sie war Greta eine Antwort schuldig, bevor sie die Inseln verließ. Warum sollte sie ihr nicht erzählen, was geschah. Sie würden sich vermutlich nie wiedersehen.

»Du willst also wissen, was passiert ist?«, fragte sie in einem herausfordernden Ton.

Greta nickte auffordernd.

»Gut«, fuhr Judith fort. Sie holte tief Luft, wie um sich zu wappnen gegen das, was sie mit ihrer Aussage provozieren würde: »Seit ich hier bin, stolpere ich ständig in irgendeine Szene meines Buches.«

Jetzt war es raus.

Angsterfüllt wartete sie auf Gretas Reaktion, ein Lachen, ein Kopfschütteln, irgendetwas, womit sie ihren Unglauben artikulierte oder den Wahnwitz von Judiths Worten unterstrich, doch nichts dergleichen passierte.

»Oh«, sagte Greta nur, »das ist es also.«

Judith starrte sie an. »Du hältst mich nicht für … verrückt?«

Greta schüttelte den Kopf.

»Aber es wird wieder passieren, Greta, verstehst du nicht? Ich bin noch nicht einmal eine Woche hier und traue mich schon nicht mehr vor die Tür, weil ich nicht weiß, was als Nächstes da draußen …« Erneut verstummte sie, suchte nach Worten. »Erst die Sache im Hafen bei meiner Ankunft, dann der Zwischenfall mit der kleinen Tochter der Møllers …«

Mit wenigen Worten setzte sie Greta ins Bild, schilderte ihr die Szenen ihres Romans.

»Ich habe *Anna* gesehen, als ich das Mädchen von der Straße gerissen habe! Das ist krank! Wer weiß, was noch passiert, wenn ich bleibe.«

Über den Tisch hinweg griff Greta nach ihren Händen und drückte sie versichernd. »Judith, beruhige dich. Für all das gibt es eine Erklärung. Du löst diese Vorfälle nicht aus. Du bist nicht verantwortlich für das, was geschieht. Wenn wir gemeinsam in aller Ruhe nachdenken, werden wir eine ganz vernünftige Erklärung dafür finden.«

»Du glaubst, ich habe mich da in etwas hineingesteigert …«, reagierte Judith ungehalten.

»Ich glaube, dass es einen Grund gibt, warum du hier bist und dein Geist dir solche Streiche spielt«, unterbrach Greta sie. »Diesen Grund musst du herausfinden, und das kannst du nicht, wenn du davor wegläufst.«

Judith konnte sich der Vernunft in Gretas Argumentation nicht verschließen. Spielte ihr Geist ihr Streiche? War es allein das? Es *musste* mehr dahinter stecken. Und wenn sie die Inseln verließ, würde sie es nie herausfinden. Sie würde diese Last ewig ungeklärt mit sich herumschleppen. Ungelöste, drängende Fragen, die sie davon abhalten würden, ihr Leben zu leben. Aber besaß sie die Kraft, sich dem entgegenzustellen? Am liebsten würde sie sich verstecken, so wie sie es als Kind getan hatte, sich verkriechen, bis die Gefahr vorbei war. Nach dem Motto: Sehe ich dich nicht, siehst du mich nicht.

Greta schien ihre Gedanken zu lesen. »Du bist nicht allein. Wir können das zusammen angehen«, sagte sie. Ihre Finger hielten noch immer Judiths umschlossen, eine sanfte Versicherung ihrer Worte. Sie war versucht, Gretas Angebot zuzustimmen. Aber konnte sie das? Sie war eine erwachsene Frau. Kein kleines Kind. Erneut überwältigte sie die Scham.

»Greta, dein Angebot ist großartig«, erwiderte sie. »Aber ich kann es nicht annehmen.«

Behutsam befreite sie ihre Hände und stand auf. »Ich werde jetzt nach oben gehen und fertig packen und dann die nächste Fähre zum Festland nehmen, auf der ich einen Platz bekomme.«

Aber Greta ließ nicht locker. »Wollen wir es nicht wenigstens versuchen? Gib dir noch eine Woche oder zwei. Dann kannst du immer noch fahren. Glaub mir, es wird dir guttun, selbst, wenn du im Nachhinein feststellen solltest, dass es nichts gebracht hat.«

Judith runzelte die Stirn. Was wollte Greta ihr damit sagen? Blickte sie auf vergleichbare Erfahrungen zurück? »Du hast mir noch immer nicht gesagt, wovor du damals weggelaufen bist«, stellte sie fest.

Greta antwortete nicht sofort.

»Ja, du hast recht, ich bin dir die Antwort schuldig geblieben«, sagte sie dann aber, wobei sie sich zwang, Judith fest in die Augen zu sehen. »Ich bin vor einem gewalttätigen Ehemann weggelaufen. Und das ziemlich lange. Erst hier auf den Inseln habe ich zu mir zurückgefunden.«

Es war nur ein Teil der Wahrheit. Das entnahm Judith ihrem Tonfall. Aber sie wagte es nicht weiter nachzufragen, als sie den harten Zug um Gretas Mund bemerkte. Was auch immer Greta verschwieg, ließ das Gesagte lapidar klingen.

KNUT RECKTE SICH im Sessel, in dem er normalerweise seine Abende verbrachte. Das dunkle Ledermöbel mit der hohen Lehne stand im Erker seines Wohnzimmers, und von diesem Platz aus hatte Knut durch die bis zum Boden reichenden Fenster einen weiten Blick über die Bucht, das Meer und die im Dunst liegenden Berge der Inselkette. Hier fand er Ruhe nach einem langen Tag und hier würde er, so stellte er es sich zumindest vor, einmal sterben. Einfach einschlafen, nachdem sich letzte Bilder seiner Heimat in seine Netzhaut eingebrannt hatten. Manchmal wünschte er sich, es wäre schon so weit. Immer dann, wenn seine Knochen und Gelenke schmerzten, sodass jede Bewegung zur Qual wurde. Rheuma. Arthritis. Gicht. Hässliche Namen für Gebrechen, die einen Körper befielen, der seine Zeit erreicht hatte.

Es gab alte lindernde Hausmittel, und Knut strich dankbar über den wärmenden Salbenumschlag auf seinem Knie, der den Schmerz aus dem Gelenk herauszuziehen schien. Rezepte aus seiner Familie, mit denen die Frauen schon seinen Vater und Großvater verarztet hatten. Hier ein Körnerkissen, dort eine Mischung aus Kräutern, Erde und Algen. Behutsam bewegte Knut das Kniegelenk und nickte schließlich zufrieden. Dann stand er vorsichtig aus seinem Sessel auf und humpelte ins Bad, um sich die Paste abzuwaschen. Runes Anruf ließ ihm keine Ruhe. Die Sorge, nein, das schlecht verborgene Entsetzen in der Stimme seines Neffen wirkten noch immer in Knut nach. Er hatte sich nie wirklich darum gekümmert, was Rune vor zehn Jahren veranlasst hatte, Stavanger Hals über Kopf zu verlassen und auf die Lofoten zurückzukehren. Rune hatte sich nicht dazu äußern wollen, und Knut hatte das respektiert. Wie alle anderen auch. Tatsächlich waren sie erleichtert gewesen, hatten sie doch geglaubt, das Erbe der Familie hätte endlich überhand über das unstete Blut seines Vaters gewonnen. Sie hatten von Sesshaftigkeit geträumt, vor allem Runes Mutter Hedda, von einer Frau an seiner Seite, die das karge Leben auf den Lofoten mit ihm ertrug, Kindern, die dort aufwuchsen, wo schon ihre Vorfahren gelebt hatten.

Aber sie hatten sich alle getäuscht. Nichts lag Rune ferner, als die Traditionen der Familie weiterzuführen. Aus dem abenteuerlustigen jungen Mann, der nach seinem Militärdienst in den Süden gegangen war, um zu studieren und sich fern seiner Heimat ein Leben aufzubauen, war ein misstrauischer Einzelgänger geworden, bei dem Knut sich an sich selbst erinnert fühlte, aber auch an Runes eigenwilligen Vater, der die Familie verlassen hatte, als Rune noch nicht einmal richtig laufen konnte.

Niemand hatte die Verbindung zwischen Hedda und diesem Mann gutgeheißen, aber wie bei allen Kristensens hatte der Widerspruch ihre Wahl nur noch untermauert. Hätte die Familie ihren Mann, dessen hünenhafte Statur und helle blaue Augen Rune geerbt hatte, seinerzeit mit offenen Armen anstatt voller Ablehnung empfangen, wäre es vielleicht nie zu dieser kurzen Ehe gekommen. Aber es hätte auch Rune nicht gegeben, der für Knut der Sohn war, den er selbst nie gehabt hatte, und der jetzt – auch wenn er es nie zugeben würde – seine Hilfe brauchte. So viel hatte Knut dem Tonfall seiner Stimme entnommen. Den kurzen, atemlosen Sätzen, mit denen er ihm von dem Zeitungsartikel erzählt hatte.

Knut erinnerte sich gut an das Bohrinselunglück. Jeder in Norwegen tat das. Nicht nur wegen der vielen Toten und Verletzten, die es gefordert hatte, sondern auch wegen der angeblich ungeklärten Ursachen und Umstände, die immer wieder Thema in der Presse gewesen waren. Es war ihm jedoch nie in den Sinn gekommen, dass Rune irgendetwas damit zu tun haben könnte. Doch anscheinend war genau das der Fall. Und jetzt holte ihn seine Vergangenheit ein.

Fast zwanzig Jahre hatte Rune in Stavanger gelebt. Knut hatte ihn nie dort besucht, er war in seinem Leben nur einmal südlicher als Trondheim gewesen, als junger Mann hatte ihn eine Reise nach Oslo geführt. Er war Tage unterwegs gewesen und hatte sich gar nicht wohlgefühlt unter den vielen Menschen, die sich dort wie die Ameisen gedrängt hatten.

Aber wenn er jetzt im Nachhinein darüber nachdachte, war es nicht richtig gewesen, Rune sich selbst zu überlassen. Anfangs war der Junge noch vier-, fünfmal im Jahr nach Hause gekommen, vor allem die langen Sommer während der Semesterferien hatte er auf den Lofoten verbracht, aber sobald er leitender Ingenieur geworden war, waren die Besuche seltener geworden. Mittsommer und Weihnachten zuletzt noch.

Natürlich hatte Hedda ihn in Stavanger besucht. Rune hatte sich liebevoll um sie gekümmert, ihr die Flugtickets geschickt und sich Urlaub genommen für die Zeit ihres Besuchs. Aber auch der Rest der Familie hätte mehr Interesse aufbringen müssen für sein Leben und seine berufliche Karriere, die recht steil gewesen war bis zu diesem plötzlichen Abbruch.

Es wurde höchste Zeit, dass sie darüber miteinander redeten.

Als Knut zur Tür hinaustrat, spielte er kurz mit dem Gedanken, den knappen Kilometer, den Rune von ihm entfernt wohnte, zu Fuß zurückzulegen, doch angesichts der dräuenden Wolken, die über den Bergrücken hingen, stieg er doch lieber in seinen alten Landrover.

Als er vor Runes weiß gestrichenem Haus parkte, hörte er den Klang der Axtschläge und wusste, dass es richtig gewesen war, zu seinem Neffen zu fahren.

Er fand Rune hinter dem Haus, wo dieser mit verbissenem Gesicht Kaminholz spaltete. Um ihn herum häuften die Scheite sich bereits, und in der Luft hing der Geruch nach frisch geschlagenem Holz und Harz. Runes Hemd lag achtlos im Gras, er arbeitete mit freiem Oberkörper, der ungeachtet seines Alters von der schweren Arbeit auf dem Fischkutter muskulös war und jetzt vor Schweiß glänzte.

Knut beobachtete ihn eine Weile schweigend. Von jeher hatte Rune sich in harte körperliche Arbeit gestürzt, wenn er sich scheinbar unlösbaren Problemen gegenübersah oder emotionale Krisen zu bewältigen waren.

Schließlich spürte Rune seine Gegenwart. Er ließ die Axt sinken und wandte sich langsam um, wobei er sich mit dem Unterarm den Schweiß aus dem Gesicht wischte.

»Hey, Rune«, begrüßte Knut ihn.

»Hey, Knut, was führt dich her?«, fragte Rune außer Atem. Sein Brustkorb hob und senkte sich schnell. Er hatte sich nicht geschont.

Knut trat zu ihm, bückte sich dabei nach einem Scheit, der weit aus Runes Radius hinausgeflogen war, und warf ihn auf den Stapel neben dem Hackblock. »Bist du bereit für eine Pause und ein Bier?«, fragte er dann.

»Ich brauche erst mal einen Liter Wasser«, gestand Rune und griff nach der halb vollen Plastikflasche, die in seiner Nähe lag. Mit großen Schlucken trank er sie leer.

»Wie verträgt sich das Holzhacken mit deiner lädierten Schulter?«, wollte Knut wissen.

»Gar nicht«, gestand Rune. »Ich werde es vermutlich bitter büßen heute Nacht.« Er nahm sein Hemd auf und streifte es über, ohne die Knöpfe zu schließen. »Es tut mir übrigens leid, wegen heute Morgen. Ich war bei dir und wollte mich entschuldigen, konnte dich aber weder zu Hause noch auf dem Campingplatz finden.«

»Ich war bei Greta«, entgegnete Knut nur knapp. Er wusste, dass Rune Greta Amundsen ebenso wenig leiden konnte wie sie ihn.

»Und was kann ich jetzt für dich tun? Du hast hoffentlich Bier mitgebracht, wenn du welches trinken willst. Ich hab keins im Haus. Das Sixpack, das ich mir heute gekauft habe, ist mir in der Küche runtergefallen. Es riecht immer noch alles nach Bier dort.«

»Ist nicht dein Tag heute, was?«, bemerkte Knut. »Bier ist im Auto. Im Fußraum auf der Beifahrerseite.«

Rune warf ihm einen schnellen Blick zu, während er an ihm vorbei zu Knuts altem Landrover ging. »Hör zu, alter Mann, wir können was zusammen trinken, aber ich hab keine Lust zu reden.«

»Glaubst du wirklich, du kriegst die Sache mit Holzhacken aus der Welt?«

»Aus der Welt vielleicht nicht, aber aus meinem Kopf«, erwiderte Rune. Er öffnete das Bier an der Stoßstange des Wagens und reichte Knut eine Flasche.

»Was ist vor zehn Jahren in Stavanger passiert?«, fragte Knut trotzdem, nachdem sie angestoßen hatten.

»Knut, ich will darüber nicht reden, verdammt noch mal!«

»Ich muss es aber wissen!«

»Warum?«

»Damit ich dir helfen kann, wenn es sein muss.«

Runes helle blaue Augen verengten sich zu gefährlichen Schlitzen. Drohend machte er einen Schritt auf Knut zu. »Du willst nicht wirklich wissen, wie tief ich da drinstecke, glaub mir. Denn wenn du es wüsstest, würdest du dich deiner Verwandtschaft mit mir schämen.« Er wies mit der Bierflasche auf ihn, bevor er sie ansetzte und in einem Zug leertrank. »Ich habe nicht aus Spaß in Stavanger meine Zelte abgebrochen und alles zu einem Schleuderpreis verkauft, was ich mir dort aufgebaut hatte, um hier von der Hand in den Mund zu leben«, fügte er dann hinzu.

»Du müsstest so nicht leben«, hielt Knut dagegen.

»Ich will es aber. Und ich will mit *niemandem,* auch mit dir nicht, über dieses verfluchte Unglück sprechen und werde es auch nicht, es sei denn ein Richter zwingt mich dazu.« Damit wandte er sich ab und ließ seinen Onkel ohne ein weiteres Wort auf dem Hof stehen. Mit einem lauten Knall flog die Haustür hinter ihm ins Schloss.

Knut setzte nachdenklich das Bier an und nahm einen Schluck. Dann öffnete er die Beifahrertür des Landrovers und nahm die Tüte mit den restlichen Flaschen heraus. Mit steifen Schritten folgte er seinem Neffen ins Haus.

DONNERSTAG

DIE ERINNERUNG AN das Gespräch mit Greta, die Emotionen, die es in ihr ausgelöst hatte, ließen Judith nicht schlafen. Waren die Vorfälle der letzten Tage nur Ausgeburten ihrer Fantasie, haltlose Hirngespinste einer überarbeiteten Autorin? Greta hatte für jedes Ereignis eine rationale Erklärung gefunden, an die Judith sich in ihrer Verzweiflung geklammert hatte. Aber jetzt, wo sie wieder allein war, erkannte sie, wie fragil dieser Halt gewesen war. Erneut quälten sie Zweifel. Und Ängste. Sie hatte Greta nichts von der Unruhe und dem Entsetzen erzählt, die sie schon beim Schreiben des Romans verspürt hatte, nichts von der Hoffnung, sich mit dieser Reise davon zu befreien, und doch hatte Greta es erkannt.

Du hast dich in deinem Roman verloren.

Du bist hier, um herauszufinden, was mit dir passiert.

Aber Greta ahnte nur von der tatsächlichen Tragweite.

Bislang hatte Judith der Aufenthalt auf den Lofoten weder Befreiung noch Verstehen gebracht, stattdessen wurde sie nur tiefer in den Sog gezogen, bekamen ihre Träume Gesichter und die Geschichte ihres Romans verselbstständigte sich. Aber warum? Was geschah mit ihr? Sie war kein Mensch, der an Übersinnliches glaubte. Schon aus diesem Grund war sie nur zu gern Gretas rationalem Denken gefolgt. Und sie musste sich jetzt fragen: *Wollte sie tatsächlich erfahren, was hinter all den merkwürdigen Begebenheiten steckte? Wollte sie das wirklich?*

Da sie sich diese Frage nicht eindeutig mit Ja beantworten konnte, wäre es wohl besser gewesen ihrem Impuls zu folgen und die Inseln zu verlassen. Dann wäre sie jetzt schon auf dem Festland, auf dem Weg nach Hause …

Doch in Deutschland hatte sie alles aufgegeben. In ihrer Wohnung saßen nun Fremde und genossen das grüngoldene Licht, das durch die Platane fiel, lauschten dem Knarren der alten Dielen und den Geräuschen der Stadt, die durch das geöffnete Fenster hereinwehten.

Das Bewusstsein traf sie mit solcher Macht, dass es schmerzte. Heimweh überwältigte sie, als sie in die Stille der hellen nordischen Nacht lauschte, in der nur das entfernte Rauschen der Brandung zu hören war.

Was hatte sie getan?

Wozu sich verleiten lassen?

Sie vergrub das Gesicht ins Kissen. Kämpfte gegen die Tränen, die in ihr aufstiegen. Sie durfte sich diesen Gefühlen nicht hingeben, nicht schwach werden. Dann würde sie ihren Verstand verlieren.

Die Uhr neben ihrem Bett zeigte ein Uhr dreißig.

Draußen war es taghell.

Sie hatte sich noch nicht an diese immerwährende Helligkeit gewöhnt, fühlte sich von ihr verraten, als versagte man ihr den Schutz, den die Dunkelheit bot, als raube man ihr die Privatsphäre. Aber wäre finstere Nacht jetzt besser gewesen? Gab das Licht ihr nicht auch die Freiheit dieses Zimmer und das Haus einfach jetzt zu verlassen? Hinauszugehen, egal, wie spät es war?

Sie schlug die Decke zurück und im nächsten Moment schon stand sie am Fenster und blickte hinaus. Ein rötlicher Schimmer hing trotz der nahezu geschlossenen Wolkendecke über dem Meer, Wind peitschte über das Wasser und krönte die Wellen mit Schaum. Braute sich hier der nächste Sturm zusammen? Das Wetter korrespondierte so sehr mit ihrer Stimmung, dass sie dem Drang nicht widerstehen konnte, den Wind in ihrem Gesicht und ihren Haaren zu spüren und sich treiben zu lassen von der Zeitlosigkeit der hellen Nacht.

Hastig eilte sie auf Zehenspitzen wenig später zu ihrem Wagen, ließ den Golf vom Grundstück rollen und startete den Motor erst auf der Straße in der Hoffnung, dass Greta durch ihren nächtlichen Aufbruch nicht gestört wurde, mehr noch, dass sie ihn überhaupt nicht bemerken würde.

Ohne Ziel fuhr sie los, alles war besser, als im Bett ihren Gedanken ausgeliefert zu sein. Sie orientierte sich Richtung Norden und erreichte wenige Kilometer nach Ramberg bereits die nächste Bucht, in der eine Surfschule ihr Quartier hatte. Ein Campingplatz lag gleich hinter dem Strand, im Grün der Wiesen waren die Dächer einer Handvoll Gehöfte zu sehen, dazwischen reckte eine rote Holzkirche ihren Turm in den Himmel. Nicht weit von der Straße entfernt lag der Friedhof. Hinter einem einfachen, halb hohen Zaun duckten die Grabsteine sich ins Gras. Judith verlangsamte ihre Fahrt. *Hier hatte Einar seine letzte Ruhe gefunden.*

Sie ließ den Blick über die Grabsteine schweifen, suchte seinen … tatsächlich wusste sie genau, wo er lag, *in der dritten Reihe, die heftigen Regenfälle des letzten Winters hatten den Stein kippen lassen …*

Die Zeilen ihres Romans hallten durch ihre Gedanken.

Ihre eigenen Worte. Ihre Geschöpfe.

Bevor sie wusste, was sie tat, hatte sie den Wagen am Wegrand abgestellt und eilte über die verlassene Straße. Und dort in der lichten Einsamkeit, die sie umgab, meinte sie plötzlich zu verstehen.

Sie war nicht zufällig genau hierher geraten.

Ihr Impuls war richtig gewesen. Sie durfte nicht bleiben. Sobald die Nacht vorbei war, würde sie die Inseln verlassen. Aber jetzt würde sie Abschied nehmen von Einar, sie würde ihn für immer zurücklassen auf diesem Friedhof.

Ruhe überkam sie bei diesem Gedanken. Sie war auf die Inseln gekommen, um Abschied zu nehmen. Das war von Beginn an ihre Intention gewesen.

Ihre Finger umschlossen den Griff des hüfthohen Tors. Es öffnete sich geräuschlos, schwang zurück mit einer Leichtigkeit, als wolle es sie in ihrem Entschluss bestärken. *Komm herein, hier bist du richtig.* Wie in Trance schritt sie langsam durch die Reihen, spürte, wie ihre Füße im weichen Gras einsanken, roch den Duft der Wiesenblumen am Rand des Friedhofs, der sich mit der vom Wind herangetragenen Gischt vermischte.

Der Stein war alt und so schief, wie sie ihn in Erinnerung hatte, und dennoch überragte er ein wenig die anderen, so wie Einar aufgrund seiner Körpergröße über andere Menschen geragt hatte.

Dies war sein Stein. Hier würde er ruhen im Angesicht des Meers, im Schutz der Berge. So verlor er sich, wie er sein Leben verbracht hatte …

Die Erinnerung an ihren eigenen Text überkam sie. Sie sah Liv und Anna vor ihrem inneren Auge. Das kleine Mädchen legte einen seiner Blütenkränze auf das ansonsten schmucklose Grab. Und für einen Moment meinte Judith, das Flattern von Annas Sommerkleid im Wind zu hören, das Schlagen von Livs Mantel, aber dann begriff sie, dass es nur das Geräusch der Flaggen über dem Campingplatz war. Nur die Flaggen, versicherte sie sich selbst erleichtert und traurig zugleich. Langsam ging sie weiter, jeden Schritt, jedes Geräusch in sich aufsaugend wie ein Süchtiger eine Droge. Sie würde nicht zurückkehren. Sie würde die Menschen ihres Romans hier zurücklassen. Mit dieser Szene, in der sie zum letzten Mal vereint waren, würde sie das Buch für immer schließen.

Es war vorbei.

Dann stand sie vor dem Stein. Flechten ließen ihn fleckig erscheinen. Reglos blickte sie auf die Inschrift. Nur zwei Worte. *Einar Thorsen.* Kein Geburts- und kein Sterbedatum. So hatte er es gewollt.

Ein Schauer durchlief sie, als der Ruf einer Möwe sie aus ihren Betrachtungen riss. Mit dem Blick folgte sie dem Vogel, der Vorbote eines ganzen kreischenden Schwarms war. Dann sah sie zurück zu dem Stein.

Einar Thorsen.

Sie blinzelte.

Irritiert streckte sie die Hand aus, um die gemeißelten Buchstaben zu berühren, und zog sie ruckartig wieder zurück, als verbrenne sie sich daran. Ihr Herz schlug schnell.

Einar Thorsen.

Wie war das möglich?

Es existierte kein Mann mit diesem Namen auf den Inseln, noch hatte es je einen gegeben. Sie hatte das recherchiert zusammen mit dem Lektor. Es sollte keine Namensgleichheiten geben mit lebenden Personen. Außerdem kannte sie diesen Grabstein. Sie hatte damals sogar Fotos davon gemacht.

Einar Thorsen.

Sie fasste Mut, kniete nieder und berührte die Buchstaben. Fuhr jeden einzelnen nach in seinen kantigen Linien. Kein Blitz traf sie, kein Schmerz durchzuckte sie. Der Stein war kalt und feucht unter ihren Fingern. Umständlich richtete sie sich wieder auf, zog ihr Handy aus ihrer Jackentasche und fotografierte die Inschrift.

Einar Thorsen.

Es war unglaublich … und unheimlich.

Sie trat zurück, ohne den Blick zu lösen. Dann wandte sie sich hastig ab und rannte zu ihrem Wagen.

Einar Thorsen.

Sie ließ ihr Handy auf den Beifahrersitz fallen und drehte

mit zitternden Fingern den Zündschlüssel. Die nächsten Kilometer fuhr sie, ohne wirklich zu wissen wohin.

Über Nebenstraßen folgte sie der Nordküste, das Meer ebenso im Blick wie die Berge, die sich auf der anderen Seite der Straße erhoben. Ein paar Schafe kreuzten ihren Weg. Vögel tauchten im zunehmenden Dunst auf und verschwanden wieder. Die vereinzelten Häuser, die sie passierte, lagen still, wie anderenorts auch mitten in der Nacht. Die Straße ging über in einen unbefestigten Weg. Nach nur wenigen Hundert Metern verhinderte eine Schranke die Weiterfahrt. Zu ihrer Linken befand sich ein Parkplatz. Sie stellte den Motor ab und starrte irritiert auf die freie Fläche, bis sie schließlich begriff, wo sie war: Eggum.

Von Eggum führte ein Wanderweg an der Küste entlang durch ein Naturreservat bis ins malerische Unstad. Der Weg war beliebt bei Touristen, die auch kamen, um den *Kopf* zu sehen, eine jener Skulpturen, die im ganzen Nordland von Künstlern in der Natur aufgestellt worden waren. Greta hatte ihr erzählt, dass auch sie an der Ausschreibung teilgenommen hatte, jedoch ohne Erfolg.

In der Kirche von Unstad hatten Einar und Liv geheiratet. Der flüchtige Gedanke genügte, das Bild des schlichten weißen Gebäudes vor ihrem inneren Auge entstehen zu lassen …

… wie um sich Absolution zu holen, für das, was geschehen war, kehrte Einar in die Kirche zurück. Doch auch hier konnte er sich nicht der unnatürlichen, fast feindseligen Stille entziehen, die ihn seit dem Unglück umgab. Livs Lachen war verloren, ebenso wie die feenhaftige Leichtigkeit, die ihr das kurze weiße Kleid verliehen hatte, das sie an jenem Tag getragen hatte, die Blumen in ihrem dunklen Haar, der Gesang des Mittsommers …

Mit aller Macht vertrieb Judith die Erinnerung an Einars kauernde Gestalt auf der Kirchenbank, die Verzweiflung, die ihn umgab, die seltsame Lautlosigkeit, die sein Leben nun bestimmte. Sie hatte das Buch geschlossen. Die Familie auf dem Friedhof zurückgelassen. Der Grabstein war der Beweis dafür. Wie um sich dessen noch einmal zu versichern, griff sie nach ihrem Telefon, doch es hatte sich abgeschaltet und ließ sich auch nicht wieder aktivieren. Eine bleierne Müdigkeit überkam sie und sie lehnte den Kopf zurück. Sie hatte vergessen, ihr Handy aufzuladen. Nichts funktionierte. Sie war genauso gefangen wie Einar damals, genauso hilflos. Es war die größte Fehlentscheidung ihres Lebens gewesen, auf die Lofoten zu fahren und alle Zelte hinter sich abzubrechen. Es wurde Zeit, sich und anderen ihren Fehler einzugestehen und für sich und Madame Bovary ein neues Zuhause zu finden.

Seufzend ließ sie den Wagen wieder an und setzte mit Schwung zurück. Egal was Greta sagte, es gab keine Zeit mehr zu verlieren. Doch ihre Entschlossenheit brachte sie nicht weit. Sie war immer noch im Rückwärtsgang, als ein Rucken durch ihren Golf ging, gefolgt von einem hässlichen, schabenden Geräusch unter ihren Füßen. Der Motor heulte auf, als die Räder ihren Grip verloren.

Kaum dass sie ausgestiegen war, zeigte sich ihr das ganze Ausmaß des Dilemmas. Der Golf saß mit dem Unterboden auf. Sie hatte zu dicht am Rand des Parkplatzes gewendet und den Wagen auf einen Stein gefahren. Mehrere Versuche ihn zu bewegen, endeten lediglich darin, dass sie schließlich schweißgebadet aufgab. Die Uhr auf dem Armaturenbrett zeigte drei Uhr. Draußen auf dem Meer fielen Sonnenstrahlen durch ein Wolkenloch. Ungeachtet dessen spürte sie Regentropfen in ihrem Gesicht. Der Wind hatte weiter aufgefrischt. Der Gedanke, nach Eggum zu gehen und dort um Hilfe zu bitten, schreckte sie mehr ab, als die Vorstellung fünf oder sechs Stunden zu warten, bis die ersten Touristen eintrafen. Auf einer Anhöhe nicht weit entfernt war in einem modernen mehreckigen Gebäude ein Café untergebracht. Sie wollte sich eben auf den Weg machen, um zu sehen, wann es öffnete, als sie das Geräusch eines sich nähernden Autos hörte. Überrascht drehte sie sich um.

IRRITIERT BEMERKTE RUNE die Frau vor sich auf dem Weg. Ihr langes Haar wehte im Wind, und sie kam ihm bekannt vor, aber er konnte sich nicht erinnern, wo er sie schon einmal gesehen hatte. Was machte sie hier mitten in der Nacht? Noch dazu allein. Es war weder das Wetter noch die richtige Tageszeit für Fotofreaks, die sich auf dieser Anhöhe meist um Mitternacht trafen, wenn die Sonne dicht über dem Horizont stand und in klaren Nächten den Himmel in glühende Farben tauchte. Jetzt war es kurz nach drei.

Er nahm den Fuß vom Gas. Die Frau eilte winkend auf ihn zu. Doch als sie näher kam, wandelte sich die Erleichterung in ihrem Gesicht in puren Schrecken, sie blieb abrupt stehen und wich einen Schritt zurück, als wolle sie fliehen, als er seinen Pick-up langsam weiter auf sie zurollen ließ. Und plötzlich erinnerte er sich an sie. Gestern auf dem Parkplatz des Supermarktes hatte sie ihn genauso angestarrt.

Er betrachtete sie genauer. Sie sah gut aus. Auch aus der Nähe. Lange Beine, schlank, ein interessantes Gesicht. Und wirkte nicht ganz so oberflächlich, wie er gedacht hatte. Es lag etwas Unberechenbares in ihrem panischen Blick, das ihn beunruhigte. Trotzdem hielt er neben ihr an und ließ das Fenster herunter.

»Trenger du hjelp?«, fragte er zurückhaltend. »Brauchst du Hilfe?«

Sie starrte ihn kurz verständnislos an, dann fing sie sich. »Mein Auto …«, erwiderte sie auf Englisch und wies auf den Golf am Rand des Parkplatzes. Es war das einzige Fahrzeug weit und breit. »Ich habe es auf einen Stein gefahren …« Nervös strich sie sich das Haar aus dem Gesicht. »Ich kann es nicht allein anschieben.«

Rune nickte, als er die in der Luft hängenden Hinterräder des dunkelblauen Fahrzeugs bemerkte. »Ich kann dich mit meinem Wagen runterziehen.«

»Das wäre einfach ganz großartig, danke …« Ein Lächeln huschte über ihr Gesicht, das sowohl ihre Attraktivität als auch ihre Nervosität unterstrich.

Rune wendete und fuhr langsam rückwärts, bis er etwa zwei Meter vor dem Golf stand. Es war ein relativ neuer Wagen mit einigen Extras wie Ledersitzen, wie er gleich darauf mit flüchtigem Blick feststellte. Er passte zur Kleidung der Frau, die zweckmäßig, aber teuer war.

»Ich glaube, ich habe ein Abschleppseil im Kofferraum«, sagte sie und rieb nervös ihre Hände an ihrer Outdoorhose, während sie gleichzeitig vermied, seinem Blick zu begegnen. Wie es aussah, war ihr kalt. Rune klappte die Seitenwand der Ladefläche seines Pick-ups herunter. »Mach dir keine Mühe. Ich habe alles, was ich brauche, in dieser Kiste.«

Er löste die Gurte, mit denen die schwere, abgeschrammte Metallkiste befestigt war, und öffnete sie. Behutsam schob er das Werkzeug beiseite, das obenauf lag, und nahm ein kräftiges Seil heraus. Seine Schulter schmerzte und behinderte ihn in seiner Bewegungsfreiheit, aber er ließ es sich nicht anmerken.

Die Schmerzen und sein Gespräch mit Knut waren überhaupt nur der Grund, warum er zu dieser Zeit hier draußen war. Beides hatte ihm den Schlaf geraubt, und so war er aufgebrochen, um nach Knuts Schafen zu sehen, die hier im Naturreservat weideten, in der Hoffnung, dass ihn die Bewegung an der frischen Luft und die Beschäftigung mit den Tieren von seinen düsteren Gedanken ablenken und ihm die nötige Bettschwere verleihen würden.

Mit einem unterdrückten Stöhnen ließ er das Seil zu Boden fallen und löste die Verschnürung.

Die Frau trat zögernd neben ihn. »Kann ich etwas helfen?«

»Du kannst dich in deinen Wagen setzen, wenn ich ihn ziehe«, entgegnete er knapp.

Sie trat zur Seite, während er das Seil an ihrem Abschlepphaken und seiner Anhängerkupplung befestigte. Die Art, wie sie ihn ansah, wenn sie meinte, er bemerke es nicht, und gleichzeitig seinem Blick auswich, gefiel ihm nicht. Hatte sie Angst, dass er ihr in dieser Einöde etwas antun würde?

Augenblicke später war alles erledigt. Der Golf stand wieder mit allen vier Rädern auf dem Boden, und Rune ging prüfend um das Auto herum. »Hm«, brummte er, als er den Schiefstand eines der Hinterräder bemerkte.

»Ist etwas nicht in Ordnung?«

Wortlos wies er auf das Rad.

Wenn es möglich war, wurde die Frau noch blasser, als sie sowieso schon war. »Ach, du meine Güte, was ist das?«

»Sieht nach einem Federbruch aus und die Radaufhängung scheint auch heftig ramponiert zu sein. Das passiert schnell mal bei so einer Aktion.«

»Das heißt …« Ratlos sah sie ihn an.

»Der Wagen muss in die Werkstatt. Dafür brauchst du ein Bergungsfahrzeug. Das wird aber nichts vor acht.« Er warf einen Blick auf seine Uhr. »In etwa viereinhalb Stunden.«

»Muss … muss das Teil ersetzt werden?«, fragte sie stockend.

»Vermutlich.«

»Verdammt!«, entfuhr es ihr. Sie verschränkte die Arme vor dem Körper und wandte sich ab. Entfernte sich einige Schritte von ihm und warf ungehalten den Kopf in den Nacken.

Rune tat, als ob er es nicht bemerkte, rollte sein Seil zusammen und verstaute es wieder in der Kiste. Er ließ sich Zeit mit dem Hochklappen der Seitenwand der Ladefläche.

Schließlich kam sie zurück. »Ich wohne in Fredvang«, sagte sie mit gepresster Stimme. »Du fährst nicht zufällig in die Richtung?«

»Nein«, erwiderte Rune wahrheitsgemäß. »Tatsächlich komme ich gerade von dort.«

Sie sah unschlüssig zu Boden.

»Aber ich kann dich hinfahren«, schlug er vor. Es war keineswegs das, was er wollte, aber er konnte sie hier nicht stehen lassen und seiner Wege gehen.

»Oh, das wäre wirklich ganz ...«

»Großartig, ich weiß«, unterbrach er sie und hörte selbst den leicht gereizten Unterton in seiner Stimme.

Zwischen ihren Augenbrauen bildete sich eine Falte, aber sie erwiderte nichts.

»War nicht so gemeint«, fügte er deshalb hinzu, während sie auf dem Beifahrersitz Platz nahm und sich anschnallte, ihren kleinen Rucksack zwischen die Füße geklemmt. »Ich bin wohl mit dem falschen Fuß aufgestanden.«

»Dann haben wir etwas gemeinsam«, gab sie kühl zurück.

Ihr schnippischer Ton bestätigte ihm den ersten Eindruck, den er von ihr gewonnen hatte. Es war das Beste, diese Frau so schnell wie möglich wieder loszuwerden. Davon trennte ihn jedoch noch mehr als eine dreiviertelstündige Fahrt, deren erstes Drittel sie in einem unangenehmen Schweigen verbrachten. Sie vermied es, ihn anzusehen, und starrte starr geradeaus, aber aus dem Augenwinkel konnte er beobachten, wie ihre Finger unablässig die Tragegurte des Rucksacks zwischen ihren Füßen bearbeiteten.

Er fuhr schneller, als er es vielleicht getan hätte, wenn er allein gewesen wäre. Da die Straße kurvig und schmal war, konnte er sich so den Anschein geben, als konzentriere er sich nur darauf. Sie hielt es tapfer aus, doch als sie schließlich auf die E10 einbogen, meinte er ihr Aufatmen förmlich zu spüren.

Plötzlich vom schlechten Gewissen geplagt, räusperte er sich. »Es geht mich ja nichts an«, sagte er, »aber was treibt dich mitten in der Nacht an einen so verlassenen Platz?«

»Ich … ja, also …«, druckste sie herum auf der Suche nach Worten. Hatte sie ihm gegenüber schon einmal einen zusammenhängenden Satz geäußert? Sprach sie vielleicht nicht gut Englisch? Es gab überraschend viele Touristen, die die Sprache nur radebrechend beherrschten, gerade unter den Älteren, aber ihr hätte er trotz seiner Vorbehalte mehr zugetraut.

»Ich … also«, begann sie erneut unbeholfen, dann gab sie sich einen Ruck. »Ich konnte nicht schlafen. Das ist alles.«

So viel Offenheit kam unerwartet.

»Nun …«, murmelte er. »Mir ging es ähnlich.«

Ein überraschtes Lächeln nahm ihr für einen Moment etwas von ihrem verkrampften Verhalten.

»Bist du schon lange hier?«, machte er einen weiteren Versuch.

Sie schüttelte den Kopf. »Nur ein paar Tage. Und eigentlich wollte ich morgen wieder abreisen.«

Deshalb ihr Zorn über die defekte Radaufhängung.

»Daraus wird nun wohl nichts.«

»Nein, vermutlich nicht.« Ihre Finger schlossen sich fest um die Träger des Rucksacks.

»Und nun?«, fragte er.

Sie zuckte resigniert mit den Schultern.

»Die nächste Autowerkstatt ist in Ramberg«, half er.

»Ramberg …« wiederholte sie in einem Tonfall, der ihn darauf schließen ließ, dass sie keine Ahnung hatte, wovon er sprach.

»Der Ort, wo der Supermarkt ist«, erklärte er deshalb. »Wir fahren gleich durch. Die werden das Ersatzteil aber kaum vorrätig haben.«

»Ich weiß, wo Ramberg ist, danke«, entgegnete sie knapp, dann schien sie ihre abweisende Art zu bemerken, räusperte sich und fragte in versöhnlichem Ton: »Wird es lange dauern, bis das Ersatzteil hier ist?«

Er zuckte mit den Schultern. »Ich denke, in der Werkstatt werden sie feststellen, welche Ersatzteile für die Reparatur gebraucht werden. Wir haben heute Donnerstag. Wenn die Bestellung noch vor Mittag rausgeht, könnte morgen was da sein, aber Montag ist wahrscheinlicher.«

Sie erwiderte nichts, zog nur ihren Rucksack auf ihren Schoß und umklammerte ihn mit beiden Armen.

Sag nichts mehr! Bitte!

Ich halte es nicht aus!

Nein, schweig nicht …

Fast zwei Jahre lang war der imaginäre Einar Thorsen ihr ständiger Begleiter gewesen und nun saß er in Gestalt dieses großen bärtigen Norwegers neben ihr. So schockstarr, wie er sie auf dem Parkplatz in Ramberg zurückgelassen hatte, fühlte sie sich auch jetzt. Der Mann sah nicht nur aus wie Einar – nein, er bewegte sich wie Einar, sprach wie er, roch wie er nach Holz und Maschinenöl, nach Meer und Sand und ganz entfernt nach Bier.

Ihm gegenüberzustehen, seine Nähe zu spüren, fühlte sich an wie das Ende einer langen, verzweifelten Odyssee. Es war ihr unmöglich, den Blick von ihm abzuwenden. Wenn sie glaubte, dass er es nicht sah, hing sie an seinen Lippen, saugte jede Bemerkung von ihm auf, jedes Mienenspiel, jede Geste. Ihr seltsames Verhalten entging ihm nicht, es irritierte ihn, seine nur schlecht versteckte Ablehnung und Ungeduld sprachen Bände und lösten Scham in ihr aus.

Himmel, sie benahm sich wie eine Närrin!

Wie ein kleines Mädchen hatte sie neben ihrem Wagen gestanden und ein Bild weiblicher Hilflosigkeit vermittelt. Wie sie das hasste. Was sollte dieser Mann von ihr denken? Als er mit seinem Pick-up neben ihr angehalten hatte, hatte sein Gesichtsausdruck ihr verraten, dass er sich an sie erinnert hatte, an die kurze Begegnung auf dem Parkplatz. Und die Erinnerung war ihm unangenehm gewesen, auch das hatte sie gesehen. Er wäre lieber weitergefahren, genau wie Einar in einer solchen

Situation. Er sprach nicht gern mit Fremden. Er machte einen Bogen um sie. Fremde bedeuteten zu oft Probleme.

Was sollte sie nur tun?

Unauffällig betrachtete sie ihn aus dem Augenwinkel. Bevor sie losgefahren waren, hatte er seine Jacke ausgezogen und hinter die Sitze geworfen, darunter trug er ein nicht mehr ganz sauberes Flanellhemd, dessen Ärmel hochgekrempelt waren. Beim Anblick seiner kräftigen, behaarten Unterarme erinnerte sie sich an einen vor Jahren gelesenen Essay, in dem die Autorin den besonderen Sexappeal männlicher Unterarme beschrieben hatte. Sie versuchte, den Blick abzuwenden, blieb aber an seinen Händen hängen, die locker auf dem Lenkrad lagen. Es waren große zupackende Hände, die harte Arbeit gewohnt waren, so wie Einars, und sicher waren sie ebenso voller Schwielen. Sie meinte genau zu wissen, wie es sich anfühlte, mit den Fingerkuppen darüber zu streichen. Liv hatte das oft getan bei Einar.

Hör auf!

Denk an etwas anderes!

Sie zwang ihren Blick zurück auf die Straße, die sie nach Fredvang brachte, sie trennen würde. Sie sehnte den Moment herbei und wünschte doch gleichzeitig, sie würden ihn nie erreichen.

Sie wollte ihn fragen, wie er hieß, wo er wohnte, was er arbeitete. Ob er Familie hatte. Sicher hatte er eine Familie. Solche Männer hatten immer Familie. Sie wollte mit ihm reden, um ihn sprechen zu hören. Aber sie bekam kein Wort heraus.

Und er wollte sie einfach nur loswerden.

Es war entsetzlich.

Sie fühlte sich ungeliebt und unattraktiv, eine völlig neue Erfahrung im Umgang mit dem anderen Geschlecht, und das erste Mal in ihrem Leben wünschte sie sich, einen Mann tatsächlich zu betören. Sie erreichten die Brücken, die von der Hauptinsel nach Fredvang führten, und sie bemerkte, wie sein Blick zum kleinen Hafen glitt, der links unter ihnen lag. War er Fischer? Fuhr er mit einem der Kutter raus aufs Meer, um sich dort mit den Naturgewalten zu messen? Es drängte sie, ihn zu fragen, mehr über ihn zu erfahren, ihn damit von Einar zu trennen und doch auch wieder eins mit ihm werden zu lassen. Aber ihr fehlten die Worte, wie immer in den entscheidenden Situationen ihres Lebens.

»Wo wohnst du?«, fragte er, als sie die Halbinsel erreichten, und seine Stimme durchschnitt so unerwartet die Stille zwischen ihnen, dass sie zusammenzuckte.

»Ytresand«, beeilte sie sich zu sagen, nachdem sie sich wieder gefasst hatte, »das letzte Haus auf der linken Seite.«

»Ach«, entfuhr es ihm, »dann bist *du* die neue Mieterin meines Onkels!«

Ihr Gehirn brauchte einen Moment, die Information zu verarbeiten.

»Knut ist dein Onkel?«

»Ja, das ist er.« Das erste Mal seit sie unterwegs waren, maß er sie mit einem schnellen Seitenblick. »Er hat mir erzählt, er hätte langfristig vermietet.«

»Ja …« Sie nickte. »Ich … ich wollte ursprünglich länger bleiben.«

»Gefällt es dir nicht im Haus?«

Himmel, was sollte sie sagen?

»Nein, das ist es nicht«, brachte sie stockend hervor.

Ihr Herz war voll von Dingen, die sie ihm erzählen wollte. *Es ist ein wunderbares Haus. Ich liebe den Blick aus meinem Fenster. Ich mag den kleinen Garten, den Schutz der Berge dahinter. Selbst die Einsamkeit. Ich will nicht weg, aber …*

Sie wollte spontan plaudern, eine ungezwungene Atmosphäre schaffen, sodass er sich wohlfühlte in ihrer Gegenwart. Sie wollte ihn zum Lachen bringen, in ihm den Wunsch wecken, sie wiederzusehen. Aber sie konnte es nicht. »Meine Pläne haben sich überraschend geändert«, fügte sie lediglich hinzu, viel zu kühl und reserviert.

»Das passiert.«

»Ja.«

Schweigen.

Sie fuhren am Haus der Møllers vorbei.

Sag was. Sprich mit ihm.

»Wohnst … du auch in Fredvang?«

Er schien nicht zu merken, wie schwer ihr diese einfache Frage fiel, nickte nur und wies mit dem Finger über die Straße, wo ein modernes weißes Holzhaus lag. »Wir sind fast Nachbarn.«

Eine Gänsehaut lief über ihren Körper.

Fast Nachbarn.

Sein Haus lag direkt neben Einars.

Sie fuhren durch die letzte Kurve am Südende der Bucht.

»Gleich sind wir da«, versuchte Judith in leichtem Ton zu äußern, was ihr völlig misslang. Ihre Stimme klang rau, unsicher, trug einen Hauch von Verzweiflung in sich. Mit vier Worten hatte sie ihr Seelenleben offenbart.

Aber wieder schien er es nicht zu bemerken.

Er hielt auf der anderen Straßenseite.

»Danke für deine Hilfe«, verabschiedete sie sich und nestelte an ihrem Rucksack, um ihn nicht ansehen zu müssen.

»Keine Ursache.« Er nannte ihr noch den Namen der Werkstatt in Ramberg. »Sie haben eine Internetseite. Da findest du auch die Telefonnummer.«

Sie wartete, bis er gewendet hatte, und hob zum Abschied die Hand zum Gruß. Durch die Scheibe hindurch trafen sich ihre Blicke, zu flüchtig, um daraus etwas abzulesen, dann war er auch schon an ihr vorbeigefahren.

Es war vorbei.

Vielleicht sollte sie es als Abschiedsgeschenk betrachten, ihn getroffen zu haben. Darüber denken, wie Jenny es tun würde. Locker. Positiv. Du hast einen Mann erschaffen, wie es ihn hier wirklich gibt. Klasse recherchiert! Sich das Foto mit dem Grabstein als Poster ausdrucken und in ihre neue Wohnung hängen. Als Erinnerung und Mahnung zugleich.

Das Foto! Sie hatte die ganze Zeit nicht daran gedacht!

Hastig überquerte sie die Straße und eilte ins Haus, lauschte in die Stille, nachdem sie leise die Tür aufgeschlossen hatte. Greta schien noch zu schlafen. Auf Zehenspitzen ging sie in die Küche, wo sie am Vortag ihr Ladekabel hatte liegen lassen, und stöpselte das Handy ein. Ungeduldig wartete sie, dass es sich einschaltete. Aber es war komplett entladen, sodass sich erst einmal gar nichts tat.

Sie warf einen Blick auf die Uhr über der Tür. Viertel nach vier. Wenn sie jetzt ins Bett ging … nein, sie würde nicht schlafen können, zu präsent war die Begegnung mit dem Norweger. Sie musste irgendetwas tun, etwas, das sie ablenkte. Etwas lesen, einen Film streamen … nachdenklich sah sie zum Fenster hinaus, als sie Gretas verschlafene Stimme hinter sich hörte.

»Hallo, was machst du denn hier um die Uhrzeit? Kannst du nicht schlafen?« Falten von ihrem Kopfkissen im Gesicht, die Augen kurzsichtig zusammengekniffen, das blonde Haar zu allen Seiten abstehend, rieb sie sich die dünnen nackten Arme, die aus ihrem übergroßen T-Shirt wie Stöcke herauslugten.

»Hey, Greta, hab ich dich geweckt?«

»Nein, nein, ich bin aufgewacht, weil ich aufs Klo musste, und dann hab ich dich hier in der Küche gehört. Ist etwas passiert?«

»Ja und nein«, gab Judith zu.

Greta trat in die Küche, griff nach dem Wasserkocher. »Erzähl.«

»Ich … ich konnte nicht schlafen.«

»Das kann ich mir vorstellen.«

»Deshalb bin ich ein wenig durch die Gegend gefahren, einfach so, ziellos …« Wie sollte sie Greta erzählen, was geschehen war? Konnte sie das überhaupt? Sie verfolgte, wie Greta das Kaffeepulver aus dem Schrank nahm.

»Und?«, fragte Greta, als Judith nicht weitersprach, und sah sie erwartungsvoll an.

Judiths Blick huschte zu ihrem Telefon, das jetzt endlich Lebenszeichen von sich gab. Himmel, nein, sie konnte Greta nichts erzählen von ihrem Besuch auf dem Friedhof, von der Entdeckung des Grabsteins. Nicht einmal, dass sie beschlossen hatte, Fredvang zu verlassen.

Sie fühlte sich plötzlich müde bei dem Gedanken und einer Diskussion dazu nicht gewachsen.

»Ich hatte einen Unfall.«

»Einen Unfall? Oh, mein Gott, was ist geschehen?«

»Nichts Schlimmes. Ich bin nur mit meinem Auto auf einen Stein gefahren und aus eigener Kraft nicht mehr heruntergekommen. Jetzt ist irgendwas an der Radaufhängung kaputt, und der Wagen muss in die Werkstatt geschleppt werden …«

»Wo ist das passiert?«, unterbrach Greta sie.

»In der Nähe von Eggum.«

»Was wolltest du da?«

»Nichts.« Judith biss sich auf die Lippe. »Ich bin einfach gefahren, einfach so. Und dort gelandet.«

»Und wie bist du nach Hause gekommen?«

»Es kam zufällig jemand vorbei.«

»Ach.«

Judith räusperte sich. »Ein Mann hat mir geholfen. Er sagt, in Ramberg gibt es eine Autowerkstatt, die auch einen Abschleppdienst hat.«

»Na, da hast du ja Glück gehabt, dass da mitten in der Nacht jemand vorbeigekommen ist, sonst hättest du einen der Bauern dort aus dem Bett klingeln müssen und die sind nicht besonders kommunikativ.« Gretas Augen blitzten verschwörerisch auf. »Aber natürlich hättest du auch mich anrufen können.«

»Das war keine Option«, gestand Judith. »Mein Akku war leer.«

»Oh. Okay.« Umständlich füllte Greta das Kaffeepulver in eine Kanne. »Und wer war nun dein Retter?«

»Ich kenne seinen Namen nicht«, sagte Judith und hoffte, dass Greta ihre plötzliche Nervosität nicht bemerkte. »Aber so, wie ich es verstanden habe, ist er Knuts Neffe.«

»Rune Kristensen!«, entfuhr es Greta.

»Du kennst ihn?«

Greta atmete tief durch. »Und ob ich ihn kenne.«

»Und?«

»Er ist ein …«, begann Greta, und Judith machte sich auf einen zornigen Ausbruch gefasst, doch es kam nicht dazu. Stattdessen hielt Greta inne und betrachtete Judith kritisch aus ihren zusammengekniffenen Augen: »Er hat dich beeindruckt.«

Und bevor Judith auch nur Luft holen konnte, um zu protestieren, fuhr sie bereits fort: »Mach dir nichts draus. Er hat diese Wirkung auf Frauen. Besonders auf die aus dem Süden.«

Gretas Worte trafen Judith wie eine Ohrfeige. Sie schluckte, presste die Lippen aufeinander und versuchte, die plötzliche Wut, die in ihr aufstieg, zu kontrollieren. Was wusste Greta schon. *Er hat dich beeindruckt.*

Ja, verdammt, aber anders, als du denkst. Am liebsten hätte

sie Greta die Wahrheit an den Kopf geschleudert. *Ihre* Wahrheit. Aber die Blöße durfte sie sich nicht geben.

»Du magst ihn nicht besonders«, entgegnete sie schließlich spröde.

»Hab ich das gesagt?«

»Nein. Das war nicht nötig.«

Greta machte ein schuldbewusstes Gesicht. »Judith, tut mir leid. Das war nicht fair. Ich möchte mich nicht mit dir streiten und schon gar nicht wegen Rune.«

Rune.

Der Name hatte einen ebenso besonderen Klang wie Einar.

Judith schluckte erneut. Sie würde ihn nicht wiedersehen. Sie würde abreisen, sobald ihr Auto repariert war. Alles hinter sich lassen.

»Lass uns einfach von etwas anderem reden«, sagte sie deshalb.

Greta gähnte. »Nimm es mir nicht übel, aber ich nehme meinen Kaffee mit und lege mich noch ein bisschen ins Bett.«

Judith zwang sich zu einem Lächeln. »Mach das. Ich sollte vielleicht auch noch die Beine ausstrecken, bis es so weit ist, mich um mein Auto zu kümmern.«

Sie blickte Greta nach, die mit hochgezogenen Schultern aus der Küche schlurfte, und ihre Stimme klang ihr wieder in den Ohren.

Er hat diese Wirkung auf Frauen.

Erneut stieg Ärger in ihr auf. Sie konnte den kurzen Austausch nicht so leicht abtun wie Greta. Wie viele Frauen mochte er schon verführt haben? Gehörte Greta dazu? Der Gedanke gefiel ihr nicht. Um sich abzulenken, griff sie nach ihrem Telefon und öffnete die Fotogalerie. Lange starrte sie auf die kleinen Motive, scrollte schließlich hastig die Bilder durch, eins nach dem anderen. Immer wieder. Das Bild vom Friedhof, der

Grabstein, den sie fotografiert hatte. *Es war weg.* Schweiß brach ihr aus. Das war einfach nicht möglich. Sie hatte den Grabstein berührt. Sie sprang auf. Sie musste zurück zum Friedhof, sie musste …

Nein. Stopp. Hör auf!

Mit zitternden Händen legte sie ihr Handy auf den Küchentisch und sank auf ihren Stuhl zurück. Sie würde dort nichts finden.

RUNE WARF EINEN letzten Blick auf die Frau, die auf der Straße stand und seinem Wagen nachblickte. Sie hielt ihren Rucksack noch immer mit beiden Händen umklammert, was ihr die Verletzlichkeit eines Kindes verlieh. Er wusste nicht einmal, wie sie hieß. Wegen der seltsam angespannten Stimmung zwischen ihnen war er nicht auf die Idee gekommen, sich vorzustellen oder sie nach ihrem Namen zu fragen. Egal. Jetzt war er sie los. Und das war gut so. Immerhin hatte die unerwartete Begegnung seine eigenen Probleme für kurze Zeit verblassen lassen. Er spürte, wie die Anstrengung der vergangenen Tage ihren Zoll forderte. Wann hatte er das letzte Mal mehr als zwei Stunden am Stück geschlafen? Selbst der kurze Weg bis zu seinem Haus erschien ihm zu lang, jeder Meter dehnte sich. Er gähnte herzhaft und hieß die bleierne Müdigkeit willkommen, die ihm die Lider so schwer machte, dass er kaum die Augen aufhalten konnte. Seine letzte Energie hatte er im stockenden Gespräch mit Knuts eigenartiger Mieterin verpulvert. Drinnen angekommen schluckte er zwei Schmerztabletten, bevor er sich ohne weiteres Aufheben ins Bett legte und binnen weniger Sekunden eingeschlafen war.

Das penetrante Klingeln des Telefons weckte ihn aus einem traumlosen Schlaf. Irritiert griff er nach dem Gerät, um es auszuschalten, als er auf dem Display die Nummer seines Anwalts erkannte. Mit schwerer Stimme meldete er sich.

»Du klingst nicht gut, Rune.«

»Du hast mich geweckt«, erwiderte er. Sein Mund fühlte sich trocken an und seine Zunge war belegt, als hätte er die ganze Zeit mit offenem Mund geschlafen. »Wie spät ist es?«

»Zwei Uhr nachmittags.«

Rune richtete sich umständlich auf und schob sich ein Kissen in den Rücken. »Kann ich dich gleich zurückrufen?«

»Ich habe in fünfzehn Minuten einen Termin.«

»Okay.« Rune fuhr sich mit der Hand durch das Gesicht, als könne er so die Benommenheit des Schlafes vertreiben und sein Hirn in Aktion zwingen. »Was gibt es?«

Daniel Arnesen war niemand, der anrief, um nach dem Wetter zu fragen, und die wenigen Male, die sie in den vergangenen Jahren miteinander telefoniert hatten, hatten selten einen positiven Grund gehabt. Rune stellte sich vor, wie Daniel an seinem mächtigen alten, makellos aufgeräumten Eichenholzschreibtisch saß und über den Hafen von Stavanger blickte, während sie sprachen. Sich dabei über das kurze, inzwischen stahlgraue Haar fuhr und den Mund sorgenvoll verzog. Seit ihrer gemeinsamen Zeit beim Militär waren sie Freunde, und Daniel der Einzige, zu dem er nach seiner Rückkehr auf die Inseln Kontakt gehalten hatte. Allerdings nicht aus sentimentalen Gründen. Daniel Arnesens Kanzlei vertrat ihn in allen rechtlichen Angelegenheiten. Mit mehreren Anwälten waren sie breit aufgestellt und bedienten das Wirtschaftsrecht ebenso wie das Familienrecht, weshalb eine Kollegin von Daniel Rune bei seiner Scheidung vertreten konnte. Arnesen selbst war einer der Anwälte im Prozess um das Bohrinselunglück gewesen. Wenn er ihn jetzt zwischen zwei Terminen anrief, war das kein gutes Zeichen und erinnerte Rune sofort wieder an den Zeitungsartikel, der noch in seiner Küche lag, und an sein langes Gespräch mit Knut.

»Mich hat hier etwas erreicht, eine Sache, von der ich noch nicht weiß, ob sie sich positiv oder negativ entwickelt. Aber ich wollte dich sofort darüber informieren und vor allem warnen«, erklärte Daniel.

Warnen war das einzige Wort, das sofort in Runes Gedanken Einlass fand.

»Was ist passiert?«, fragte er rau. »Hat es was mit dem Zeitungsartikel zu tun?«

»Ich weiß nicht, was du in welcher Zeitung gelesen hast«, entgegnete Daniel.

»Die neuen Ermittlungen im Prozess.«

»Ja, deswegen rufe ich an.«

Rune schloss die Augen. »Haben die wirklich das Recht …«

»Der Prozess ist nie zu einem wirklichen Abschluss geführt worden«, fiel Daniel ihm ins Wort. »Und was auch immer da aufgetaucht ist, lässt die ganze Situation in einem neuen Licht erscheinen. Das kann sich, wie gesagt, auch positiv für dich auswirken.«

»Was hast du konkret?«

»Eine Journalistin aus Deutschland hat in dem Fall recherchiert und, wie es scheint, Zugriff auf Unterlagen oder Protokolle erhalten, die bislang unter Verschluss waren. Sie hat ein Buch veröffentlicht, das gerade ziemliche Wellen schlägt, wie du dir sicher vorstellen kannst.«

»Ein Buch von einer Deutschen? Was interessieren die sich für unsere Probleme?«

»Es geht wohl um den großen globalen Komplex Umwelt. Ich weiß noch nichts Näheres, weil das Buch, das dabei herausgekommen ist, letztlich auch nicht das Entscheidende ist.«

Rune konzentrierte sich. Was war wichtig? Welche Fragen musste er stellen? »Wie ist sie an diese Unterlagen gekommen?«

»Das wissen wir noch nicht. Aber meine Mitarbeiter recherchieren bereits, wie gesagt, es kann sich durch diese neuen Erkenntnisse auch alles zum Guten wenden.«

Warum wollte Daniel ihn dann warnen? Was war da noch,

was er ihm nicht erzählt hatte? Normalerweise hielt Daniel nicht mit Informationen hinter dem Berg.

»Das klingt alles nicht gut, aber auch nicht so dramatisch. Wovor willst du mich also warnen?«

»Wir konnten bislang noch nicht herausfinden, ob in diesen Protokollen dein Klarname steht oder ob er, wie in den anderen Unterlagen, unkenntlich gemacht wurde.«

»Was? *Satan i helvete!*«, fluchte Rune. Während des gesamten Prozesses und der vergangenen zehn Jahre war es ihnen gelungen, seinen Namen nicht bekannt werden zu lassen. Und jetzt kam eine deutsche Journalistin daher, schnüffelte herum, und grub einfach aus, was er so verzweifelt geschützt hatte. Veröffentlichte ein Buch!

»Die gute Nachricht, dein Name taucht in ihrem Buch nicht auf«, beruhigte Daniel ihn.

Nein, natürlich nicht. Sonst hätte er längst auch in der Zeitung gestanden.

»Aber jetzt, wo die Sachen raus sind, müssen wir damit rechnen, dass jederzeit ein Journalist vor deiner Tür auftauchen kann. Davor wollte ich dich warnen.«

»Die müssen mich hier oben erst einmal finden.«

»Das ist richtig. Ich habe mir einen Auszug aus dem Einwohnerverzeichnis nur von Rogaland geben lassen und dort allein schon vier Personen mit dem Namen Rune Kristensen gefunden. Hochgerechnet auf ganz Norwegen, dürften da noch einige hinzukommen. Aber das ändert nichts daran, dass jemand mit genügend Geduld und Einsatz früher oder später ...«

»Ja, ich hab es verstanden«, unterbrach Rune ihn ungehalten. »Was erwartest du von mir?«

»Schweigen. Was dir kaum schwerfallen dürfte. Des Weiteren absolute Coolness und Freundlichkeit.«

»Klar.«

Daniel räusperte sich. »Rune, ich kenne dich. Du bist weder gelassen noch freundlich, vor allem dann nicht, wenn dich etwas wütend macht.«

»Ich weiß um meine Defizite. Du musst sie mir nicht vorhalten.«

»Wir *müssen* darüber sprechen. Auch wenn es dir nicht gefällt. In einer politisch so brisanten Angelegenheit ist der Eindruck, den du hinterlässt, von entscheidender Bedeutung.« Rune wollte etwas entgegnen, aber Daniel ahnte es bereits und ließ ihn nicht zu Wort kommen. »Rune, ich weiß, es war dir im Großen und Ganzen schon immer egal, was die Welt von dir denkt. Aber in diesem Fall ist es das nicht. Die Öffentlichkeit in unserem Land wird immer eher hinter einem höflichen und zurückhaltenden Menschen stehen als hinter einem vor Wut schnaubenden Bullen.«

»Vielleicht im Süden. Für die Menschen hier im Norden zählt letztlich nur Wahrhaftigkeit.«

»Das mag sein. Aber wenn der Prozess noch einmal aufgerollt wird, wird er in Stavanger verhandelt werden und nicht in Hammerfest.« Daniel räusperte sich. »Vielleicht wäre es gar nicht schlecht vorübergehend aus Norwegen wegzugehen«, schlug er vorsichtig vor.

»Nein.«

»Denk wenigstens einmal darüber nach.«

»Daniel, ich bin bereits einmal weggelaufen. Ich werde das nicht noch einmal tun.«

»Hör zu, Rune, lass uns nicht streiten. Wir müssen in Ruhe sprechen. Aber ich hab Klienten, die schon auf mich warten. Ich lasse dir von meiner Assistentin die Unterlagen schicken, die wir bis jetzt vorliegen haben. Außerdem soll sie einen Telefontermin für uns beide für Anfang nächster Woche finden. Dann weiß ich auch schon mehr. Bist du damit einverstanden?«

»Sicher, und bis dahin mache ich einfach die Tür nicht auf, wenn es klingelt.«

Daniel lachte nervös auf. Er war nicht unbedingt empfänglich für Humor, egal welcher Couleur. »Habe ich deine aktuelle E-Mail-Adresse?«

Nachdem Rune aufgelegt hatte, saß er noch eine ganze Weile im Bett und starrte auf sein Telefon. Die Informationen, die er erhalten hatte, hatten auch die letzte Spur von Müdigkeit vertrieben, aber er fühlte sich dennoch wie erschlagen. Paralysiert.

Die Hexenjagd des Prozesses wurde wieder lebendig in seiner Erinnerung. Daniels Vorschlag, Norwegen zu verlassen, nagte an ihm. Sein Anwalt neigte nicht zu Dramatik. Rune dachte an den Zeitungsbericht, der auf seinem Küchentisch lag, an Knuts Mienenspiel, als er ihm schließlich *alles* erzählt hatte. Er hatte ihm prophezeit, dass es ihm ganz und gar nicht gefallen würde, und so war es gewesen, auch wenn Knut seine Emotionen um seines Neffens willen zurückgehalten hatte. Die Enttäuschung in den Augen seines Onkels, die plötzliche Trauer, ließen Rune mehr als alles andere nicht zur Ruhe kommen.

Als der Prozess vor zehn Jahren ohne wirkliches Ergebnis ausgelaufen war, hatte er sein Glück nicht fassen können, auch wenn der Makel an ihm gehaftet hatte. Es hatte immer wieder Momente gegeben, während des Prozesses und in den Jahren danach, in denen er bekennen wollte, zugeben, dass er derjenige war, der den Tod so vieler Menschen zu verantworten hatte. Er wäre sogar freiwillig ins Gefängnis gegangen, nur um wieder ruhig schlafen zu können. Und nichts anderes hatte er verdient. Er hatte das Leben von Männern, für die er als leitender Ingenieur verantwortlich gewesen war, aufs Spiel gesetzt, für eine Bohrung in einem riskanten instabilen Gebiet. Er hatte gewusst, dass sie gegen Sicherheitsregeln verstießen, hatte die Gefahr des Gasaustritts marginalisiert, die Tiefe – alles. Und warum? Weil er den Lockungen erlegen war. Noch mehr Geld, noch mehr Ansehen. Dabei wussten sie in Stavanger doch alle schon nicht mehr, wohin damit. Sie besaßen Häuser, Wohnungen, Ferienimmobilien, die leer standen, weil ihnen die Zeit für Urlaub fehlte, und Yachten, die in den Marinas vor sich hin dümpelten, weil sie nur ein- oder zweimal im Jahr für ein Wochenende bewegt wurden. Unvernünftig große und teure Autos. Sie waren alle trunken gewesen, manche waren es noch. Sonja, seine damalige Frau, hatte ihn gewarnt. »Das wird nicht gut gehen, Rune. Wer braucht das alles? Wer hoch steigt, wird tief fallen.« Sie hatte diese Allgemeinplätze geliebt. Und sie hatte recht behalten. Er war verdammt tief gefallen. Sie hatten sich Gott sei dank schon vorher getrennt, sodass das Scheitern seiner Ehe nicht auch noch mit seinem beruflichen Ruin in Verbindung gebracht werden konnte, hatten sich lange vorher voneinander gelöst, nachdem sie festgestellt hatten, dass ihre Lebensentwürfe nicht harmonierten. Aber sie hatten lose Kontakt gehalten, zumindest bis Sonja einen Partner gefunden hatte, mit dem sie das Leben verwirklichen konnte, das mit ihm unmöglich gewesen war. Und nun? Nun würde nach zehn langen Jahren, die ihm auf einmal gar nicht mehr so lang erschienen, alles von vorne beginnen. Damals hatte er mitten im Leben gestanden, vor Kraft und Dynamik gestrotzt. Und trotzdem hatten ihn die vielen Toten, der Prozess und das unerträgliche unbewältigte Gefühl der Schuld seine geistige Gesundheit gekostet, ihn in ein versoffenes Wrack verwandelt, das das Leben nur ertrug, wenn es sich allein auf dem Meer mit der Natur messen konnte. Wie sollte er einen erneuten Prozess ertragen? Die Nachstellungen der Medien? Die Vorwürfe der Hinterbliebenen? Wie sollte er der Welt mit Schweigen, Freundlichkeit und *Coolness* begegnen, erneut abtun und leugnen, was geschehen war, wenn er sich diese Absolution bis heute nicht einmal selbst geben konnte?

Immerhin war es ihm gelungen, sich in seinem erbärmlichen Leben einzurichten. Irgendwie. Aber jetzt wurde auch das zerstört. Weil jemand nachgeforscht hatte. Gierig recherchiert. Er wünschte der Frau, die dafür verantwortlich war, die Pest. Tod und Verderben.

»DA SIND WIR.« Greta stoppte ihren klapprigen Japaner vor der Einfahrt zu einem eingezäunten Gelände am Hafen von Ramberg, und Judith blickte mit einem mulmigen Gefühl an einem Parkplatz vorbei auf Werkhallen, Kräne und Laufkatzen. Auf Unmengen von Material, das gestapelt unter Planen und auf Paletten lagerte. »Das sieht eher nach einer Werft als nach einer Autowerkstatt aus«, bemerkte sie zögernd und wehrte sich gegen die Erinnerungen, die beim Anblick des Geländes in ihr aufstiegen. Ihr letzter Besuch auf einer Schiffswerft während der Recherche für ihren Roman war überschattet gewesen vom tragischen Unfall eines Werftarbeiters, der durch ein herabstürzendes Metallteil schwer verletzt worden war.

»Keine Sorge«, versicherte Greta, die ihre Anmerkung natürlich anders verstand. »Mats Larssen repariert Boote *und* Autos. Und er hat gute Mechaniker.« Liebevoll klopfte sie auf den Lenker ihres Wagens. »Meinen alten *Jappi* halten sie seit Jahren am Leben. Aber willst du es dir nicht noch einmal überlegen mit dem Leihwagen? Mein Angebot steht. Du kannst das Geld sparen und mein Auto nehmen, bis deins repariert ist.«

»Das ist großzügig von dir, aber meine Versicherung kommt wirklich für alle Kosten auf. Ich habe heute Morgen telefonisch die Bestätigung erhalten.« Judith öffnete die Beifahrertür. »Dank dir fürs Mitnehmen.«

»Keine Ursache.« Greta lächelte. »Wir sehen uns später.«

Als sie anfuhr, stieß ihr Wagen eine blaugraue Rauchwolke aus, und Judith trat hastig einen Schritt beiseite. Sie wusste nicht, wie alt das Gefährt war, aber wirklich sicher hatte sie sich während der Fahrt nicht gefühlt. Die Gangschaltung rumpelte, und die Lenkung war auch nicht in Ordnung. Greta schien das alles nicht zu bemerken oder nicht bemerken zu wollen, und die Information, dass die Mechaniker, die Judith nun in blauen Arbeitsoveralls über das Werksgelände eilen sah, Gretas Wagen angeblich am Leben hielten, ließ sie an ihrer Entscheidung zweifeln, ihren Golf hier reparieren zu lassen. Aber das waren nur Ausflüchte. Mehr noch belasteten sie die schrecklichen Bilder des Unfalls, die angesichts der Kulisse plötzlich wieder so lebendig vor ihrem inneren Auge standen, als wäre es gestern gewesen. Dazu die die Geschehnisse der letzten Nacht und des heutigen Morgens, die ihr noch zu tief in den Knochen saßen: der Besuch auf dem Friedhof, die Begegnung mit Rune Kristensen, das vermeintlich existierende Foto auf ihrem Handy als erneuter Beweis ihrer Überspanntheit. Auch auf der Fahrt nach Ramberg hatten sich Realität und Fiktion immer wieder überlappt. Es gelang ihr nicht, sich von den Szenen ihres Romans zu lösen. Meist waren es nur kleine Begebenheiten, die sie abdriften ließen, ausgelöst durch Sonnenlicht auf einem Häuserdach, den Anblick eines Radfahrers oder zweier Kinder, die über eine Wiese tollten. Kleinigkeiten, nichts, was an sich irritierend wäre, doch gehäuft äußerst verstörend wirkte. Es war, als hätte sie bereits ein Leben hier gelebt und wäre nur zurückgekehrt, um auf dessen Spuren zu wandeln.

Als sie das Bürogebäude erblickte, verborgen hinter einer Reihe von Trailern und Booten, verstärkte sich ihr Gefühl, diese Situation schon einmal erlebt zu haben. Dabei war sie noch nie hier gewesen. Sie hatte nicht einmal gewusst, dass es eine Boot- und Autowerkstatt in Ramberg gab. Verzweifelt versuchte sie, sich auf die Realität zu konzentrieren, auf Gegenstände, die sie mitgebracht hatte, die zu ihr gehörten und nicht zu der sie umgebenden Inselwelt. Das Telefon in ihrer Jackentasche, der Stein aus dem letzten Urlaub in der anderen. Ihr Golf.

Sie fand ihn inmitten einer Fahrzeugreihe, gleich neben dem Abschleppwagen. Sie seufzte unwillkürlich bei seinem Anblick. Während sie das Werksgelände überquerte, konnte sie nicht verhindern, dass sich ein Unbehagen in ihr ausbreitete, je näher sie dem Bürogebäude kam. Als sie die Tür öffnete, umklammerte sie mit der anderen Hand den Stein in ihrer Jackentasche, rieb mit den Fingern über die glatte Oberfläche, als könne sie so einen Zauber beschwören, etwas, das sie beschützte, fernhielt von dem, was sie verfolgte. Aber überraschenderweise löste sich die Beklemmung auf, sobald sie das Gebäude betrat.

»Hei«, begrüßte sie der untersetzte Mann, der hinter einem mitten im Raum stehenden und von Papieren überquellenden Schreibtisch saß. Sein Blick blieb bewundernd an ihrem Körper haften, bevor er ihr Gesicht erreichte. *»Hva kan jeg gjøre for deg,* was kann ich für dich tun?« Seine Glatze glänzte im Licht wie poliert und sein tiefer Bass dröhnte durch das ganze Büro.

»Judith Wagner«, stellte sie sich vor und fuhr auf Englisch fort: »Mir gehört der Golf draußen.«

»Ach, der Golf, ja.«, auch er wechselte sofort ins Englische. »Verdammt ärgerlich, was da passiert ist. Ist fast noch ein Neuwagen, aber mit einem solchen Schaden ist der Status natürlich weg. Ich bin übrigens Mats.«

Judith ignorierte seinen Redeschwall. »Kannst du mir schon sagen, was genau kaputt gegangen ist, und wann die Reparatur abgeschlossen sein wird?«

»Die Radaufhängung ist gebrochen. Wir haben das Ersatzteil bestellt.« Er warf einen Blick auf seinen Bildschirm und gab ein paar Daten in seinen Computer ein. »Es soll Montag geliefert werden. Ich habe den Wagen auch für Montag eingeplant. Ich hoffe, dass es klappt. Sonst kommen wir vermutlich erst Mittwoch dazu.« Er sah auf und lächelte entschuldigend.

»Wir haben in den nächsten Tagen viel zu tun wegen des Sturms Anfang der Woche. Aber wenn alles nach Plan läuft, kannst du ihn Montagabend abholen.«

Judiths Mut sank. In vier Tagen. So wie Rune Kristensen es prophezeit hatte. Entgegen aller Vernunft hatte sie gehofft, dass das Ersatzteil bereits am nächsten Tag da sein würde. Dass sie schon am Samstag die Fähre aufs Festland nehmen könnte. Sie hatte am Morgen mit der Fährgesellschaft telefoniert. Auf den Nachtfähren gab es trotz der Hochsaison immer freie Plätze.

Sie spürte Mats abwartenden Blick auf sich.

»Ja, danke schön«, erwiderte sie deshalb und bemühte sich um ein Lächeln. »Ich hatte heute Morgen angerufen und schon gesagt, dass ich gern einen Leihwagen hätte.«

Mats Larssen griff eilfertig zwischen seine Papierstapel und zog einen Schlüssel hervor. »Alles schon organisiert.« Zusammen mit einem Formular reichte er ihr den Schlüssel über den Schreibtisch. »Du kannst dich da ans Fenster setzen zum Ausfüllen. In der Zwischenzeit kopiere ich deinen Führerschein.«

»Ja, natürlich.« Judith kramte in ihrem Rucksack nach ihrem Portemonnaie. Dann setzte sie sich an den kleinen Tisch am Fenster und füllte das Formular aus. Mats Larssen verließ mit ihrem Führerschein das Büro durch eine Tür hinter seinem Schreibtisch. Er kam lange nicht wieder. Sie war längst fertig und die Verzögerung ärgerte sie. Sie wartete nicht gern grundlos. Als sie gerade aufstehen wollte, um nachzusehen, wo er blieb, kam er mit entschuldigender Geste so unvermittelt zur Eingangstür hereingestürzt, dass sie erschrocken zusammenzuckte.

»Es tut mir so leid, es hat etwas länger gedauert. Wir hatten ein Problem in der Werkhalle …« Er reichte ihr ihren Führerschein zusammen mit dem Autoschlüssel. Er wollte noch mehr sagen, aber Judith schnitt ihm mit einem knappen »Danke schön» das Wort ab, und er beeilte sich, ihr die Tür aufzuhalten. »Ich komme mit raus. Vielleicht hast du noch Fragen zu dem Wagen.«

Judith zögerte kurz, als sie bemerkte, dass er auf einen großen silbergrauen SUV zuging. »Den soll ich fahren?«

Er sah sie erstaunt an. »Ich habe noch keinen Kunden gehabt, der nicht damit klargekommen wäre. Hast du ein Problem damit?«

»Nein, es ist nur …« Ein Krachen, gefolgt von einem metallischen Scheppern dröhnte über das Werksgelände. Erschrocken fuhr sie herum. Aber es war nichts weiter geschehen, außer dass einem Gabelstapler eine Kiste heruntergefallen war, deren Inhalt aus Metallröhren bestehend nun über den Asphalt schepperte.

»*Kan du ikke passe opp!* Kannst du nicht aufpassen!«, rief Mats Larssen über den Lärm hinweg dem Fahrer zu, der schuldbewusst aus seinem Fahrzeug stieg und das Unglück betrachtete. Dann wandte Larssen sich ihr wieder zu.

Judith schnappte nach Luft. Ihre Finger schlossen sich so fest um den Stein in ihrer Jackentasche, dass es schmerzte.

Blut lief in Strömen über das Gesicht des Mannes, seinen Hals hinab und in seinen Hemdkragen hinein. Unter der aufgerissenen Kopfhaut blitzte das Weiß des Schädelknochens. Splitter ragten aus der Wunde.

Entsetzt schlug sie die Hand vor den Mund.

Larssen sah sie besorgt an. »Was ist? Ist dir nicht gut? Du bist plötzlich ganz blass!« Er machte einen Schritt auf sie zu, um ihren Arm zu nehmen.

Blut, überall Blut! Wie konnte er mit ihr reden, wenn doch sein Kopf gespalten war?

Sie wich zurück, bevor er sie berühren konnte. Dabei stolperte sie über ein Kantholz, das im Weg lag.

Wieder griff er nach ihr und Tropfen seines Bluts fielen auf ihre nackten Unterarme.

»Ist wirklich alles gut?«

»Ja«, stieß sie hervor und kämpfte gegen die Übelkeit, die in ihr aufstieg, ausgelöst durch das klebrige Gefühl auf ihrer Haut.

Sie schloss die Augen.

Als sie sie wieder öffnete, sah sie, wie Larssen sich nervös mit der Hand über seine Glatze fuhr. Kein Blut, keine Knochensplitter. Dann wandte er sich schulterzuckend ab und ging mit langsamen Schritten zum Bürogebäude zurück.

Judith liefen Schauer über den Rücken, als sie ihm nachblickte.

Mit zitternden Händen startete sie den Wagen, der mit einem sonoren Brummen ansprang. Es war eine Automatikschaltung. Langsam bugsierte sie das Fahrzeug aus der Parklücke. Aus dem Augenwinkel sah sie, dass Larssen noch immer in der Bürotür stand und sie beobachtete. Sie tat, als ob sie ihn nicht bemerkte. Erst als sie das Werksgelände hinter sich gelassen hatte, wich die Anspannung. Sie fuhr bis hinter die nächste Kreuzung, hielt am Straßenrand und ließ den Kopf aufs Steuer sinken. Das Scheppern des fallenden Metalls klang ihr noch immer in den Ohren. Genau wie damals, als sie noch Wochen nach dem Unfall nachts aufgewacht war, weil das Geräusch sie in ihren Träumen verfolgte. Genauso wie sie das Blut gesehen hatte, die Knochensplitter … Sie atmete tief durch und versuchte, den bösen Streich auszublenden, den ihre überreizten Nerven ihr gespielt hatten.

KNUT? BIST DU da? Hallo?«

Gretas Stimme drang in seinen Mittagsschlaf, den er seit einiger Zeit hielt, wenn es keine anderen Verpflichtungen gab, und fand Einlass in seinen Traum, wo ihr Rufen zu dem seiner Schwester Hedda wurde …

Er schlug die Augen auf. Er träumte oft von Hedda in letzter Zeit.

»Knut?«

»Ich bin hier. Ich komme gleich.«

Er schlug die leichte Wolldecke zurück, die er sich über die Beine gelegt hatte und stemmte sich mühsam aus seinem Ledersessel hoch. Er fand Greta in der Küche, wo sie die Einkäufe aus einer dieser modernen klappbaren Plastikkisten in seinen Kühlschrank räumte.

»Es gab heute Lammschulter im Angebot. Ich dachte, ich bring dir was davon mit, damit du mal wieder was Vernünftiges zum Essen hast«, begrüßte sie ihn und wedelte mit einem eingepackten Stück Fleisch vor seiner Nase herum.

»Wenn du es für mich zubereitest, halte ich das für eine hervorragende Idee«, gab er raunzig zurück und inspizierte die übrigen Einkäufe. »Kohl und Möhren gab es wohl auch im Angebot, was?«

Greta grinste. »Alles, was man für einen guten altmodischen Eintopf braucht.«

Sie schien bester Laune zu sein. Er mochte das. Sie besaß unter normalen Umständen schon eine starke Ausstrahlung, aber wenn sie guter Dinge war, war es fast unmöglich sich ihr zu entziehen, und im Laufe der Jahre hatte er gelernt, dass es seinem Leben eine angenehme Leichtigkeit verlieh, wenn er sich einfach von ihr mitreißen ließ.

»Was ist passiert?«, fragte er. »Hast du in der Lotterie gewonnen?«

Ihr Grinsen wurde noch breiter. »Besser.«

Knut zog eine seiner buschigen Augenbrauen hoch. Was konnte besser sein, als in der Lotterie zu gewinnen? Erwartungsvoll sah er sie an.

»Die Galerie in Svolvær hat eins meiner Bilder verkauft«, platzte es aus ihr heraus. »Ich hab es noch niemandem erzählt. Ich wollte, dass du der Erste bist, der es erfährt. Und ich wollte es mit dir feiern.«

Lachend und siegesstolz stand sie vor ihm, ihr krauses blondes Haar wie elektrisiert um ihren Kopf, so dass er gar nicht anders konnte, als zu ihr zu gehen und sie zu umarmen. »Na, das ist wirklich eine gute Nachricht! Herzlichen Glückwunsch! Und so schnell – du hast die Bilder doch erst vor ein paar Tagen hingebracht.«

»Ja, es passte einfach. Genau wie ich es mir vorgestellt habe. Passagiere eines Kreuzfahrers haben es gekauft.«

»Bist du mit dem Preis zufrieden?«

Sie nickte strahlend. »Diesmal muss ich dir im Winter nicht die Miete schuldig bleiben.«

Knut machte eine abwehrende Handbewegung. »Als ob das jemals ein Problem gewesen wäre. Du hast das auf vielerlei Art ausgeglichen. Es gibt nichts, was du mir schuldest.«

Beschämt senkte sie kurz den Blick, jedoch nur, um ihn gleich darauf mit Schalk in den Augen anzustrahlen. »Na, dann werde ich mich mal ans Kochen machen, denn egal, wie gut der Verkauf war, für die Anstellung eines Kochs reicht es noch nicht.«

»Den brauchen wir auch nicht«, stellte Knut fest und setzte

sich an den Küchentisch. Er sah ihr zu, wie sie das Fleisch klein schnitt und anbriet, Gemüse und Gewürze dazu gab und schließlich eine Flasche Bier aus dem Kühlschrank nahm und das Ganze damit ablöschte. Die herzliche Freundschaft, die sich zwischen ihnen im Lauf der Jahre entwickelt hatte, die Selbstverständlichkeit, mit der sie sich in seiner Küche bewegte, sich um ihn kümmerte, und die Nähe waren mehr wert als jeder Mietzins, den sie ihm hätte nachzahlen können. Und ihre Spontanität wärmte sein altes Herz. *Ich wollte, dass du der Erste bist, der er es erfährt. Ich wollte es mit dir feiern.*

»Es ist noch Bier im Kühlschrank«, sagte er. »Meinst du nicht, dass der Anlass es rechtfertigt, dass wir eins zusammen trinken?«

»Ich hab seit Jahren keinen Alkohol angerührt«, gestand sie.

Knut schnaubte. »Wir reden von Bier.«

Sie nahm zwei kühle Flaschen heraus, und er öffnete sie an der Tischkante. Sie stießen an. »Auf deine Bilder!«

»Und?«, fragte er, nachdem sie den ersten langen Schluck genommen hatte.

»Wirklich gut«, gestand sie.

»Du hast es dir verdient.«

Sie setzte sich ihm gegenüber an den Tisch.

»Was gibt es Neues von Judith?«, wollte er wissen. »Hat sie sich wieder beruhigt?«

Greta antwortete nicht sofort, und Knut ärgerte sich, als er bemerkte, dass er ihrer ausgelassenen Stimmung mit seiner Frage einen Dämpfer verpasste.

»Ich hab es dir noch nicht gesagt, aber sie wird uns wohl nächste Woche wieder verlassen.«

Knut runzelte die Stirn. »Oh, schon? Sie hat die Miete für zwei Monate im Voraus gezahlt.« Es würde kompliziert werden, den Restbetrag zurückzuüberweisen. Verdrießlich dachte er an die zusätzlichen Kosten, die bei einer Auslandsüberweisung anfielen. Es war vermutlich besser, ihr den Betrag in bar auszuzahlen. »Was ist denn passiert, dass sie so plötzlich abreisen will?«

Greta zuckte mit den Schultern. »Sie trägt viel mit sich rum«, erwiderte sie ausweichend. »Kommt irgendwie nicht klar.«

»Das habe ich gemerkt.«

»Du denkst an den Vorfall mit Jan Møllers Tochter.«

Knut nickte. »Das war doch schon ein ziemlich merkwürdiges Verhalten, was sie da gezeigt hat, oder?«

»Ja, sicher«, erwiderte Greta gedehnt.

Er spürte, dass Greta nicht wirklich mit der Sprache rausrücken wollte. »Aber das mit Jan und seiner Tochter kann doch nicht der einzige Grund sein«, hakte er deshalb nach.

Greta nahm noch einen Schluck Bier und sah zum Fenster hinaus. »Bei dem guten Wetter sollten wir draußen essen, meinst du nicht auch?«

Knut wartete.

»Sie ist Autorin, weißt du«, sagte Greta schließlich in die Stille. »Die sind vielleicht alle ein bisschen merkwürdig. Ich meine …«, sie sah ihn an, » … überleg mal, wenn du so ein Buch schreibst, du bewegst dich ja ständig in zwei Welten.«

»Hm«, brummte Knut. Er war sich nicht ganz sicher, was sie damit meinte.

»Vielleicht ist es auch besser, wenn sie geht.«

»Geht sie dir auf die Nerven?«

»Nein, ich mag sie. Aber sie ist schon ein wenig anstrengend.«

»Und du hast ihr tatsächlich noch nichts von deinem verkauften Bild erzählt? So eine kleine Feier wäre doch auch für sie eine gute Ablenkung gewesen.«

»Ich glaube nicht, dass sie dafür den Kopf frei hat.« Sie ging zum Herd und nahm den Deckel vom Topf. Der aufsteigende Geruch machte ihm den Mund wässrig.

»Braucht es noch lang?«

»Nein, wir können gleich essen. Magst du Kartoffeln oder Brot dazu?«

»Brot.«

»Judith wird wohl spätestens Dienstag abreisen. Dann ist ihr Auto wieder repariert. Das hatte sie letzte Nacht in Eggum auf einen Stein gesetzt.«

»In Eggum? Nachts? Da ist doch niemand. Wie ist sie denn von dort wieder zurückgekommen?«

»Es gibt anscheinend noch andere, die sich nachts dort draußen herumtreiben.«

»Ah, da hat sie aber Glück gehabt.«

»Von Glück würde ich nicht sprechen, wenn Rune mein Retter wäre«, murmelte sie.

»Rune? Hast du gerade gesagt, Rune sei dort gewesen?« Auch wenn Knut wie viele ältere Menschen stets behauptete, dass sein Gehör nachließ, so bekam er doch vor allem das mit, was nicht für ihn gedacht war.

Greta sah, wie seine Gesichtszüge sich verdüsterten. »Tut mir leid, ist mir so rausgerutscht.« Doch dann begriff sie, dass nicht ihre Bemerkung diese Reaktion hervorgerufen hatte, und fragte ohne Umschweife: »Hattet ihr schon wieder Streit?«

Knut antwortete nicht sofort. »Wir haben nicht gestritten. Ausnahmsweise nicht. Wir haben über ein paar Angelegenheiten gesprochen, die eigentlich längst verjährt sein sollten«, erwiderte er schließlich vage. Er hatte das gestrige Gespräch mit seinem Neffen erfolgreich verdrängt. Eigentlich wollte er auch jetzt nicht darüber nachdenken. Aber so einfach war es nicht.

Greta musterte ihn fragend, doch Knut schüttelte nur den Kopf.

Was Rune ihm erzählt hatte, war nichts für fremde Ohren. Ein Umstand, den er nur schwer ertrug. Es wäre gut gewesen, mit jemandem aus der Familie darüber reden zu können, aber es gab niemanden mehr außer Rune und ihm, und so nah Greta ihm auch stand, hier musste er eine Grenze ziehen.

Er hatte eine Seite von Rune zu Gesicht bekommen, mit der er nicht gerechnet hatte. Sein bisher unerschütterliches Vertrauen in seinen Neffen war angekratzt, damit musste er erst einmal fertig werden. Nur gut, dass Hedda das nicht erleben musste.

Wie er befürchtet hatte, war es nicht richtig gewesen, den Jungen dort unten im Süden sich selbst und diesen Haien zu überlassen. Aber es war müßig, darüber zu trauern. Wie Rune selbst zugegeben hatte, hatte es genug Gelegenheiten gegeben abzuspringen, sich zu wehren oder Nein zu sagen. Er hatte es nicht getan, und zwar nicht aus Not, sondern aus Gier. Dafür schämte Knut sich.

BLUT. ÜBERALL BLUT.

Judith schauderte. Die Bilder ließen sich nicht abschütteln, immer wieder sah sie Mats Larssen vor sich, den Kopf gespalten und trotzdem lächelnd, im Gespräch mit ihr. Sie durfte sich nicht aufs Neue diesen Hirngespinsten hingeben. Sie war einem Trugbild erlegen. So wie bei der vermeintlichen Inschrift auf dem Grabstein.

Wie ein Mantra betete sie diese Erklärung herunter, während sie den geliehenen SUV über die schmalen Straßen zu ihrer Unterkunft lenkte. Was würde ihre überreizte Fantasie ihr als Nächstes präsentieren? Vier weitere Tage würde sie auf den Inseln gefangen sein. Der Gedanke war beängstigend.

Sie erreichte das Haus am Ende der Bucht und stellte den Wagen in der Einfahrt ab. Als sie in ihrer Jackentasche nach dem Haustürschlüssel tastete, fiel ihr der Stein wieder in die Finger. Sie zog ihn heraus und betrachtete ihn. Er war oval und ganz glatt, schimmerte in einem warmen dunklen Rot und passte genau in ihre Handfläche. Bei seinem Anblick dachte sie an den Strand, an dem sie ihn gefunden hatte, viele Tausend Kilometer entfernt im Süden Europas, an den sonnigen Morgen und die Brandung, die warm ihre nackten Füße umspült hatte. Sie war glücklich gewesen damals, frei und unbeschwert auf der Suche nach einer neuen Geschichte für einen Roman, und sie spürte, wie sich mit der Erinnerung ihr Herzschlag beruhigte und die Anspannung von ihr abfiel. Der entsetzliche Anblick von Mats Larssen verschwamm. Es war nichts gewesen. Nichts. Das Sonnenlicht hatte ihr einen Streich gespielt. Mehr nicht.

Sie atmete tief durch, als sie die Haustür aufschloss. Greta war nicht da. Die Garage war leer gewesen. Unentschlossen blieb Judith im Flur stehen. Was sollte, was konnte sie tun?

Beschäftige dich, mahnte ihre innere Stimme. Mach was, egal, was. Geh raus.

Raus ... ja, natürlich. Bewegung und Sport waren seit jeher der Motor gewesen, der sie durch schwierige Zeiten getragen hatte. Sie dachte an die mit Rucksäcken und Zelten bepackte Gruppe junger Menschen, die ihr bei ihrer letzten Wanderung begegnet war. Das war es! Sie würde die Bucht von Kvalvika besuchen und dort übernachten. Wenn sie allein und auf sich selbst gestellt in der freien Natur unterwegs war, würde es ihr vielleicht gelingen, all dem zu entfliehen, was sie quälte.

Bevor sie es sich anders überlegen konnte, eilte sie die Treppen hinauf in ihr Schlafzimmer, packte ihren Schlafsack und ihr kleines Zelt in den Rucksack und stopfte noch ein paar Wechselsachen, eine Regenjacke und eine Karte dazu. In der Küche holte sie sich Proviant: Wasser, Brot, Käse, ein wenig Obst und eine Tafel Schokolade. Sie schrieb eine kurze Nachricht für Greta, dann zog sie auch schon die Haustür wieder hinter sich ins Schloss. Als sie im Auto saß und auf der Karte ihre Route suchte, verspürte sie Erleichterung. Alles war besser, als untätig herumzusitzen.

Keine zehn Minuten später stellte sie den SUV im Hafen von Fredvang ab. Der große silbergraue Wagen erregte die Aufmerksamkeit zweier Männer, die im Tor der Fischverarbeitungshalle standen und rauchten. Judith nickte ihnen kurz zu, während sie unbeholfen ihren Rucksack von der Rückbank zog.

In dem kleinen geschützten Hafen waren viele Fischerboote vertäut, manche in Päckchen nebeneinander. Nur eins lag allein. *Cassiopeia* stand in schwungvollen Lettern an seinem

Heck. Später würde sie genau an diesen Moment zurückdenken und sich fragen, warum das kompakte weißblau gestrichene Boot ihre Aufmerksamkeit erregt und was sie bewegt hatte, es näher zu betrachten anstatt einfach ihrer Wege zu gehen. Schiffe hatten sie schon immer begeistert. Sie hatte sogar einmal einen Roman geschrieben, der an Bord einer Segelyacht spielte und aus Recherchegründen eine entsprechende Reise unternommen. Aber es war mehr als diese allgemeine Anziehungskraft, die sie nun auf den gut zwölf Meter langen Kutter zugehen ließ, dessen Stahlrumpf und hohe Bordwände darauf schließen ließen, mit welch rauer See in diesen Breiten zu rechnen war.

Judiths Blick wanderte über die Seilwinden und Rollen zum Einholen der Netze und die verschiedenen Becken und Vorrichtungen aus Edelstahl zum Sortieren des Fangs. Schläuche, Haken und Bürsten hingen festverzurrt an der Wand, große Schürzen aus Kunststoff, Messer und andere Gerätschaften, die sie noch nie zuvor gesehen hatte.

Erschrocken zuckte sie zusammen, als völlig unerwartet die Tür des Steuerhauses aufschlug. War etwa jemand an Bord? Sie hielt unwillkürlich die Luft an, doch als sich nichts weiter rührte, warf sie noch einen neugierigen Blick ins Steuerhaus, das vollgepackt war mit Elektronik. Ein Windstoß trieb ihr den Geruch von Metall, Dieselöl und klammer Feuchtigkeit entgegen. Judith reckte sich, um die schmale Stiege hinunterzublicken, wo sie schemenhaft eine kleine Kombüse, einen Tisch und eine Bank erkannte. Es gab auf den ersten Blick nichts Persönliches, was aber vielleicht auch einfach nur daran lag, dass nichts herumlag. Wie draußen an Deck schien auch drinnen jeder Gegenstand seinen Platz zu haben, was in der schmucklosen Enge sicher auch nötig war.

In diesem Moment hörte sie Geräusche aus dem Bauch des

Kutters. Es war also doch jemand an Bord! Hastig trat sie einen Schritt zurück und stolperte dabei über ein Rolle Tau, die aufgerollt hinter ihr auf der Pier lag. Mit einem erschrockenen Aufschrei stürzte sie polternd zu Boden, als der Rucksack sie vollends aus dem Gleichgewicht brachte und sie wie ein Käfer auf dem Rücken liegen blieb. Bevor sie sich von ihrer Last befreien konnte, hörte sie jemanden eilig die Stiege im Steuerhaus des Kutters erklimmen. Gleich darauf blickte sie in das Gesicht von Rune Kristensen. Bei ihrem Anblick entstand eine Falte zwischen seinen Augenbrauen.

»Was machst du denn hier?«, entfuhr es ihm.

Judith war völlig überrumpelt.

»Ich … ich …«, stotterte sie lediglich und fühlte sich so lächerlich und hilflos, dass ihr die Tränen kamen.

Mit einem Satz sprang er auf die Pier, umschloss ihre Unterarme mit seinen kräftigen Händen und zog sie hoch. »Hast du dich verletzt?«

Unfähig etwas zu sagen, schüttelte sie beschämt den Kopf. Ihr linkes Fußgelenk schmerzte und sie konnte nicht richtig auftreten, aber sie hätte sich eher die Zunge abgebissen, als es zuzugeben. Natürlich bemerkte er es.

»Dein Fuß …«

Noch einmal schüttelte sie den Kopf und unterdrückte einen erneuten Aufschrei, als sie auftrat und der Schmerz durch sie hindurch fuhr.

Gegen ihren Widerstand nahm Rune ihr den Rucksack ab. »So kannst du nicht gehen. Komm, ich helfe dir an Bord, dann kann ich mir den Knöchel ansehen. Vermutlich ist er nur verstaucht.«

Er stützte sie und half ihr an Deck des Kutters, wo er sie auf einer schmalen Bank neben dem Steuerhaus absetzte und sofort begann, ihren Wanderstiefel aufzuschnüren.

»Ich … ich kann das selbst«, stieß sie hervor.

Er reagierte nicht darauf, und Judith schämte sich in Grund und Boden, während sie verfolgte, wie er ihr mit erstaunlicher Behutsamkeit den Schuh auszog und den Fuß vom Strumpf befreite. Mit sicherem Griff umfasste er den bereits angeschwollenen Knöchel und drehte ihn vorsichtig. Judith biss die Zähne zusammen.

»Tut das weh?«

Sie nickte.

»Es scheint nichts gebrochen zu sein, nur kräftig verstaucht. Wir sollten ihn sofort kühlen, damit die Schwellung nicht noch stärker wird.«

»Wie kannst du dir so sicher sein?«, schaffte sie es endlich zu fragen.

»Zusätzlich zu meinem Beruf habe ich eine Ausbildung als Sanitäter. Dort, wo ich gearbeitet habe, hatten wir nicht immer einen Arzt vor Ort«, entgegnete er sachlich und stand auf. »Bleib sitzen, ich hole Eis aus der Fischverarbeitungshalle.«

Judith sah ihm nach und erinnerte sich an die glitzernden Haufen mit gestoßenem Eis, die sie durch das Tor gesehen hatte, vor dem die beiden Männer geraucht hatten. Wenige Minuten später schon kam er mit einem schwarzen Kunststoffeimer in der Hand zurück. Er war zur Hälfte gefüllt und eben groß genug, dass sie ihren Fuß hineinstellen konnte.

»Halt es so lange wie möglich aus, auch wenn die Kälte schmerzt«, wies er sie an, während er vorsichtig das Eis um ihren Knöchel herum anhäufte. Seine Handgriffe waren tatsächlich so professionell wie die eines Fachmannes.

Fragen über Fragen lagen Judith auf den Lippen. In welchem Berufsumfeld benötigte man solche Fähigkeiten? Welchen Beruf hatte er ausgeübt? Und warum war er jetzt an Bord dieses Kutters? War er tatsächlich Fischer? Aber sie wagte nicht, sie zu stellen. Seine erste spontane Reaktion klang ihr noch immer in den Ohren: *Was machst du denn hier?*

Vermutlich war er froh, wenn er sie so schnell wie möglich wieder loswurde, aber so, wie ihr Fuß schmerzte, würde sie nicht einmal Auto fahren können. Eine Welle des Selbstmitleids überspülte sie, als ihr Blick an ihrem Rucksack hängen blieb, der auf der Pier an der Rolle Tau lehnte. Egal, was sie seit ihrer Ankunft auf den Inseln auch tat, alles lief entsetzlich schief. Immer wieder geriet sie in missliche Situationen und schon zum zweiten Mal war es ausgerechnet Rune Kristensen, diese beängstigende Inkarnation von Einar Thorsen, der sie daraus befreite.

RUNE RICHTETE SICH auf und trat einen Schritt zurück. Was hatte er verbrochen, dass der Zufall ihm schon wieder diese Frau vor die Füße spülte? Hatte er an diesem Tag nicht schon genug Ärger gehabt?

Wie ein Häufchen Elend saß sie vor seinem Steuerhaus, kühlte tapfer den Fuß im Eis, obwohl ihr anzusehen war, wie unangenehm die Kälte für sie war. Ohne dass er es wollte, keimte Mitleid in ihm auf. »Es tut mir leid, dass du über den Tampen gefallen bist. Wir Fischer vergessen oft, dass unsere Ausrüstung zur Stolperfalle werden kann, und so viele Besucher haben wir hier nicht im Hafen.«

Große, meerblaue Augen erwiderten überrascht seinen Blick, und er spürte, wie er sich intuitiv gegen die natürliche Schönheit wappnete, die die Frau besaß. Die meisten seiner Kollegen hätten sich vermutlich darum gerissen, sie an Bord zu haben und etwas für sie tun zu können.

»Ich ... ich hätte auch besser aufpassen können«, bemerkte sie stockend, senkte hastig wieder den Blick und strich sich ihr lockiges hellbraunes Haar aus dem Gesicht. Er erinnerte sich prompt an ihre gemeinsame Autofahrt und ihre auffällige Einsilbigkeit, sodass er sich schon gefragt hatte, ob sie vielleicht kein Englisch sprach. Auch diesmal wollte er sie so schnell wie möglich wieder loswerden, aber irgendwie fühlte er sich auch verantwortlich für das Unglück, das ihr widerfahren war. Es war schließlich seine Rolle Tau, über die sie gefallen war.

»Möchtest du etwas trinken?«, fragte er deshalb höflich.

»Trinken?«, wiederholte sie unsicher, während ihn die meerblauen Augen erneut streiften. »Ich weiß nicht ... doch, ja … vielleicht ein Glas Wasser …« Sie biss sich auf die Lippe, ob aus Schmerz oder aus Verlegenheit konnte er nicht erkennen.

Er stieg hinunter in seine Kajüte, die gleichzeitig Kombüse und Schlafraum war, und öffnete den Kühlschrank. Er war gefüllt mit Bierdosen.

»Ich habe leider kein Wasser mehr«, rief er nach oben. »Ich kann dir nur Bier anbieten.«

»Das ist jetzt, glaube ich, nicht das Richtige«, erwiderte sie zurückhaltend. »In meinem Rucksack ist Wasser.«

Er nahm sich eine Dose Bier aus dem Kühlschrank, stieg wieder nach oben und sprang auf die Pier, um ihren Rucksack an Bord zu holen. Vor dem Steuerhaus war es zu eng, um ihn abzustellen. Er warf ihr einen fragenden Blick zu, und sie nickte nach kurzem Zögern. Es wäre ihr lieber gewesen, ihn selbst zu öffnen, das spürte er deutlich.

Nachdem er ihr die Flasche gereicht hatte, öffnete er seine Bierdose und trank sie halb leer. Sie nahm nur ein paar kleine Schlucke und drehte die Flasche dann unentschlossen in ihren Händen.

Er räusperte sich. »Ich kann dich zum Arzt oder nach Hause fahren …«

»Ich möchte dir keine Umstände machen«, sagte sie abweisend. »Du … du hattest sicher etwas anderes vor.«

»Das stimmt«, bemerkte er ehrlich. »Ich wollte rausfahren, um ein Teil zu überprüfen, das ich eingebaut habe.«

»Wenn du mir bis zu meinem Wagen helfen könntest …«

»Du solltest den Fuß jetzt nicht belasten«, unterbrach er sie. »Ich fahr dich nach Hause.«

»Das ist wirklich nicht nötig«, beharrte sie.

Ihr Widerstand reizte ihn. »Dann bleibst du eben an Bord und kommst mit. Ich kann es nicht verantworten, dich jetzt fahren zu lassen«, entfuhr es ihm ungeduldig. »Meine Testfahrt wird nicht länger als eine dreiviertel Stunde dauern. Es wird deinem Knöchel guttun, noch so lange gekühlt zu werden.«

Eine ärgerliche Falte bildete sich zwischen ihren Augenbrauen. Sie war es wohl nicht gewohnt, dass man so mit ihr sprach. Doch der abschließende Ton, den er auch während seiner Zeit als verantwortlicher Ingenieur auf der Bohrinsel häufig angeschlagen hatte, wenn er weitere Diskussionen unterbinden wollte, verfehlte seine Wirkung nicht.

»Auf deine Verantwortung«, murmelte sie und kreuzte die Arme über der Brust.

Während er den Motor anwarf und den Kutter losmachte, fragte er sich, was sie damit gemeint haben mochte, aber sobald seine *Cassiopeia* den geschützten Hafen von Fredvang verlassen hatte und durch die leichte Dünung schnitt, ließ er diese Gedanken hinter sich. Wie immer nahm ihn das Meer gefangen, hüllte ihn mit seiner gleichmäßigen Bewegung und beruhigenden Weite ein, und für den Moment vergaß er die Anwesenheit der Frau vor seinem Steuerhaus. Erst als er auf Autopilot schaltete und hinaustrat, und sein Blick wieder auf sie fiel, wurde ihm bewusst, dass er noch nicht einmal ihren Namen kannte.

Er blieb vor ihr stehen. »Ich bin übrigens Rune, Rune Kristensen«, bemerkte er in versöhnlichem Ton. »Nur, damit du weißt, mit wem du heute Schiffbruch erleidest.«

Sie starrte ihn unschlüssig an. Dann räusperte sie sich, als wäre sie zu einem Schluss gekommen. »Judith Wagner. Es … es tut mir wirklich leid, dass ich so …«

Mit einer Handbewegung schnitt er ihr das Wort ab. »Genieß die kurze Ausfahrt. Wir haben heute bestes Wetter.«

Er machte sich an seinem Ausleger zu schaffen. Dabei spürte er ihren Blick in seinem Rücken. Sie beobachtete jede seiner

Bewegungen, genau wie in der Nacht, als er ihr mit ihrem Wagen geholfen hatte. Er drehte sich um. Ihre Blicke begegneten sich, und er sah, wie sie rot wurde. Und plötzlich konnte er sich des Verdachts nicht erwehren, dass sie nicht zufällig auf der Pier gewesen war. Er erinnerte sich an den Anruf seines Anwalts aus Stavanger an diesem Morgen. War sie womöglich eine Journalistin, die sich auf diese unbeholfene Weise bei ihm einschlich? Das würde auch erklären, weshalb sie ihn auf dem Parkplatz vor dem Supermarkt bei ihrer ersten Begegnung so angestarrt hatte. Warum sie ausgerechnet in Knuts Haus eingezogen war. Die Vorstellung war unglaublich, aber nicht abwegig. Er hatte schon die verrücktesten Geschichten über Presseleute gehört. Die Schnelligkeit und Vielfalt der heutigen Medien verwandelte das Gewerbe in ein Haifischbecken. Eine kalte, unberechenbare Wut stieg in ihm auf. Aber er zügelte sich, verbarg sie, glättete sie, während er langsam auf sie zuging und sich mit einem aufgesetzten Lächeln vor ihr aufbaute. »Wir haben in den vergangenen vierundzwanzig Stunden überraschend viel miteinander zu tun gehabt, aber ich weiß nichts über dich, nur dass du im Haus meines Onkels wohnst. Was treibt eine Frau wie dich allein auf unsere Inseln?«

Die Plastikflasche in ihrer Hand knackte, als ihre Finger sich fester darum schlossen.

KNUT WAR NACH dem Essen in redseliger Stimmung. Greta schrieb es ihrem gelungenen Lammeintopf zugute, aber wenn sie ehrlich war, war es vermutlich eher das Bier, das ihn in Plauderlaune versetzte und von früher erzählen ließ. Sie mochte diese alten Geschichten, sie beflügelten ihre Fantasie. So manches Bild hatte sie nach einem solchen Zusammensein mit Knut gemalt, wie auch das Gemälde, das in Svolvær verkauft worden war. Nicht zuletzt deswegen hatte sie ihren Erfolg mit ihm feiern wollen, wenn sie ihm auch nicht erzählt hatte, wie viel Anteil er tatsächlich daran besaß. Sie fürchtete, ihn damit in Verlegenheit zu bringen und ihm die Unbefangenheit zu nehmen, mit der er von den alten Zeiten sprach.

Als sie sich schließlich auf den Heimweg machte, fuhr sie den Umweg über den Hafen, um Fisch zu kaufen. Wie immer war sie langsam unterwegs. Heute vielleicht langsamer als sonst, denn das Bier zeigte seine Wirkung. Es hatte verdammt gut geschmeckt, sie konnte sich kaum erinnern, wann sie das letzte Mal etwas getrunken hatte. Aber Feste musste man feiern, da hatte Knut schon recht. Daher hatte sie auch nicht den Ansatz eines schlechten Gewissens.

Als sie den Parkplatz vor der Pier erreichte, bemerkte sie jedoch etwas, das sie mit einem Schlag aus ihrer leicht angetrunkenen, heiteren Stimmung herauskatapultierte. In der Auffahrt stand der SUV, den Mats Larssen immer dann verlieh, wenn er ein Auto zur Reparatur annahm und ein Leihwagen benötigt wurde. Greta bremste so hart, dass ihr alter Japaner stöhnend in seine Stoßdämpfer sank.

»Quäl deinen Wagen nicht so!«, rief ihr Bjørn zu, einer der

Männer aus der Fischverarbeitung, als sie ausstieg. Sie ignorierte die Bemerkung und wies nur auf den silbernen SUV. »Hast du die Frau gesehen, die damit angekommen ist?«

Er nicke. »Ist mit der *Cassiopeia* rausgefahren.« Ein anzügliches Grinsen machte sich in seinem Gesicht breit. »Hübsches Ding. Bist du etwa eifersüchtig, Greta?«

»Und wie. Schließlich ist sie meine neue Freundin. Mit Männern bin ich durch. Das müsstest *du* doch wissen.«

Bjørn lachte und verabschiedete sich mit einem lässigen Gruß.

Trotz ihrer leicht dahin geworfenen Worte war Greta in Sorge. Sofort war ihr wieder die nur notdürftig verborgene Faszination präsent, mit der Judith von Rune gesprochen hatte. Aber sie konnte sich nicht vorstellen, dass Judith gezielt in den Hafen gefahren war, um Rune zu treffen. Dafür war sie viel zu schüchtern. Also konnten sie sich nur zufällig begegnet sein. Aber warum fuhr sie dann gleich mit ihm raus? Was war passiert? Sie hätte Bjørn gern noch weitere Fragen gestellt, sagte jedoch nichts weiter, kaufte Fisch ein und fuhr wieder zurück.

Als sie zu Hause ankam, wirkte die Stille erdrückend und sie zuckte unwillkürlich zusammen, als die Tür hinter ihr mit lautem Knall ins Schloss fiel. Vergeblich versuchte sie, die düstere Vorahnung zu ignorieren, die sie überfiel. Es ist nur der Wind, beruhigte sie sich, nur der Wind. Aber ein schneller Blick aus dem Fenster widerlegte die Annahme. Kein Lufthauch bewegte die Zweige des Obstbaums im Garten, und die Sonne glitzerte auf der glatten Meeresoberfläche. Es hat keine Bedeutung. *Du hast nur zu viel Bier getrunken. Das bist du nicht mehr gewohnt.* Das ungute Gefühl ließ sich jedoch nicht abschütteln. *Du kennst mich,* flüsterte es ihr zu. *Du weißt, was geschieht, wenn du nicht auf mich hörst.* Und einer Drohung gleich krochen die Erinnerungen auf sie zu.

Das ist passiert.

Sieh es dir an.

Düstere Bilder entrollten sich.

»Nein«, flüsterte sie und schloss die Augen, als ob sie sich so vor ihnen schützen konnte, sie vertreiben, aber der Alkohol machte sie wehrlos.

Schmerzen.

Das Geräusch ihres eigenen verzweifelten Schluchzens.

Die vom flackernden Blaulicht eines Krankenwagens beschienenen Gesichter der Rettungssanitäter und des Notarztes, der mitfühlende Ausdruck in seinem Gesicht, das Zucken seines Kehlkopfs, als er schluckte. Und die vier Worte, von denen sie so genau wusste, was sie bedeuteten: Es tut mir leid.

Alles war wieder präsent. Greifbar mit all ihren Sinnen. Verzweifelt schnappte sie nach Luft, während ihre Hände sich schützend über ihren Bauch legten. Aber es war zu spät. Zu spät …

Tränen machten sie blind, und sie benötigte all ihre Kraft, um sich zurück in die Gegenwart zu kämpfen, sich zu zwingen, in die Küche zu gehen, ein Glas aus dem Schrank zu nehmen, es mit Wasser zu füllen und zu trinken, während sie gleichzeitig gegen die Verzweiflung ankämpfte, die sie so durchdringend spürte, als läge das Grauen, das sie verfolgte, nicht anderthalb Jahrzehnte, sondern lediglich ein paar Stunden zurück. An jenem Tag hatte sie auch eine düstere Vorahnung verfolgt. Aber sie hatte sie ignoriert. Was, wenn sie es getan hätte, wenn sie dem Drang nachgegeben hätte, einfach wegzugehen? Ohne einen Brief zu hinterlassen. Ohne eine Adresse anzugeben.

Aber sie hatte es nicht getan. Überhaupt nichts.

Schmerzen.

Blaulicht.

Verzweifelte Trauer.

Die Zeit heilt alle Wunden, hieß es. Warum nicht bei ihr? Warum musste sie den Schmerz immer wieder in der gleichen Intensität erleben?

Sie wusste später nicht, ob sie eine oder zwei Stunden oder länger mit ihrer Erinnerung gekämpft hatte. Die Sonne stand noch immer hoch über dem Horizont. Das Meer war ruhig, und die Berge unwirkliche Riesen aus einer anderen Welt hinter einem Schleier aus Dunst. Sie fühlte sich erschöpft, als sie sich vom Fenster abwandte, noch immer aufgewühlt, aber letztlich hatte sie die Dämonen zurückgezwungen hinter ihren Wall aus Disziplin und Verdrängung. Die Risse gekittet.

Doch die düstere Ahnung wich nicht. Dieses drängende Gefühl, Judith beschützen zu müssen. *Du weißt, was geschieht, wenn du nicht auf mich hörst,* flüsterte die Stimme ihrer Intuition. Und auch wenn sie ihr Handeln nicht rational begründen konnte, zog sie wenig später die Haustür hinter sich zu und stieg in ihr Auto.

Als sie an Runes Haus vorbeifuhr, bemerkte sie einen weißen Mietwagen, der in der Auffahrt parkte. Ein dunkelhaariger, schlanker Mann um die Vierzig stand daneben und blickte sich suchend um. Er trug eine Leinenhose und ein helles Hemd. Darüber ein zerknittertes Sakko. Etwas an ihm kam ihr bekannt vor. Greta nahm den Fuß vom Gas und kniff die Augen zusammen, und erkannte den Agentur-Journalisten wieder, der vor einigen Wochen in Bodø die Vernissage einer guten Bekannten begleitet hatte. Was wollte er von Rune? War etwas geschehen, von dem sie noch nichts wusste? An sich war das unmöglich, denn Neuigkeiten, noch dazu solche, die einen Reporter von außerhalb auf den Plan riefen, verbreiteten sich in Fredvang, wie in jedem anderen Dorf, wie ein Lauffeuer. Einer spontanen Eingebung folgend, lenkte sie ihren alten Japaner auf das Grundstück und parkte ihn wie selbstverständlich vor der Garage.

»Hey«, begrüßte sie den Journalisten. »Suchst du jemanden?«

»Hey«, antwortete er. »Ich suche Rune. Ist er da?«

Greta betrachtete den Kaffeefleck auf seinem Sakko. »Hast du eine Verabredung mit ihm?«

Er zögerte. »Nicht direkt, aber mir wurde gesagt, dass ich ihn hier finden würde. Er wohnt doch hier, oder?«

Greta antwortete nicht sofort. »Ich glaube, du hast dich noch nicht vorgestellt«, bemerkte sie schließlich.

Er begegnete ihrer Reserviertheit mit einem Lächeln, das freundlich, aber gleichzeitig eine Spur zu professionell war, um echt zu sein. »Oh, entschuldige. Ich bin Nils Holm.« Anscheinend erinnerte er sich nicht mehr an sie. Aber warum sollte er auch? Auf der Vernissage hatte ein fürchterliches Gedränge geherrscht, und als Journalist hatte er sich natürlich nicht auf die Gäste, sondern auf die Künstlerin und ihre Arbeiten fokussiert.

»Greta«, stellte sie sich vor und rief sich ins Gedächtnis, dass er als Freelancer von Bodø aus Termine in der Region für Norwegens größte Nachrichtenagentur NTB wahrnahm.

Was wollte dieser Mann von Rune?

»Nils Holm«, wiederholte sie seinen Namen und zog die Silben dabei ein wenig in die Länge. »Ich kann mich nicht erinnern, dass Rune von dir gesprochen hat. Seid ihr befreundet?«

»Befreundet ist vielleicht übertrieben, aber wir kennen uns.«

»Dann bist du aus Svolvær?«

Er schüttelte den Kopf. »Nein, ich komme aus Bodø. Ich bin gerade mit der Fähre angekommen.«

Greta warf einen Blick zum Himmel und schob die Hände in die Taschen ihrer ausgebeulten Jeans. »Da hast du dir ja bestes Wetter ausgesucht für deinen Besuch auf den Inseln. Willst du ein Boot mieten zum Angeln?«

»Nein, ich …«, er zögerte, und sie spürte deutlich, dass er nicht wirklich herauswollte mit der Sprache. Letztlich gab er sich aber doch einen Ruck. »Ich bin beruflich hier.«

Greta gelang es, überrascht auszusehen. »Beruflich? Wie interessant. Was machst du?«

Erneut zögerte er. »Ich bin Journalist.« Er räusperte sich und strich sich das Haar aus dem Gesicht. »Um auf Rune zurückzukommen …«

»Rune, ach ja, entschuldige, ich wollte dich nicht ausfragen, aber es kommen so selten interessante Menschen hierher …« Sie lächelte entwaffnend. »Tja, Rune ist leider nicht da, aber vielleicht kann ich dir helfen.«

Ihre Schmeichelei verfehlte ihren Zweck nicht, sein Blick sprach Bände.

»So viel kann man von hier ja nicht berichten, oder?«, fuhr sie daher mit einem Augenzwinkern fort. »Und über Fischfang, wenn es das ist, worüber du mit Rune sprechen möchtest, kann ich dir auch eine Menge erzählen.«

Er lachte auf. Und diesmal war das Lachen echt. »Nein, über Fischfang wollte ich nicht mit ihm sprechen. Es geht um etwas anderes, eine ältere Geschichte«, gestand er.

Eine ältere Geschichte. Was konnte das sein? Ihre Gedanken rasten.

»Stavanger«, bemerkte sie schließlich im Brustton der Überzeugung. Dabei war ihre Äußerung nicht mehr als eine Annahme. Sie wusste lediglich, dass Rune in der südnorwegischen Stadt über lange Jahre gelebt hatte.

Doch Nils Holms emporzuckende Augenbrauen zeigten ihr,

dass sie ins Schwarze getroffen hatte. »Ja, es geht tatsächlich um das Bohrinselunglück vor zehn Jahren.«

Himmel!

Sie versuchte, sich ihre Überraschung nicht anmerken zu lassen.

»Das … war eine schlimme Sache damals«, entgegnete sie gedehnt, um Zeit zu gewinnen und Ordnung in ihre Gedanken zu bringen. Jeder in Norwegen wusste von der Katastrophe. Und gerade dieser Tage war der Fall wieder durch die Presse gegangen. Aber was hatte Rune damit zu tun? War er an dem Unglück beteiligt gewesen? Waren sein Selbstmitleid und seine Trunksucht darauf zurückzuführen? Seine Abneigung gegen Fremde, seine Verbissenheit und seine Risikobereitschaft, wenn er zum Fischen hinausfuhr?

»Ich habe die Berichterstattung nicht so intensiv verfolgen können«, bemerkte sie im Konversationston, obwohl ihr Herz vor Aufregung immer heftiger schlug. »Was hat denn dazu geführt, dass das Verfahren wieder aufgegriffen wurde? Diese neuen Erkenntnisse, die es angeblich gibt, wo kommen die so plötzlich her?«

»In Deutschland ist vor Kurzem ein Buch erschienen zum Thema«, erwiderte er. »Habt ihr nicht darüber gesprochen?«

Sie schüttelte den Kopf und freute sich heimlich, dass ihr Verhalten ihm suggerierte, dass sie in irgendeiner Form mit Rune liiert war.

»Wir hatten tatsächlich noch keine Gelegenheit«, antwortete sie vorsichtig. »Was ist das für ein Buch? Ein Sachbuch?«

»Nein, ein Roman, der hier auf den Lofoten spielt. Im Grunde geht es darum, ob ein Mensch eine solche Katastrophe bewältigen und seine Schuld daran überwinden kann, oder ob er daran zerbricht. Die Autorin hat bei ihrer Recherche wohl einiges herausgefunden, was bislang unter Verschluss war, und womit ihr Verlag jetzt an die Öffentlichkeit gegangen ist. Das Buch stürmt seit der Veröffentlichung dieser Unterlagen die Bestsellerlisten …«

Seine Worte verloren sich in dem Rauschen, das Gretas Ohren plötzlich erfüllte.

»Eine Autorin?«, fiel sie ihm ins Wort. »Aus Deutschland? Und der Roman spielt hier auf den Lofoten?«

Nils Holm nickte.

Greta wurde blass.

WAS SOLLTE, KONNTE sie ihm erzählen?

Etwas lag plötzlich in Runes Blick, das Judith Angst machte, und ihre Gedanken flogen wie eine Schar aufgeschreckter Vögel in eine Richtung: Sie war allein auf dem Meer mit diesem Mann. Er konnte sie über Bord werfen, es wie einen Unfall aussehen lassen und niemand würde je davon erfahren. Arme Frau, sie war verwirrt, hat sich umgebracht. Man würde Jenny als ihre einzige lebende Verwandte kontaktieren, die diesen Geisteszustand bestätigen würde …

Sie durfte jetzt nicht panisch werden und lenkte ihre Gedanken in eine andere Richtung. Aber sein Blick forderte eine Antwort, während er viel zu dicht vor ihr stand.

Er war wie Einar.

Er war Einar.

Gewalttätig.

Unberechenbar.

Hinter ihm erkannte sie in der Ferne die Küstenlinie von Flagstadøya. Hellen Sand und scharfkantige Gipfel, die das lichte Blau des Himmels zerschnitten. Wäre sie nur dort!

Das Herz schlug ihr bis zum Hals, als sie ihm schließlich antwortete: »Ich wollte nur ein paar Erinnerungen auffrischen …«

»Erinnerungen auffrischen?« Ein unangenehm drängender Unterton lag in seiner Stimme.

Nervös presste sie die Lippen aufeinander. Was hatte sie getan, dass er so reagierte?

»Ich … ich weiß nicht, was du von mir willst?«, erwiderte sie abwehrend und drückte ihren Rücken gegen das kalte Metall des Steuerhauses. Was hatte die Stimmung zwischen ihnen mit einem Mal kippen lassen? Er war ruhig und aufmerksam gewesen, solange er sich um ihren verletzten Knöchel gekümmert hatte. Vielleicht ein bisschen bestimmend, aber sie hatte sein Benehmen der Sorge zugeschrieben und der Verantwortung, die er anscheinend für ihren Unfall fühlte. *Wir Fischer vergessen oft, dass unsere Ausrüstung zur Stolperfalle werden kann.*

Nun wurde die Furche zwischen seinen Brauen erneut tiefer. »Ich will nur wissen, warum du von heute auf morgen in mein Leben eindringst. Wer hat dich geschickt?«

Judith glaubte nicht richtig zu hören. Wer sollte sie geschickt haben? »Mich hat niemand geschickt …«

»Ach, hör doch auf«, fuhr er sie an. »Gib endlich zu, dass du mir nachstellst.«

»Ich stelle dir nicht nach!«

»Nein? Und warum stolpere ich dann an jeder Ecke über dich?«

Sie schluckte. Er hatte sich jede ihrer Begegnungen gemerkt, aber augenscheinlich aus einem völlig anderen Grund als sie. Welche Absicht vermutete er dahinter?

»Wir wohnen zufällig im selben Ort«, verteidigte sie sich. »Da läuft man sich wohl zwangsläufig über den Weg. Es gibt ja nicht so viele Menschen hier.«

Sie entfernten sich immer weiter vom Land. Die Dünung nahm zu und schaukelte den Kutter von einem Wellental ins nächste.

Er ließ nicht locker. »Du willst mir also erzählen, dass unsere Begegnungen rein zufällig waren.«

Sie nickte trotzig.

»Warum hast du mich dann gestern auf dem Parkplatz vor dem Supermarkt angestarrt wie eine Erscheinung?«

Sie presste die Lippen aufeinander. Es gab nur eine Erklärung für ihr Verhalten, aber die konnte, wollte sie ihm nicht preisgeben. Sie nahm all ihren Mut zusammen und sagte so ruhig, wie es ihr möglich war: »Ich möchte zurück an Land.«

»Das kann ich mir vorstellen«, erwiderte er kalt und rührte sich nicht von der Stelle. Sie begriff, dass er nicht nachgeben würde, bis sie ihm alles erzählt hatte.

Was konnte sie tun?

Eine ihrer weiblichen Charaktere kam ihr in den Sinn: Eine schlagfertige Rechtsanwältin. Sie hätte gewusst, wie sie mit der Situation umgehen sollte. Sie hätte dem Mann, der hier breitbeinig vor ihr stand, Paroli geboten. Ihn verbal in die Ecke gedrängt. *Was ist Ihr Problem, Rune Kristensen, was verfolgt Sie, dass Sie eine Frau so bedrängen müssen? Da ist doch was, erzählen Sie es mir! Information ist eine Ware, auch hier an Bord! Lassen Sie uns handeln!*

Diese Frau wäre nicht vor Angst paralysiert gewesen wie Judith, die keinen Ton herausbrachte und lediglich daran dachte, dass sie besser nie die Pier betreten hätte. Was hatte sie nur dazu getrieben?

»Sag es mir endlich!«, fuhr Rune sie an. »Was willst du von mir?«

»Nichts, ich will überhaupt nichts von dir«, wehrte sie sich verzweifelt. »Ich kenne dich doch überhaupt nicht!«

Das war eine Lüge. Natürlich kannte sie ihn. Er war wie Einar. Er war Einar. Sie wusste um all seine Sorgen, seine Nöte, seine Leidenschaften …

»Du lügst!«

Sie zuckte zusammen, sog panisch den Atem ein.

Was war Realität, was Fantasie?

RUNE HÖRTE SEINE eigenen Worte, seine lautstarke Anklage, die ihm der Wind von den Lippen riss, der umso stärker wurde, je weiter sie das Land hinter sich ließen. Und er sah das Entsetzen im Gesicht der Frau, die vor ihm saß, die Hände krampfhaft rechts und links neben ihren Beinen an die Bank geklammert. Alle Farbe war aus ihrem Gesicht gewichen.

Er hatte sie der Lüge bezichtigt, als sie behauptet hatte, sie kenne ihn nicht. Was war nur in ihn gefahren? War es die Anspannung der vergangenen Tage, die nun endgültig ihren Zoll forderte? Oder war es tatsächlich ihr unerklärlich prüfender Blick, der ihn aus der Fassung brachte? Er hatte sich an Bord seines eigenen Kutters noch nie so unwohl gefühlt. Normalerweise gab das Meer ihm Ruhe, erschien ihm das ständige Auf und Ab des Bootes wie das sanfte Schaukeln einer Hängematte. Doch jetzt drohte sein Magen zu revoltieren. Er wandte sich von Judith ab, trat wortlos in sein Steuerhaus und vollzog eine große Wende zurück zum Hafen. Der Blick auf den Horizont beruhigte seinen Geist und seine Magennerven. Was blieb, war Scham. Wie konnte er sich gegenüber einer Fremden nur so gehen lassen?

Sie saß noch immer reglos auf der Bank des Steuerhauses, er konnte das verzerrte Spiegelbild ihrer Silhouette in dem Edelstahl eines der Trichter sehen, durch die der Fang an Bord lief. Er würde hinausgehen müssen, um sich zu entschuldigen. *Judith, es tut mir leid. Ich habe mich unmöglich benommen, aber …*

Was konnte er ihr erzählen?

Nur die Wahrheit würde sein Verhalten rechtfertigen, aber die war er nicht bereit zu teilen. Er seufzte unwillkürlich. Also würden sie schweigend auseinandergehen. Bis sie sich das nächste Mal über den Weg liefen.

Während die *Cassiopeia* durch die Wellen schnitt, rekonstruierte er den Verlauf ihres kurzen heftigen Austauschs. Erst seine plötzliche Wut, die nichts anderes war als die verzweifelte Reaktion eines in die Ecke getriebenen Tiers. Dann Judiths Sprachlosigkeit. Die unausgesprochene Neugier, die sie umgab.

Wer war diese Frau? Welche Erinnerungen wollte sie auf den Inseln auffrischen? Und war es wirklich nur Zufall, dass sie ständig übereinanderstolperten? Er hatte keine einzige Antwort auf seine Fragen erhalten. Mehr noch. Der Eindruck, dass sie deutlich mehr über ihn wusste als er über sie, hatte sich verstärkt. Sie kannte ihn. Sie log, wenn sie es abstritt. Aber warum? Welches Interesse konnte sie an ihm haben, das nicht mit der Bohrinselkatastrophe zusammenhing?

Durch das Fenster beobachtete er, wie sie ihren Fuß aus dem Eimer zog, in dem ein Großteil des Eises längst geschmolzen war, und behutsam die Zehen bewegte. Wie sie, ohne den Fuß abzutrocknen, ihre Socke darüberstreifte und nach ihrem Wanderstiefel griff. Er schaltete den Autopilot ein und trat zu ihr.

»Lass dir helfen«, bat er und streckte die Hand nach dem Stiefel aus. Zögernd reichte sie ihm den Schuh und streckte den Fuß aus, als er sich vor sie hockte, um ihn ihr anzuziehen. Zufrieden stellte er fest, dass die intensive Kühlung des verletzten Gelenks ihre Wirkung nicht verfehlt hatte. Die Schwellung war nicht größer geworden.

»Tut es noch weh?«, fragte er.

»Es ist besser geworden.« Ihre Stimme klang rau, als hätte sie geweint.

Er sah zu ihr auf und bemerkte ihre rotgeränderten Augen.

»Es tut mir leid«, entschuldigte er sich spontan. »Ich hab mich entsetzlich aufgeführt, aber …«

»Schon gut«, unterbrach sie ihn zu seiner Überraschung. »Du hast ja recht, überall tauche ich auf wie ein Geist. Ich gehöre nicht hierher. Es wäre für alle besser, ich wäre überhaupt nicht gekommen.«

Er stand auf und setzte sich neben sie. Sie sprachen nicht weiter. Zwei Fremde, die nur darauf warteten, wieder auseinanderzugehen. Und doch lag zu seiner Verwunderung trotz aller Ablehnung beinahe etwas Vertrautes in der Art, wie sie so schweigend beisammensaßen, jeder in seine eigenen Gedanken versunken.

Ihre letzten Worte arbeiteten in ihm. *Überall tauche ich auf wie ein Geist. Ich gehöre nicht hierher.* Welche Gedanken steckten dahinter? Bereute sie, sich an seine Fersen geheftet zu haben? Wollte sie das damit sagen?

»Du sagtest, du wärst auf die Inseln gekommen, um Erinnerungen aufzufrischen …« Er ließ das Ende des Satzes in der Luft hängen, weder Frage noch Feststellung.

Sie nickte knapp, den Blick starr auf den Horizont gerichtet.

»Du warst also schon einmal hier.« Er räusperte sich. »Ist es schon lange her?«

»Etwa zwei Jahre.«

Vor zwei Jahren waren sie sich definitiv nicht begegnet. Sie war eine Frau, an die er sich erinnert hätte.

»Ein Ort ist nie der gleiche, wenn man an ihn zurückkehrt«, bemerkte er vorsichtig. »Bist du enttäuscht von deinem zweiten Besuch?«

»Ja und nein. Ich weiß nicht, was ich erwartet habe.«

»Ich frage nur, weil du sagtest, du hättest nicht herkommen sollen.«

»Die Inseln sind wunderschön«, erwiderte sie. »Das ist es nicht …«

Mit einem Schulterzucken verstummte sie.

Rune unterdrückte ein Seufzen. Er war selbst kein Meister leichter Konversation, aber noch nie war ihm ein Gespräch so schwergefallen wie mit dieser Frau. Sie war so introvertiert, so verschlossen, und er erinnerte sich an ihr Unbehagen, als er die Wasserflasche aus ihrem Rucksack holen wollte. Was hatte sie in ihrem Gepäck verborgen, das er nicht sehen sollte?

»Was arbeitest du, um dir eine solche Reise leisten zu können?«

Flüchtig trafen sich ihre Blicke.

»Was ich arbeite …?«

Nervös begann sie, ihre Finger zu kneten, und Rune unterdrückte bei diesem Anblick seinen erneut aufflammenden Ärger. Es war ganz augenscheinlich, dass sie auswich, sobald das Gespräch auf den Grund ihrer Anwesenheit auf den Inseln und ihr Zusammentreffen kam. Sie war also doch Journalistin, die ihn mit ihren Fragen und Recherchen in die Hölle zurückschicken würde, aus der er nur knapp entronnen schien.

»Ich bin Autorin«, antwortete sie dann jedoch zu seiner Überraschung, und als er sie ansah, schien es ihm, als wäre diese Antwort, die mehr wie ein Geständnis klang, eine Befreiung für sie.

»Autorin …«, wiederholte er ungläubig und erleichtert. »Du schreibst Bücher!«

Sie nickte.

Sie war keine Journalistin.

»Was für Bücher?«

»Romane.«

Er war noch immer wie vor den Kopf gestoßen. Eine Romanautorin! Himmel, er war auf der falschen Fährte gewesen! Seine Erleichterung war groß, seine Scham angesichts seiner falschen Verdächtigungen ebenso.

»Worüber schreibst du denn?«

Erneut antwortete sie nicht gleich. »Über Menschen«, erwiderte sie schließlich. »Und ihre Probleme.«

»Eine gute Kurzformel für alle Romane«, bemerkte Rune trocken. Seine Erleichterung brachte sogar seinen Humor zurück.

»Ja, das mag sein«, gab sie zu, und er merkte, wie sie mit sich kämpfte. Er kannte keine Autoren. Waren sie generell so zurückhaltend, oder lag es an ihr?

»Wir müssen nicht darüber sprechen«, sagte er deswegen. »Ich wollte dir nicht zu nahe treten.«

»Nein, schon okay. Es ist ja kein Geheimnis, was ich schreibe …« Ein unsicheres Lächeln huschte über ihr Gesicht. Sie gab sich einen Ruck. »Ich habe einen Roman über die Gegend hier geschrieben und einen Menschen im Besonderen … »

»Ist das Buch schon erschienen?«

»Ja, vor einem Monat.«

»Und jetzt bist du zurück, um Stoff für eine Fortsetzung zu finden?« Fragend sah er sie an.

Sie schüttelte den Kopf und strich mit den Fingern über ihre Jeans, vermied es ihn anzusehen. Womit hatte er sie nun wieder verunsichert? Allein mit der Frage, was sie hier wollte?

»Dann erzähl mir doch, über wen du geschrieben hast.«

Sie schluckte nervös. »Es geht um einen Mann … er ist … er hat …«, begann sie stockend, » … ein großes Unglück zu verantworten … eine Bohrinselkatastrophe …«

Sie sprach noch weiter, aber er hörte es nicht mehr. Ein Rauschen erfüllte plötzlich seine Ohren und übertönte ihre Worte.

»Was hast du gerade gesagt?«, fragte er heiser. »Um was für ein Unglück handelt es sich?«

»Eine Katastrophe auf einer Bohrinsel …«

Er hieb mit solcher Macht gegen den Stahl des Steuerhauses, dass sie erschrocken aufschrie.

JUDITH ATMETE GEGEN das Entsetzen an, das sie beim Klang von Runes Stimme überfiel. Womit hatte sie ihn so wütend gemacht? Hastig rutschte sie von ihm weg, versuchte aufzustehen, aber er packte ihr Handgelenk und zog sie zu sich heran.

»Was hast du gerade gesagt?«, wiederholte er in einem Ton, der ihr einen Schauer über den Rücken jagte. Sein Atem streifte sie trotz des Windes, so nah war er ihr plötzlich. Sie roch das Bier darin.

Was, ja, was hatte sie gesagt? Sie hatte von Einar erzählt, von seiner Geschichte, wenige Worte nur …

»Hast du gesagt, dass du über einen Mann geschrieben hast, der ein Unglück auf einer Bohrinsel zu verantworten hat?«, fuhr er eisig fort.

Judith konnte nur verstört nicken.

»Dann bist du es! Du bist an allem schuld!«

Die Angst schnürte ihr die Kehle zu. Sie wusste nicht, wie sie sich verhalten sollte, um ihn nicht noch mehr zu reizen.

»Wer soll ich sein? Ich versteh überhaupt nicht, wovon du sprichst! Und warum soll ich schuld sein?« Sie wand sich unter dem Druck, mit dem seine mächtige Pranke ihr Handgelenk umschloss.

»Du verstehst nicht, wovon ich spreche?«, wiederholte er beißend. »Dann erklär ich es dir gern.« Seine Hand zuckte nach oben. Judith duckte sich intuitiv, doch es geschah nichts. Gar nichts. Für einen Moment lockerte sich sein Griff, sie wollte aufatmen, aber er zog sie nur noch näher zu sich heran. »*Dein* Buch hat alles, alles wieder hervorgeholt«, zischte er mit seinem Gesicht ganz dicht an dem ihren. »Alles wird nun wieder von vorn beginnen. Alles, was ich gehofft hatte, längst hinter mir zu haben.«

Sie starrte ihn an, als sie seine Worte begriff. Aber das konnte nicht sein! Das war unmöglich! Er konnte nicht der Mann sein, dessen Geschichte sie recherchiert hatte. Ihre real existierende Vorlage für Einar!

»Nein«, entfuhr es ihr. »Das kann nicht sein!«

Sein Name war geschwärzt gewesen in den Unterlagen, die sie erhalten hatte. Sie hätte ihn herausfinden können, wenn sie gewollt hätte. Aber sie hatte die Anonymität wahren wollen.

Sein Griff wurde noch fester.

»Was. Kann. Nicht. Sein?«, fragte er mit der Betonung auf jedem einzelnen Wort.

Seine Wut und die Ausweglosigkeit ihrer Situation versetzten sie in Panik. Sie brachte keinen Ton mehr heraus. Aber vor ihrem inneren Auge sah sie wieder die Protokolle der Gerichtsverhandlung vor sich. Die geheimen Dokumente des Mineralölkonzerns, die ihr eine anonyme Quelle zugespielt hatte, nachdem sie auf ihre offizielle Anfrage eine Absage aus der PR-Abteilung erhalten hatte. Sie hatte sie aufwendig übersetzen lassen, aber am Ende nur einen Bruchteil der enthaltenen Information in ihrem Buch verwendet.

Wie konnte er behaupten, ihr Roman hätte alles wieder hervorgeholt? Sie hatte nichts veröffentlicht oder geschrieben, das Rückschlüsse zuließ.

»Sprich endlich!«, fuhr er sie an. Seine freie Hand umschloss ihren Hals. »Oder soll ich die Wahrheit aus dir herausquetschen?«

Judith spürte, wie ihr die Tränen kamen. »Bitte«, würgte sie hervor, »bitte, tu mir nichts.«

Aus dem Augenwinkel sah sie, wie sie den Strand von Ramberg passierten. Vor ihnen erschien die Brücke, die Fredvang mit Moskenesøya verband, darunter tauchte ein Schlauchboot auf, das mit hoher Geschwindigkeit direkt auf sie zukam.

»Warum sollte ich mit dir anders umgehen als du mit mir?«, fragte er zornig, ohne auf das sich nähernde Boot zu reagieren. »Hast du mich geschont? Überhaupt einen Gedanken daran verschwendet, was du anrichtest mit deiner Geschichte?«

Das Schlauchboot sprang über die Wellen. Sie erkannte drei Menschen darauf. Konnten sie sehen, was auf dem Kutter vor sich ging? Oder würden sie vorbeirasen? Judith wollte um Hilfe schreien, winken, aber sie konnte sich nicht bewegen. Runes Gewicht presste sie gegen das kalte Metall des Steuerhauses, seine Finger umschlossen ihren Hals so fest, dass sie keinen Ton hervorbrachte. Verzweifelt rang sie um Luft.

Die beiden Fahrzeuge passierten sich in etwa zwanzig Meter Abstand. Judith wand sich in Runes Griff, aber sie hatte keine Chance sich zu befreien. Gischt spritzte bis zu ihnen herüber und vermischte sich mit den Tränen, die ihr in die Augen stiegen.

Ihre einzige Hoffnung auf Rettung war verloren.

Doch plötzlich dröhnte eine laute Stimme über das Motorengeräusch des Kutters hinweg. »Rune Kristensen!«

Das Schlauchboot tauchte längsseits neben ihnen auf und verringerte seine Geschwindigkeit, bis es das Tempo des Kutters fuhr. Ein Mann mit einem Megafon in der Hand stand breitbeinig neben dem Steuermann. Judith konnte nicht verstehen, was er auf Norwegisch rief, aber sie spürte, wie Runes Griff um ihren Hals erschlaffte. Im nächsten Augenblick gab er sie frei.

Ungeachtet ihres schmerzenden Fußes sprang sie auf und humpelte so schnell wie nur möglich davon, um Raum zwischen sich und Rune zu bringen und gleichzeitig die Männer auf dem Boot auf sich aufmerksam zu machen.

»Hilfe!«, schrie sie auf Englisch, so laut sie konnte. »Helft mir!«

Sie winkte mit beiden Armen, während sie sich in Richtung des Bugs des Kutters bewegte. Vor Aufregung kam ihr Atem stoßweise. Rune stand breitbeinig vor seinem Steuerhaus und brüllte über das Wasser etwas zu dem Mann mit dem Megafon. Dann wandte er sich ab und kam mit langen Schritten auf sie zu. Unbändige Wut spiegelte sich in seinem Gesicht.

Judiths Herz raste vor Angst.

Er würde sie umbringen!

Wenn er sie zu packen bekam, würde er sie töten!

Sie spürte noch immer seine Finger an ihrem Hals. Sein Gewicht auf ihrem Körper. Er durfte sie nicht noch einmal in seine Gewalt bekommen.

Judith warf einen schnellen Blick hinüber zu dem Schlauchboot. Die drei Männer an Bord beobachteten sie. Der Mann mit dem Megafon begann erneut zu rufen. Rune ignorierte ihn. Er war nur noch wenige Schritte von ihr entfernt.

Judith machte einen Schritt zurück und stieß gegen die Stufe, die ganz vorn im Bug vor der Bordwand angebracht war. Weiter konnte sie nicht. Rune kam näher, streckte eine Hand nach ihr aus.

Das andere Boot fuhr direkt neben ihnen. Nur wenige Meter trennten die beiden Boote, und Judith konnte die Sorge in den Gesichtern der drei Männer sehen. Sie riefen ihr etwas zu, aber sie konnte sie nicht verstehen. Eine unerwartete Bewegung des Kutters brachte sie wieder auseinander und Rune, der sie jetzt fast erreicht hatte, verlor für einen Augenblick das Gleichgewicht und prallte gegen die Bordwand. Mit einem Fluch richtete er sich wieder auf.

Judith starrte auf das Wasser. *Wasser hat keine Farbe,* schoss es ihr völlig unsinnig durch den Kopf. Es ist nur blau, weil sich der Himmel darin spiegelt. Dann sah sie zurück zu Rune, der wie ein Irrer auf sie zustampfte.

Wasser hat keine Farbe.

Mit einem Schritt war sie auf der Stufe, dann halb über die Bordwand.

Es ist nur blau, weil sich der Himmel darin spiegelt.

Sie stieß sich ab.

Rune bekam ihre Jacke zu fassen, und einen Atemzug lang hing sie zwischen Kutter und Meer, schrie aus Leibeskräften und trat gegen die Bordwand, um sich zu befreien, dann riss der Stoff. Das Wasser schlug über ihr zusammen.

Unfassbare Kälte nahm ihr den Atem.

Es gluckerte und rauschte um sie herum, ihre Kleidung sog sich voll und zog sie hinab in die eisige Tiefe. Wild schlug sie mit Armen und Beinen um sich. An der Oberfläche des Wassers nahm sie die Schatten der beiden Boote wahr. Sie kämpfte sich darauf zu, durchbrach sie, war zurück im Licht, im Leben, schnappte nach Luft, schrie, versank erneut.

Die Kälte schmerzte, lähmte sie.

Ihre Lunge lechzte nach Sauerstoff.

Ihr Kopf drohte zu platzen.

Sie wollte nicht sterben, nicht ertrinken, reckte sich nach oben, dorthin, wo das Sonnenlicht durch das Wasser brach …

Etwas schloss sich um ihre Hände.

Vergeblich versuchte sie, sich daran festzuhalten.

Aber was auch immer es war, hielt sie. Zog sie nach oben. Der Moment schien ewig zu dauern, zu lang, viel zu lang. Sie konnte nicht verhindern, dass ihr Mund sich öffnete, nach Luft schnappte, Wasser in ihre Lunge eindrang. Dann endlich durchbrach sie die Oberfläche. Aufgeregte Stimmen. Das Geräusch eines Motors.

Sie bekam noch immer keine Luft, hustete, keuchte.

Hände griffen nach ihr, zogen sie aus dem Wasser.

Ihr war noch nie in ihrem Leben so kalt gewesen. Ihre Zähne klapperten haltlos aufeinander, und sie zitterte am ganzen Körper. Sie war an Bord des Schlauchbootes, das mit hoher Geschwindigkeit zurück zum Hafen schoss. Bei ihr war nur der Steuermann, die anderen beiden Männer waren an Bord des Kutters zusammen mit Rune, der gleich hinter ihnen fuhr. Sie hatte keine Ahnung, was vorgefallen war und wie sie dorthin gekommen waren. In diesem Moment war es ihr auch herzlich egal. Sie hatte nur einen Gedanken: Sie lebte! Weder hatte Rune sie umgebracht noch war sie im Nordmeer vor der Küste der Lofoten ertrunken. Trotz der Müdigkeit und Schwere ihres Körpers verspürte sie ein Glücksgefühl und eine Leichtigkeit wie noch nie zuvor in ihrem Leben. Selbst die Tatsache, dass der Steuermann, ein kantiger junger Mann, der wie eine jüngere Version von Rune Kristensen aussah, sie nackt gesehen hatte, als er sie von ihrer nassen Kleidung befreit und in eine Isolierdecke gewickelt hatte, konnte ihrem Hochgefühl keinen Abbruch tun. Sie hatte alles über sich ergehen lassen, unfähig, sich zu bewegen, und hatte sich noch nicht einmal geschämt.

Sie erreichten die Hafeneinfahrt. Das Schlauchboot drosselte die Fahrt und glitt auf die Pier zu.

Greta stand dort mit den beiden Männern aus der Fischverarbeitungshalle. Aufgeregt reckte sie sich dem Boot entgegen. »Judith! Ist alles in Ordnung?« Hektische rote Flecken zeigten sich auf ihren Wangen.

Judith konnte nur nicken.

Die beiden Männer gingen auf die einlaufenden Boote zu, griffen nach den Leinen und vertäuten sie. Greta sprang an Bord des Schlauchbootes.

»Judith! Himmel, ich bin so froh, dass es dir gut geht! Es geht dir doch gut, oder? Du bist nicht verletzt?«

Judith schüttelte den Kopf. »Mir … mir ist … nur … nur kalt …«

Greta strich ihr behutsam das feuchte Haar aus der Stirn und drückte sie an sich. »Das bringen wir gleich in Ordnung. Ich bring dich nach Hause und dann wird alles gut.« Sie wandte sich an den Steuermann. »Ove, hilfst du mir?«

Gemeinsam brachten sie Judith von Bord, die sich gänzlich fallen ließ in diese Fürsorge und jeden Gedanken an Eigeninitiative ausblendete. Das hatte sie seit ihrer Kindheit nicht mehr getan. Aber es fühlte sich unfassbar gut an.

Als sie auf der Pier stand, gestützt von Greta und Ove, sah sie, dass auch der Kutter inzwischen angelegt hatte. Rune stand mit gesenktem Kopf zwischen den beiden Männern. Seine Hände waren mit Handschellen gefesselt.

Judith wurde noch kälter, als ihr schon war. »Das … das … ist nicht … wegen … wegen mir …, oder? Das …« Er hatte sie angegriffen, gewürgt … Sie wäre allein schon vor Angst fast gestorben, aber dennoch … diesen großen, starken Mann so gebrochen zu sehen, war erschreckend. Er war unbeherrscht und gewalttätig, aber … *Was war geschehen?*

Der Druck von Gretas Arm um ihre Schultern wurde fester. »Rune wird verdächtigt, Mats Larssen getötet zu haben«, erklärte sie tonlos. »Mats wurde vor einer Stunde mit gespaltenem Schädel auf seinem Werftgelände gefunden.«

KNUT KRISTENSEN BEOBACHTETE, wie sein Neffe von der Polizei abgeführt wurde. Den Anblick von Mats Larssens Leiche würde er nie vergessen. Ein Schauer durchlief ihn bei der Erinnerung. Er hatte in seinem langen Leben schon so manchen Toten gesehen, einige von ihnen übel zugerichtet vom Meer und seinen Bewohnern. Aber der Anblick von Larssens Körper verfolgte ihn, seit er ihn gefunden hatte. Wie eine übergroße, weggeworfene Gliederpuppe hatte Mats auf den Schienen seiner Laufkatze gelegen, noch im Tod einen Ausdruck ungläubigen Entsetzens im Gesicht. Sein aufgebrochener Schädel, aus dem graues Hirn vermischt mit getrocknetem Blut und weißen Knochensplittern herausragte, hatte sich auf dem sandigen Boden verteilt. Eine Möwe war davon aufgeflogen, als Knut um die Ecke gekommen war. Der Geruch von Blut, Urin und Fäkalien hing ihm noch immer in der Nase.

Er hatte natürlich sofort die Polizei alamiert, aber jetzt fragte er sich, ob er diesen Schritt auch vollzogen hätte in dem Bewusstsein, dass sie Rune für die Tat zur Rechenschaft ziehen würden? Sein Neffe war unbeherrscht und neigte zu Gewalttätigkeit, insbesondere, wenn er getrunken hatte, aber würde er einen Menschen töten? Knut seufzte tief. Nein. Das traute er Rune nicht zu. Nicht einmal im Affekt.

Es hieß, er und Larssen hätten Streit gehabt. Rune hatte angeblich ein Ersatzteil abholen wollen. Worüber sie letztlich in Streit geraten waren, wusste niemand. Aber es gab Zeugen für ihre Auseinandersetzung. Ein Fischer aus Ramberg und einer der Angestellten von Mats' Firma hatten die beiden aus der Ferne beobachtet. Unabhängig voneinander hatten sie behauptet, gesehen zu haben, wie die beiden zunächst miteinander sprachen, Rune Larssen dann aber am Hemdkragen gepackt und beinahe von den Füßen gehoben hatte. Da Rune durchaus bekannt war für seinen plötzlichen Zorn und auch dafür, dass er auf Interventionen in einer solchen Situation sehr empfindlich reagierte, und jeder von Mats wusste, dass er ein Schwätzer war, der solche Reaktionen schon häufiger provoziert hatte, hatten die Männer keine Veranlassung gesehen, schlichtend einzugreifen. Natürlich nicht. Niemand mischte sich auf den Inseln in Dinge ein, die ihn nichts angingen. Knut kannte sowohl den Fischer, einen guten Bekannten von Rune, als auch den Mechaniker der Werft, einen jungen, anständigen Kerl, der vor Kurzem erst geheiratet hatte. Beide waren auf Flagstadøya aufgewachsen. Beide hätten für Rune jederzeit ein gutes Zeugnis abgelegt. Aber sie hatten die Werft verlassen, bevor Rune und Mats auseinandergegangen waren, und waren somit die Letzten gewesen, die Larssen lebend gesehen hatten. Und das nur eine knappe Stunde, bevor Knut den Werftbesitzer mit gespaltenem Kopf gefunden hatte.

Was war in dieser Stunde geschehen?

Das war die Frage, die Knut bewegte, und die die beiden Kriminalbeamten zu klären hatten, die Rune jetzt abführten. Es war reiner Zufall, dass sie vor Ort waren. Wenn ein Verbrechen auf den Inseln passierte, das nicht von der örtlichen Polizei aufgeklärt werden konnte, wurde ein Ermittlerteam aus Oslo eingeflogen. Die beiden Ermittler waren zu einer Feier eingeladen gewesen, die ihre Kollegen von der Polizei in Svolvær ausgerichtet hatten, so zumindest hatte Knut es verstanden. Er war so aufgeregt gewesen, als die Polizisten vor seiner Tür gestanden und nach Rune gefragt hatten, dass er ganz entgegen seiner Gewohnheit nur mit halbem Ohr zugehört hatte.

Himmel, es war wirklich die Ironie des Schicksals, dass ausgerechnet er, der einzige lebende Verwandte, den sein Neffe noch hatte, den Toten gefunden und das Verbrechen eilfertig sofort gemeldet hatte. Wenn nun mehr Zeit verstrichen und Mats Larssens Leiche erst Stunden später gefunden worden wäre? Wäre Rune dann auch als Hauptverdächtiger abgeführt worden?

Knut wusste selbst, dass diese Überlegungen müßig waren, dennoch konnte er sich ihnen nicht entziehen. Wenn Rune Mats Larssen tatsächlich im Affekt getötet hatte, dann war es richtig und gut, wenn er dafür verurteilt wurde. Aber was nur war zwischen den Männern vorgefallen? Womit hatte Larssen Rune in Rage gebracht? Knut kannte den Werftbesitzer seit vielen Jahren. Er konnte nicht behaupten, dass er ihn besonders gemocht hatte. Mats hatte jeden gekannt und auch über jeden etwas zu erzählen gewusst. Vielleicht hatte er Rune gegen sich aufgebracht, weil er etwas über Stavanger und die Katastrophe auf der Bohrinsel vor zehn Jahren herausgefunden hatte.

Knut beobachtete, wie sein Neffe in den Polizeiwagen einstieg. Den Weg von der Pier bis zum Parkplatz hatte er nicht einmal aufgesehen, hatte sich abführen lassen wie ein Schlachttier. Warum begehrte er nicht auf? Warum wehrte er sich nicht, wie es sonst seine Art war? War das bereits ein Eingeständnis seiner Schuld? Knut überlief ein kalter Schauer bei dem Gedanken.

Er musste Rune helfen.

Irgendwie.

Als Erstes brauchte der Junge einen Anwalt.

Knut trat aus dem Schatten der Fischverarbeitungshalle, um auf das Polizeifahrzeug zuzugehen, in dem Rune mit gesenktem Kopf auf der Rückbank saß. Doch im letzten Augenblick überlegte er es sich anders. Er würde seinem Neffen die Scham ersparen, ihm unter diesen Umständen in die Augen sehen zu müssen.

Und so wartete er, bis der Wagen das Hafengelände verlassen hatte, doch just in diesem Moment kam Greta um die Ecke des Gebäudes. Sie hatte den Arm um eine in Decken gehüllte Frau gelegt, die Knut erst auf den zweiten Blick als Judith erkannte, die so blass und erbärmlich aussah, dass er erschrocken ausrief: »Um Himmels willen, was ist passiert?«

Judiths Haar hing in feuchten Strähnen um ihr Gesicht, und er bemerkte, dass Greta eine Plastiktüte in der Hand hielt, die gefüllt war mit nasser Kleidung.

»Judith ist über Bord gegangen«, erklärte Greta knapp.

Knut betrachtete sie mit gerunzelter Stirn.

»Über Bord«, entgegnete Knut. »Einfach so.«

Greta nickte vielsagend.

Knut bedrängte sie nicht, auch wenn es ihm schwerfiel, sich zurückzuhalten. Der Blick, den Greta dem abfahrenden Polizeifahrzeug nachwarf, sprach Bände. Judith war, wie so häufig, völlig in sich gekehrt. Ihm schien, als zittere sie immer noch am ganzen Körper.

»Fahrt ihr zum Arzt?«, wollte er wissen.

»Nach Hause«, erwiderte Greta abschließend, und Knut akzeptierte die wortlose Bitte, keine weiteren Fragen zu stellen.

Er sah den beiden Frauen nach, während Greta Judith in den silbergrauen SUV half und sich dann selbst hinter das Steuer setzte. Sie warf ihm einen kurzen Gruß zu, bevor sie wendete. Sie war ihm eine Erklärung schuldig, das wusste sie.

Während Knut zu seinem Landrover humpelte, den er wohlweislich auf der anderen Seite der Fischverarbeitungshalle geparkt hatte, ließ er die vergangenen Stunden noch einmal Revue passieren. In seinem Alter steckte man eine solche Aufregung wie den Fund einer übel zugerichteten Leiche nicht mehr so einfach weg. Deshalb war er, nachdem die Polizei eingetroffen war, nach Hause gefahren, hatte einen Schnaps zur

Beruhigung getrunken und sich dann hingelegt. Doch schon nach kurzer Zeit hatte es an seiner Tür geklopft, und erneut hatte er einem Polizeibeamten gegenübergestanden.

Der Beamte von der Station aus Svolvær, der für die Region von Fredvang und Ramberg zuständig war, war Anders, der Enkel eines Schulfreundes von Knut, der oft auf dem Campingplatz ausgeholfen und sich etwas dazu verdient hatte, bevor er sich schließlich entschlossen hatte, auf dem Festland eine Ausbildung bei der Polizei zu machen. Natürlich hätte er Knut nicht erzählen dürfen, dass Rune als Hauptverdächtiger gesucht wurde, aber aufgrund der engen Freundschaft ihrer Familien hatte der junge Mann nicht gezögert, ihn aufzusuchen.

Diese Information war tatsächlich noch schlimmer gewesen als der Fund von Mats Larssen. Knut hatte daraufhin eine ganze Weile fassungslos in seiner Küche gesessen, unfähig etwas zu tun, außer aus dem Fenster zu starren und sich zu fragen, wie an einem so selten schönen Tag so entsetzliche Dinge passieren konnten. Dann war er schwerfällig aufgestanden und in den Hafen gefahren. Und hier war er nun, nicht schlauer als vorher, nur um ein weiteres bedrückendes Bild reicher. Noch immer sah er Rune vor sich, wie er mit gesenktem Kopf und in Handschellen die Pier hinunterkam. Der Schmerz, der dieser Anblick in ihm ausgelöst hatte, saß tief, ganz tief. Er konnte, wollte nicht glauben, dass Rune ein Mörder war. Nicht der ungestüme Junge mit den weizenblonden Haaren, an den er sich plötzlich erinnerte. Dessen Augen so blau geleuchtet hatten wie der Himmel über den Bergen. Nur gut, dass seine Mutter nicht erleben musste, was hier geschah. Es hätte ihr das Herz gebrochen.

Aber wie viel von diesem Kind steckte noch in dem erwachsenen und verbitterten Mann? Knut erinnerte sich, wie sehr ihn das Eingeständnis seines Neffen über dessen Beteiligung und

Mitverantwortung an der Bohrinselkatastrophe verstört hatten. War dieser Mann auch fähig, einen anderen Menschen im Affekt zu töten?

Und wie ging es nun weiter? Was konnte er, Knut, tun?

Sie würden Rune aufs Festland bringen, nach Bodø. Knut musste sich in erster Linie darum kümmern, dass sein Neffe einen vernünftigen Anwalt bekam. Und dann, ja, dann musste er mit ihm sprechen von Angesicht zu Angesicht. Ihm in die Augen sehen, wenn er ihn fragte, ob er das, was ihm vorgeworfen wurde, wirklich getan hatte. Knut hatte in seinem Leben nicht oft Angst vor etwas gehabt, aber beim bloßen Gedanken an diese Begegnung mit Rune bildete sich ein unangenehmer, harter Knoten in seinem Magen. Schweren Herzens ließ er seinen alten Landrover an.

GRETA LENKTE DEN schweren SUV vorsichtig nach Hause. Auf der sonst fast nur von Einheimischen befahrenen Straße waren dank des anhaltend schönen Wetters viele Touristen zu Fuß unterwegs, die entweder gerade zu einer Bergwanderung aufbrachen oder von ihr zurückkehrten. Greta blickte in erhitzte Gesichter und auf sonnenverbrannte Rücken und spürte die Begeisterung und Fröhlichkeit der Wanderer selbst aus der Entfernung. Intuitiv hatte sie erwartet, so jemandem zu begegnen, als Knut sie informiert hatte, dass er die Räume in ihrem Obergeschoss an eine Deutsche vermietet hatte. Normalerweise wäre sie über ihre Fehleinschätzung belustigt gewesen, aber für solche Gedankenspiele ließ die Sorge um ihre Mitbewohnerin jetzt keinen Raum. Stumm und blass saß Judith neben ihr, noch immer fröstelnd, obwohl die Decken, in die sie gehüllt war, ihr genügend Wärme hätten geben müssen. Sie war nicht lange im Wasser gewesen, Ove hatte sie gleich nach ihrem Sprung von Bord des Kutters herausgefischt.

Greta wusste nicht, was auf dem Kutter zwischen Judith und Rune vorgefallen war. Jeder Versuch, mit Judith darüber zu sprechen, war gescheitert. Sie musste sie zunächst einmal nach Hause bringen, ihr ein Gefühl von Ruhe und Geborgenheit vermitteln, bevor sie vorsichtig all die Fragen stellen konnte, die sie beschäftigten.

Sie war nahezu zeitgleich mit der Polizei im Hafen angekommen, nachdem sie Nils Holm, den Journalisten aus Bodø, ohne Erklärung auf Runes Grundstück hatte stehen lassen, denn ihr war sofort klar gewesen, dass etwas passieren würde, wenn Rune erfuhr, dass Judith die Autorin des Buches war, das die Affäre um die Bohrinselkatastrophe wieder aufleben ließ. Und ihre Vorahnung hatte sie nicht getäuscht. Jetzt, im Nachhinein, war sie froh ihre gesamte Überzeugungskraft eingesetzt zu haben, um den Polizeibeamten klarzumachen, dass ihre Hilfe sofort vonnöten war, auch wenn Bjørn, der Mann aus der Fischverarbeitung, gemeint hatte, während seiner Rauchpause gehört zu haben, dass Rune nur zu einer kurzen Probefahrt hinausfahren wollte und sicher gleich zurück sein würde.

›Ich kenne Rune Kristensen‹, hatte sie die Polizisten gewarnt. ›Ich weiß, was passieren kann, wenn er wütend wird. Wenn er erfährt, dass Judith die Autorin des Buches ist, das ihm jetzt so viel neuen Ärger bereitet, ist sie da draußen allein mit ihm nicht sicher.‹

Hätte sie wiederum gewusst, weshalb die Beamten Runes Rückkehr erwarteten, hätte sie sich vielleicht nicht so drastisch geäußert. Dass die Männer ihre Warnung ernst nahmen und tatsächlich überraschend schnell reagierten, hatte Greta zunächst erleichtert. Ein Telefonanruf hatte genügt, und innerhalb von nicht einmal zehn Minuten war Ove im Hafen angekommen und mit den beiden Kriminalbeamten mit seinem Zodiac hinausgefahren. Anders, der Streifenpolizist aus Svolvær, der sie begleitet hatte, war bei Greta geblieben.

Sie hatten dem davonrasenden Schlauchboot nachgeblickt und erste Zweifel hatten sich in ihr geregt. In ihrer Angst um Judith hatte sie überhaupt nicht hinterfragt, warum die Polizei sich für Rune interessierte. Stillschweigend hatte sie angenommen, dass die Anwesenheit der Ermittler und ihr Interesse an Rune irgendetwas mit Runes Verstrickungen in Stavanger zu tun haben mussten. Was aber, wenn es um etwas ganz anderes ging?

›Warum seid ihr hier?‹, hatte sie sich daher in ihrer direkten Art an Anders gewandt. ›Was wollt ihr von Rune?‹

Anders hatte sich zunächst mit Allgemeinplätzen gerettet, aber Greta hatte nicht lockergelassen. ›Niemand wird erfahren, dass ich die Information von dir habe‹, hatte sie ihm versprochen. ›Und spätestens morgen weiß sowieso jeder Bescheid.‹

›Mats Larssen ist tot‹, war es da aus ihm herausgebrochen, sichtlich erleichtert, darüber sprechen zu können. ›Rune wird verdächtigt, ihn erschlagen zu haben.‹

›*Was?!?*‹ Greta war die Luft weggeblieben. Dann hatte sie sich an ihre Worte gegenüber den Beamten erinnert. *Ich kenne Rune Kristensen. Ich weiß, was passieren kann, wenn er wütend wird.*

Sie hatte Anders angestarrt. ›Glaubst du wirklich …‹

›Ich kann dazu nicht mehr sagen‹, war er ihr ins Wort gefallen. ›Bitte, das musst du verstehen. Ich hätte dir überhaupt nichts erzählen dürfen.‹

Natürlich hatte sie verstanden und sie hatte ihm auch keinen Ärger bereiten wollen, sie war zu geschockt, zu entsetzt. ›Rune Kristensen ist das größte Arschloch, das ich kenne‹, war es ihr entfahren. ›Aber einen Menschen töten, nein, das würde er nicht tun. Und warum ausgerechnet Mats Larssen? Was soll zwischen den beiden vorgefallen sein, dass Rune sich so vergessen würde?‹

›Hast du uns nicht gerade selbst vor Rune gewarnt?‹, hatte Anders erstaunt gefragt.

›Ja, sicher, aber … aber …‹ Ihr hatten die Worte gefehlt.

Sie hatte Angst um Judith, ja, das war richtig. Aber sie hatte nie befürchtet, dass Rune sie töten würde. Streit, Schläge, das war schon schlimm genug. Entsetzen durchfuhr sie in der Erinnerung an ihre Vorahnung. Was, wenn er tatsächlich für den Tod von Mats Larssen verantwortlich war? Wenn ihm eine Sicherung durchgebrannt war? Knut war nach seinen letzten Begegnungen mit Rune sehr traurig, aber nicht bereit gewesen, darüber zu sprechen. Was war tatsächlich vorgefallen?

Voller Panik hatte sie auf die Rückkehr des Schlauchbootes gewartet und erst aufatmen können, als sie sah, dass Judith lebte und nahezu unversehrt war. Zumindest auf den ersten Blick. Inzwischen war Greta sich da nicht mehr so sicher.

Behutsam führte sie ihre Mitbewohnerin ins Haus, nachdem sie angekommen waren. »Vielleicht nimmst du erst einmal ein heißes Bad, und ich bring dir einen Tee, damit du von innen und außen gleichzeitig wieder warm wirst.«

Judith nickte willenlos, und Greta konnte sich des Verdachts nicht erwehren, dass Judith einfach im Auto sitzen geblieben wäre, hätte sie nicht die Initiative ergriffen.

Sie ließ Wasser ein und half ihr in die Wanne. Brachte ihr Tee. Als sie dann das Bad verlassen wollte, sprach Judith das erste Mal.

»Lass mich bitte nicht allein«, bat sie mit dünner Stimme.

»Natürlich nicht.« Greta zog sich einen Hocker heran.

Selbst in dem warmen Wasser hörte Judith noch immer nicht auf zu zittern. Dafür konnte nicht mehr allein die Unterkühlung ihres Körpers die Ursache sein.

»Erzähl mir, was passiert ist«, sagte Greta deshalb.

Judith reagierte nicht, schluckte nur, und die Finger ihrer Hand ballten sich im Wasser zu einer Faust. Greta wartete und kam dabei nicht umhin, Judiths Körper zu betrachten, der so makellos erschien, so glatt, ein Körper, der verführte, das spürte selbst Greta, obwohl Frauen definitiv keine Anziehungskraft auf sie ausübten.

Endlich sah Judith zu ihr auf und blickte ihr direkt in die Augen.

»Ich habe ihn gesehen, Greta«, sagte sie leise. »Kannst du dir das vorstellen? Ich habe ihn gesehen!« Es lag so viel Entsetzen in ihrer Stimme, dass Greta unwillkürlich nach ihrer Hand griff.

»Um Gottes willen, Judith, wen hast du gesehen?«

»Mats. Mats Larssen«, hauchte Judith und krallte ihre Finger in Gretas Hand. »Seinen gespaltenen Schädel und das ganze Blut!«

»Du warst auf der Werft? Hast du ihn gefunden?«

Judith schüttelte den Kopf. Die erste heftige Reaktion, die sie zeigte, seit Greta sie in ihre Obhut genommen hatte. »Heute Mittag …«

»Aber da war Mats doch noch gar nicht tot.«

»Nein … ich habe mit ihm geredet und … o Gott!« Judith schlug die Hand vor den Mund. Ein Schluchzen schüttelte ihren Körper.

»Judith … ich verstehe nicht …«

»Wie kannst du auch«, schrie Judith plötzlich völlig hysterisch. »Niemand versteht mich! Niemand kann verstehen, was passiert! Ich versteh es ja noch nicht einmal selbst!« Mit ihrer Faust schlug sie so heftig aufs Wasser, dass es über den Wannenrand spritzte.

Greta sprang auf, griff nach einem Handtuch.

»Okay, komm, beruhige dich … ich helfe dir.«

Judiths ganzer Körper wurde noch immer von Schluchzern geschüttelt, aber sie ließ sich von Greta aus der Wanne helfen und wie ein Kind abtrocknen.

»So ist gut«, sagte Greta tröstend. »Ganz ruhig.«

Sie hatte keine Ahnung, was Judith ihr erzählen wollte, und sie würde nichts Vernünftiges aus ihr herausbekommen, solange sie so hysterisch war. Also hüllte sie ihre Mitbewohnerin in ihren Bademantel, brachte sie in ihr Zimmer und zog die Tagesdecke vom Bett.

»Leg dich ein wenig hin, Judith. Ich bin gleich wieder bei dir.«

Judith ließ sich von ihr zudecken, und Greta überlegte, ob sie einen Arzt rufen oder diesem Nervenzusammenbruch mit Hausmitteln entgegenwirken sollte. Als sie das Zimmer verließ, wandte sie sich noch einmal um. Judith lag auf der Seite, die Augen weit aufgerissen, und starrte zum Fenster hinaus. Was sah sie? Nahm sie überhaupt etwas in ihrer Erregung war oder lebte sie in ihrer eigenen abgeschlossenen Bilderwelt?

Greta eilte die Treppe hinunter, Judiths Worte noch immer in den Ohren … *Ich habe ihn gesehen. Seinen gespaltenen Schädel und das ganze Blut … Ich habe mit ihm geredet …* und plötzlich kam ihr ein ganz entsetzlicher Verdacht. Hatte Judith etwas mit Mats Larssens Tod zu tun? War sie womöglich noch einmal auf der Werft gewesen? Und warum hatte sie Rune aufgesucht und war mit ihm rausgefahren, und warum war ausgerechnet er verhaftet worden?

Zu viele Fragen. Und keine Antworten.

Sie ging in die Küche und nahm die Flasche Schnaps aus dem Schrank, die sie dort ganz hinten versteckt hatte. In diesem Moment klopfte es an der Tür. Greta zögerte. Sie wollte jetzt niemanden sehen, mit niemandem sprechen, es sei denn … Sie eilte zum Fenster. Als sie einen vorsichtigen Blick hinauswarf, sah sie Knuts Landrover vor dem Zaun parken.

Sie riss die Tür auf. »Knut …«

»Greta, ich muss mit dir reden, sonst werde ich verrückt.« Er war aschfahl im Gesicht.

MATS LARSSEN WAR tot. Erschlagen, sein Kopf gespalten. Judith konnte an nichts anderes denken, sah nur immer wieder die graue Hirnmasse vor sich, Knochensplitter und Blut, das in einen Hemdkragen lief, eine Endlosschleife an Bildern und Eindrücken. Alles andere verblasste dahinter. Die Begegnung mit Rune, ihr Streit, ihre Angst, ihr Sprung ins Wasser.

Mats Larssen war tot.

Und sie hatte diesen Tod kommen sehen.

Die Kälte des Nordmeers war nichts gegen die eisige Starre, in der dieses Wissen sie gefangen hielt. Die Schuld, die sie fühlte. Die Verantwortung. Hätte sie seinen Tod verhindern können, wenn sie ernst genommen hätte, was sie gesehen hatte? Hätte sie eine Warnung aussprechen sollen? Aber wer hätte ihr geglaubt? Larssen? Greta? Knut? Nach allem, was sie in der kurzen Zeit ihres Aufenthaltes bereits mit ihr erlebt hatten? Sie hatte ihrer eigenen Wahrnehmung auch nicht vertraut. Zu abstrus war das Erlebte. Niemand sah den Tod eines anderen voraus. Sie wäre als Kassandra-Ruferin belächelt worden. Aber nun war Larssen tot, und sie hatte nichts unternommen, um es zu verhindern. Ihre Finger schlossen sich um den Stoff der Bettdecke, zogen, zerrten, als könne sie auf diese Weise rückgängig machen, was geschehen war.

Durch das geöffnete Fenster drang das Gezeter zweier Möwen herein, darunter lag als ständiges Rauschen das Schlagen der Brandung auf den Strand. Sie roch das Salz, das in der Luft lag, selbst an einem schönen Tag wie diesem, und konnte sehen, wie sich die Äste der Bäume vor dem Haus im leichten Wind bewegten, der vom Meer her blies.

Die Erde drehte sich weiter, das Leben nahm mit zynischer Gleichgültigkeit seinen Lauf, egal, was passierte. Noch nie war ihr das so bewusst gewesen. Wie konnte sie bei Verstand bleiben, bei allem, was in den vergangenen Stunden geschehen war? Es gab keine Routine, keine Rituale, an denen sie sich festhalten oder orientieren konnte. Was auch immer ihrem Leben Rahmen und Inhalt gegeben hatte, war in Frankfurt zurückgeblieben. Sie fiel ins Leere. Und verlor sich.

Wer war sie überhaupt?

Das Geräusch schwerer Schritte auf der Treppe zwang sie zurück. Gleich darauf tauchte Knuts gebeugte Gestalt in der Tür auf. Warum war ihr zuvor nie aufgefallen, wie alt und gebrechlich er war? Dann begriff sie. Die Nachricht, dass Rune verdächtigt wurde, Mats Larssen getötet zu haben, hatte ihn erreicht. Alles hing zusammen. Das Netz war so eng, in dem sie gemeinsam gefangen waren, dass es ihr den Atem nahm. *Rune war wie Einar. Rune war Einar.* Und Knut? War auch er eine Gestalt ihrer Fantasie? Gab es nicht in einem ihrer Romane einen Mann wie ihn, gezeichnet vom Leben und gesegnet mit jener Weisheit des Alters, nach der sie alle noch strebten? Wo nur war sie ihm schon begegnet?

»Knut«, sagte sie so leise, dass sie meinte, er würde sie nicht hören. Es tat gut, ihn zu sehen.

Das flüchtige Lächeln, das über seine verwitterten Züge huschte, zeugte davon, dass er sie sehr wohl gehört hatte. Humpelnd kam er näher, setzte sich auf die Kante des Betts und nahm ihre Hand. »Kein guter Tag heute, was?«

Sie schüttelte stumm den Kopf, unsicher, ob ihre Stimme ihr gehorchen würde.

»Ich bin froh, dass dir nichts passiert ist.«

Sie presste die Lippen aufeinander. Der Letzte, der so mit

ihr gesprochen hatte, war ihr Vater gewesen. Vor so vielen Jahren, dass die Erinnerung daran verblasst war. Nicht älter als sechs oder sieben war sie damals gewesen, als sie nach einem Streit fortgelaufen war und sich in einem Waldstück versteckt hatte, aus dem sie nicht wieder nach Hause gefunden hatte. Ihr Vater hatte sie schließlich aufgespürt und sie mit genau diesen Worten an sich gedrückt. *Ich bin froh, dass dir nichts passiert ist.* Damals war alles gut gewesen. Sie waren nach Hause gegangen und hatten vergessen, was geschehen war. Aber sie war kein Kind mehr. Es gab kein Zuhause, zu dem sie zurückkehren konnte, wo sich Geschehenes ausradieren und vergessen ließ.

Knut strich sanft über ihre verkrampften Finger. »Du musst aufstehen. Ich würde gern mit dir reden. Vielleicht kannst du mir helfen.«

Sie begriff nicht sofort, was er sagte, seine Worte waren das Letzte, was sie erwartet hatte.

»Wie sollte ausgerechnet ich helfen können?«, fragte sie ungläubig.

»Greta hat mir von deinem Buch erzählt«, sprach er weiter. »Was du über Rune geschrieben hast. Wir müssen darüber reden.«

Judith entzog ihm ihre Hand. »Ich habe nicht über Rune geschrieben.«

»Ich weiß, nicht direkt, aber …«. Er suchte nach den richtigen Worten im Englischen. »Du hast vielleicht … Informationen, die helfen können zu beweisen, dass er niemals einen anderen Menschen töten würde.«

Erstaunt sah sie ihn an. Wovon sprach er? »Ich verstehe nicht …«

»Lass es dir von Greta erklären. Sie spricht besser Englisch als ich … Ich habe dir übrigens dein Telefon mitgebracht«, fügte er hinzu. Umständlich zog er das flache Gerät aus seiner Hosentasche und reichte es ihr.

»Mein Telefon? Warum?«

Knut räusperte sich verlegen. »Deine Agentin hat angerufen. Greta hat mit ihr gesprochen.«

Judith schnappte nach Luft. »Wie bitte?« Greta hatte mit Monika telefoniert? Wie kam sie dazu?

»Dein Telefon lag unten in der Küche ... und Greta hat den Anruf entgegengenommen.«

Der Ärger über diesen Übergriff ließ Judith alles andere vergessen. Ungehalten schlug sie die Bettdecke zurück. Knut, der ihre Reaktion vorausgeahnt hatte, bemühte sich, ihr Platz zu machen, wobei er halblaut murmelte, dass er Greta habe abhalten wollen, ans Telefon zu gehen, aber ...

Bei seinen Worten hielt Judith inne.

»Aber was?«, fragte sie, als er nicht weitersprach.

Knut seufzte. »Ich habe Greta gesagt, dass es keine gute Idee ist. Aber sie hatte gesehen, dass es ein Anruf aus Deutschland war, befürchtet, dass es etwas Wichtiges sein könnte ...«

»Jedes Telefon hat eine Mailbox«, unterbrach Judith ihn verstimmt, während sie die Kordel des Bademantels enger zuzog. »Wie kann sie einfach an mein Telefon gehen?«

Knut wich ihrem Blick nicht aus. »Du kennst Greta inzwischen doch, oder?«

Judith atmete tief durch, um sich zu beruhigen. Natürlich passte diese Übergriffigkeit zu ihrer Mitbewohnerin. Greta reagierte spontan und unüberlegt. Aber ihre Agentin, Monika? Judith konnte sich beim besten Willen nicht vorstellen, dass sie einer Fremden Informationen preisgab ...

»Worum geht es?«, fragte sie.

»Deine Agentin wollte darüber nur mit dir reden«, bestätigte Knut ihre Vermutung, »aber sie schien ganz erleichtert, dass endlich jemand den Anruf angenommen hat. Sie hat wohl schon mehrfach versucht, dich zu erreichen.«

Judith runzelte die Stirn. Monika hatte versucht, sie zu erreichen? Sie hatte ihr Handy in den ersten Tagen ihres Aufenthaltes auf den Inseln stumm geschaltet, weil sie nicht gestört werden wollte. Erst als sie die Fotos auf dem Friedhof gemacht hatte, hatte sie es wieder in die Hand genommen. Sie erinnerte sich, dabei einen flüchtigen Blick auf die Liste der Anrufer geworfen zu haben, aber in ihrer Aufregung hatte sie vermutlich nicht wirklich etwas wahrgenommen. Sie war noch nie besonders technikaffin gewesen.

Judith wartete, bis Knut das Zimmer verlassen hatte, bevor sie ihr Handy entsperrte und die Anruferliste durchging. Tatsächlich, Monika hatte in den vergangenen zwei Tagen fünfmal versucht, sie zu erreichen. Sie hatte ihr sogar eine Nachricht hinterlassen. Schuldbewusst rief sie zurück.

»Hallo Judith, wie geht es dir?«, meldete Monika sich nach nur zweimaligem Klingeln. »Ich habe gehört, dass du einen Unfall hattest …«

»Alles in Ordnung, Moni«, unterbrach Judith sie und zwang sich zur Ruhe. »Ich bin aus Versehen über Bord gefallen.« Da sie wusste, dass Monika stets einen vollen Terminkalender hatte, ging sie sofort in medias res. »Tut mir leid, dass du mich nicht erreichen konntest. Was gibt es denn?«

Monika berichtete sofort ohne Umschweife. »Der Verlag hat Post für dich erhalten und an mich weitergeleitet. Es geht um die Bohrinselkatastrophe. Aber deswegen rufe ich nicht an, da scheint sich nur jemand wichtigmachen zu wollen. Ich schreibe eine höfliche Absage, wenn es dir recht ist. Wir müssen jedoch unbedingt auf das Echo in den Medien reagieren, das dein Roman verursacht hat. Die Presseabteilung im Verlag erstickt an Anfragen. Wir brauchen ein Statement von dir, noch besser wäre, wenn du dich bereit erklärtest, ein Interview zu geben …«

Monika sprach weiter, aber Judith hörte ihr nicht mehr zu. *Der Verlag hat Post für dich erhalten … es geht um die Bohrinselkatastrophe …* Unwillkürlich dachte sie an Knuts Worte. *Du hast vielleicht … Informationen, die helfen können zu beweisen, dass er niemals einen anderen Menschen töten würde.* Was passierte hier schon wieder?

»Warte, Moni, warte«, unterbrach sie den Redeschwall ihrer Agentin. »Diese Post … hast du sie aufgemacht?«

»Natürlich nicht. Ich habe nur das Anschreiben an den Verlag gelesen.«

»Bitte, sei so lieb und schau mal rein.«

»Also, ganz ehrlich, Judith, schon aus dem Anschreiben geht hervor …«

»Egal. Bitte mach die Sendung auf.«

Judith hörte Papier rascheln.

»Das sind Unterlagen, bestimmt fünfzig Seiten«, sagte Monika dann. »Irgendwelche Informationen zu dem damaligen Gerichtsverfahren, ich kann das auf die Schnelle nicht erkennen, zumal das Ganze auf Norwegisch ist. Du solltest dich damit wirklich nicht belasten, der Roman ist abgeschlossen …

Erneut verklang Monikas Stimme in Judiths Gedankenkarussell. Es konnte nichts bedeuten und gleichzeitig alles. Wer schickte ihr dieses Material, jetzt, nach der Veröffentlichung des Romans? Und warum?

Sie spürte wieder Rune Kristensens Finger an ihrem Hals, sah die Wut in seinen Augen. Wie konnte Knut so sicher sein, dass sein Neffe *niemals* einen anderen Menschen töten würde? Auf dem Kutter war sie fest davon überzeugt gewesen, dass Rune sie umbringen würde. Wäre sie sonst ins Wasser gesprungen? Wer wusste wirklich, was zwischen ihm und Mats Larssen vorgefallen war, diesem Mann, dessen Mundwerk scheinbar nie stillstand. Womit mochte er Rune gereizt haben?

»Judith, hörst du mir noch zu?«

Reumütig konzentrierte Judith sich wieder auf das Gespräch mit ihrer Agentin. »Entschuldige, ich war abgelenkt.«

»Das habe ich gemerkt.«

Judith räusperte sich verlegen. Sie *musste* erfahren, was in den Dokumenten stand, die an sie adressiert waren. »Moni … bitte, lass die Sendung, die für mich angekommen ist, einscannen und schick sie mir per Mail«, bat sie, ohne auf das einzugehen, was Monika zuvor erzählt hatte.

Einen Moment herrschte Stille am anderen Ende der Leitung.

»Ja, sicher«, antwortete Monika dann. »Es ist ja deine Post.« Dennoch konnte sie ihre Irritation nicht ganz verbergen. »Kann ich dir die wichtigsten Fragen der Medien mit derselben Mail gleich mitschicken?«

»Ja … ja, natürlich«, beteuerte Judith pflichtschuldig.

»Das ist gut, die Pressefrauen im Verlag werden dankbar sein. Wärst du außerdem bereit, an einer Videokonferenz teilzunehmen?«

»Ich weiß nicht … vielleicht. Lass mich ein bisschen drüber nachdenken.«

»Ich bekomme deine Antwort noch heute?«

»Ja, ich schreibe dir nachher.«

Nachdem Judith aufgelegt hatte, schossen ihr sofort wieder quälende Gedanken und Fragen durch den Kopf. Würde sie jemals zurückkehren können in ihr professionelles Leben? In dem sie Anforderungen zu meistern hatte wie dieses Pressegespräch, Anforderungen, die sie immer gescheut hatte, die ihr jetzt aber so einfach und willkommen erschienen, nachdem sie den Tod eines Menschen vorhergesehen hatte. Was konnte sie nur tun? Wie sich lösen aus den Verstrickungen, in die sie geraten war? Wie dem Verderben entkommen, das sie scheinbar überall umgab? Das sie brachte … Ein Schauer überlief sie bei dem Gedanken. War es so? Hatte sie das Verderben auf diese Inseln gebracht? So viel Entsetzliches war geschehen seit ihrer Ankunft …

Aber konnte sie den Lauf der Dinge überhaupt ändern? Sie fühlte sich so machtlos! Sie schluckte nervös, als ihr bewusst wurde, dass sie dieses Gefühl ohnmächtiger Verzweiflung kannte. Sie hatte es schon einmal erlebt. Als sie während des Schreibens begriffen hatte, dass sie Einar Thorsen nicht retten durfte, dass er sterben musste, einsam und verloren, wenn ihr Buch ein Erfolg werden sollte. Sie hatte es gewusst. Genau, wie sie gewusst hatte, dass Mats Larssen sterben würde.

Du hast vielleicht Informationen, die helfen können …

Die Worte tanzten vor ihrem inneren Auge. War das ihre Chance? Konnte sie auf diese Weise ihr Schicksal in die Hand nehmen, anstatt nur die Getriebene zu sein? Vor Aufregung schlug ihr Herz schneller. Vielleicht hatte Knut recht, und sie konnte Rune Kristensen tatsächlich helfen. Und damit den teuflischen Kreis durchbrechen, in dem sie gefangen war, seit sie dem Leben von Einar Thorsen ein Ende bereitet hatte. *Rune war wie Einar. Rune war Einar.* Aber er durfte nicht dasselbe Schicksal erleiden.

RUNE KRISTENSEN STARRTE auf den Polizei-Helikopter, der auf dem Dach des Gebäudes landete, unweit von seinem Sitzplatz. Erhielt er jetzt den Prozess und die Strafe, nach der er sich seit Jahren verzehrte? Die Gerechtigkeit, die ihm bislang versagt geblieben war für den Tod der Männer und Frauen auf der Bohrinsel? Sein Blick glitt weiter aufs Meer und die steilen Flanken der Berge, an denen die Häuser wie bunte Spielzeugschachteln klebten und über deren schroffe Gipfel die Wolken zogen. Zusammen mit Mats Larssens sterblichen Überresten würde man ihn nach Bodø ausfliegen, und er würde so bald nicht zurückkehren. Nicht, wenn er wegen Mordes verurteilt wurde. Doch er verspürte weder Angst noch Verzweiflung angesichts dieser Tatsache. Denn im Gegensatz zu all den Toten, die er zu verantworten hatte, würde er weiterleben. Er würde atmen und das Sonnenlicht sehen, das Meer riechen und die Einsamkeit spüren, die in einer Zelle kaum größer sein konnte, als er sie jetzt schon erlebte.

Und ausgerechnet Mats Larssen sorgte für diese Gerechtigkeit.

Rune betrachtete den grauen Plastiksack, der in einiger Entfernung auf dem Boden lag. Der Reißverschluss beulte sich auf der Höhe von Mats' Bauch. In Svolvær waren die Leichensäcke nur in einer Größe vorrätig, und Larssen war ein stattlicher Mann gewesen. Rune dachte an ihre letzte Begegnung, an die ständig hin- und herhuschenden Augen des Werftbesitzers unter der polierten Glatze, die in der Sonne geleuchtet hatte.

Nun war dieser Kopf gespalten.

Aufgebrochen wie eine Melone.

Die flinken Augen für immer geschlossen.

Natürlich hatte ihm niemand erzählt, wie Larssen gestorben war, aber er hatte die Gespräche der Ermittler mit den ortsansässigen Beamten überhört. Die Wände waren dünn in der Polizeistation. Und er hatte die Information aufgesogen, die nötig war.

Larssen war zuletzt mit ihm gesehen worden. Ihre Auseinandersetzung war beobachtet worden. Mehr Beweise gab es jedoch nicht. Kein Tatwerkzeug, keine Augenzeugen. Niemand konnte behaupten, Rune Kristensen hätte Mats Larssen getötet, aber genauso wenig ließ sich beweisen, dass er es nicht getan hatte. Rune lehnte sich zurück und schloss die Augen. Er würde sich diesen Umstand zunutze machen.

Nach einer Weile hörte er sich nähernde Schritte.

Er sah in das runde Gesicht von Anders, der die Pausbacken, die er schon als Kind besessen hatte, auch im Erwachsenenalter nicht verloren hatte. Seit dem Abschluss seiner Ausbildung vor noch nicht einmal zwei Jahren trug er sein hellblondes, dichtes Haar sehr kurz.

»Es ist so weit, Rune«, sagte Anders, bemüht unbeteiligt zu wirken, doch der nervöse Unterton in seiner Stimme war nicht zu überhören. Dass ausgerechnet sie beide in einer solchen Situation aufeinandertreffen mussten, war ihm mehr als unangenehm.

»Du machst nur deine Arbeit, Anders«, erwiderte Rune versöhnlich, als er von seinem Platz aufstand. »Es ist alles richtig so, wie es ist.«

Ein nervöses Lächeln war die Antwort.

Schweigend folgte Rune dem groß gewachsenen jungen Mann in seiner blauen Uniform zu dem wartenden Helikopter, doch als er hineinkletterte und die typischen Gerüche und Geräusche des Fluggeräts wahrnahm, überwältigten ihn die Erinnerungen an seinen letzten Flug. Der Blick auf die brennende und havarierte Bohrinsel. Das Entsetzen unter den Überlebenden, das so greifbar gewesen war, so dicht, dass sie kaum Luft zum Atmen gehabt hatten. Er hatte es seither vermieden, mit einem Hubschrauber zu fliegen. Jetzt brach ihm trotz der zehn Jahre, die inzwischen vergangen waren, der Schweiß aus, und Bilder, die er längst vergessen glaubte, holten ihn erneut ein: Verdreckte Menschen, nass und zitternd vor Kälte und Angst, die mit leeren Gesichtern dumpf vor sich hingestarrt hatten. Fast jeder von ihnen hatte einen Kollegen verloren, manche einen Freund, zahlreiche Besatzungsmitglieder waren noch vermisst und es hatte nicht viel Hoffnung gegeben, dass sie lebend geborgen werden konnten, weder aus dem eiskalten Wasser, in das manche in ihrer Panik gesprungen waren, um dem lodernden Inferno zu entkommen, noch von der Bohrinsel selbst, jenem Koloss aus Stahl und Beton, der nun wie ein sterbendes Urtier unter ihnen in der Weite und Dunkelheit über dem Meer zurückblieb. Jeden, auch ihn selbst, hatte die Frage bewegt, warum ausgerechnet er überlebt hatte. Und je größer die Erleichterung gewesen war, dem Tod entronnen zu sein, desto größer war auch die Schuld, die Verantwortung dafür, dass es nicht gelungen war, die anderen zu retten. Diejenigen, deren verkohlte Leichname erst Wochen später geborgen werden konnten, ebenso wie diejenigen, deren sterbliche Überreste nie gefunden worden waren.

Verzweifelt verdrängte Rune diese Erinnerungen und atmete gegen die Panik an, die ihn zu überwältigen drohte.

»Keine Sorge, bei diesem Wetter werden wir einen ruhigen Flug haben«, versicherte ihm der Pilot, der hinter seinem angespannten Gesichtsausdruck vermutlich Flugangst vermutete, da er, wie auch sonst niemand auf den Inseln, nichts von Runes Verstrickungen in das damalige Unglück wusste.

Aber das würde bald vorbei sein. Die deutsche Autorin würde sicher nicht mit ihrem brisanten Wissen über ihn hinter dem Berg halten. Nicht nach dem, was auf seinem Kutter geschehen war. Wenn er an jenen Moment dachte, in dem er erkannt hatte, dass sie für das erneute Aufleben des Interesses an der Bohrinselkatastrophe verantwortlich war, übermannte ihn erneut die Wut, und er spürte förmlich wieder das schnelle Pochen ihrer Halsschlagader unter seinen Fingern, sah das Entsetzen in ihren Augen. Sie war überzeugt gewesen, dass er sie umbringen würde. Hätte er es getan? Er wusste es nicht. Vielleicht. Er war ebenso wenig bei klarem Verstand gewesen wie sie. Niemand bei klarem Verstand sprang ins Nordmeer.

Letztlich war es egal, ob und was sie über ihn verbreitete. In einer Haftanstalt war er besser geschützt vor den Medien als an jedem anderen Ort. Dorthin würde ihm niemand folgen, ihn niemand bedrängen können, um über Vergangenes zu reden.

Der Leichensack wurde auf einer Bahre in den Helikopter gehoben, und der Pilot stand auf, um sicherzustellen, dass alles ordnungsgemäß verzurrt wurde. Die beiden Ermittler der Kriminalpolizei aus Oslo warteten dahinter. Rune beobachtete die beiden Männer, die ihm seit seiner Rückkehr auf die Inseln wie die meisten Menschen aus dem Süden seltsam farblos erschienen. Angepasst an das Leben in der Stadt und befreit von jeglicher Individualität. Eine Reise in den Norden des Landes schien für solche Menschen ebenso exotisch zu sein wie ein Flug auf eine Karibikinsel. Er hatte in Stavanger so manchen Landsmann kennengelernt, der in seinem Leben nie nördlicher als Trondheim gereist war, jene Stadt, die für so manchen das Ende der Zivilisation bedeutete. Vor vielen Jahrhunderten hatte dort die Christianisierung haltgemacht, und als Folge war der Norden ungezähmter, die Menschen freier und zwangloser in ihrem Leben.

Die beiden Ermittler mit ihren blanken Schuhen und Gelfrisuren nahmen gegenüber ihre Plätze ein, vermieden aber jeglichen Blickkontakt. Ihren Gesichtsausdrücken entnahm er, dass sie ihr Urteil gefällt hatten. Schuldig im Sinne der Anklage. Vermutlich war dieses Urteil bereits gefallen, als sie ihn und Judith auf dem Kutter beobachtet hatten. Hatten sie auch mit ihr gesprochen? Bei ihrer Ankunft im Hafen hatte er lediglich kurz beobachten können, wie Greta sie in Empfang genommen und abgeschirmt hatte, während Judith trotz ihrer desolaten Verfassung die Blicke aller anwesenden Männer auf sich gezogen hatte, und rückblickend fragte er sich, was passiert wäre, wenn er diese Frau unter anderen Umständen kennengelernt hätte.

Der Pilot kehrte zurück auf seinen Platz, und die Türen wurden geschlossen. Rune verspürte ein flaues Gefühl in seinem Magen, als die Maschine aufstieg und die Inseln unter ihnen zu einer Kulisse im Meer zusammenschrumpften. Er atmete schnell und heftig, als er plötzlich an Knut denken musste und ihn völlig unerwartet Abschiedsschmerz überfiel. Dann schoben Wolken sich vor das Bild der bergigen Inselgruppe.

GRETA AHNTE, DASS sie eine Grenze überschritten hatte, und Judiths Gesichtsausdruck, als sie die Küche betrat, bestätigte ihre Vermutung, auch wenn sie bemüht war, sich nichts anmerken zu lassen. Doch Greta kannte ihre Mitbewohnerin inzwischen gut genug. Ihr Übergriff würde ihre noch fragile Freundschaft belasten, wenn sie nicht darüber sprachen.

»Hör mal, es tut mir leid«, sagte Greta deshalb geradeheraus. »Es war falsch, an dein Telefon zu gehen, aber ich war so verwirrt nach allem, was du von Mats erzählt hast, dass ich das Ding in der Hand hatte, bevor ich überhaupt wusste, was ich tat.«

Bei der Erwähnung von Mats Larssen wich die Farbe aus Judiths Gesicht, und Greta fragte sich erneut, ob Judith etwas mit seinem Tod zu tun haben mochte. Sie konnte sich schwerlich vorstellen, dass die schlanke Deutsche mit solcher Gewalt auf jemanden einschlug, dass sich sein Kopf spaltete. Eher noch hätte sie glauben können, dass Rune der Täter war.

Knut war außer sich gewesen, nachdem er vom Verdacht der Behörden erfahren hatte, zumal er derjenige gewesen war, der die Leiche gefunden und die Polizei informiert hatte. »Habe ich meinen eigenen Neffen ans Messer geliefert?«, hatte er sie mit Tränen in den Augen gefragt. So hatte sie ihn noch nie erlebt. Das erste Mal in ihrer zehnjährigen Freundschaft hatte er ihr rückhaltlos sein Herz ausgeschüttet, und dabei war ein Puzzleteilchen nach dem anderen an seinen Platz gefallen, als sie schließlich das ganze Ausmaß von Runes Beteiligung an der Bohrinselkatastrophe erfuhr. Vieles in seinem Verhalten der vergangenen Jahre stellte sich ihr plötzlich in einem anderen

Licht dar, und eine gewisse Scham erfüllte sie, wenn sie sich erinnerte, wie oft sie wütend auf ihn gewesen war und was sie ihm alles vorgeworfen hatte. Hätte sie seine Vergangenheit gekannt …

»Mach dir bitte keine Gedanken wegen des Telefons«, riss Judiths Stimme sie aus ihren Gedanken. »Es sind besondere Umstände. Ich denke, normalerweise würdest du nicht so handeln …« Sie versuchte ein Lächeln, das eher kläglich ausfiel, und schlug die Arme schützend um ihren Körper. Es war eine Geste, die Greta schon häufig bei ihr beobachtet hatte. Eine typische Reaktion von Menschen, die sich unsicher und allein fühlten.

»Dir geht es nicht besonders gut«, stellte Greta daher fest. »Ist ja auch kein Wunder nach einer solchen Kutterfahrt und einem Sprung ins Nordmeer.«

»Ganz ehrlich, Greta, das ist es nicht, was mich bewegt«, erwiderte Judith zu ihrer Überraschung. »Rune … er … ich glaube, er hat allen Grund wütend auf mich zu sein …«

»Er hätte dich beinahe umgebracht! Und du nimmst ihn in Schutz?«, entfuhr es Greta lauter als beabsichtigt.

Judith presste die Lippen aufeinander, und Greta hob entschuldigend die Hände.

»Ich habe ihn benutzt«, fuhr Judith fort. »Ihn und seine Erlebnisse. Ohne Rune persönlich zu kennen, habe ich einen Charakter erschaffen, der ihm nicht nur ähnlich ist, sondern ihm entspricht. Er hat wirklich allen Grund, wütend zu sein.»

»Judith, warte …«, versuchte Greta, sie zu bremsen.

Aber Judith ließ sie nicht zu Wort kommen. »Greta, ich wusste genau, wie er reagieren würde«, sagte sie fast beschwörend. »Ich kenne ihn. Er ist nicht nur wie Einar. Er ist Einar!«

Greta fühlte sich unangenehm berührt bei diesen Worten. »Einar ist der Protagonist deines Romans, nehme ich an.«

Judith nickte.

Greta ließ nicht locker. »Aber wenn es nicht der Zwischenfall mit Rune ist, der meiner Meinung nach furchtbar genug war, selbst jemanden, der nicht so empfindsam ist wie du, aus der Bahn zu werfen, was ist es dann, was dich so mitnimmt?«

Judith holte tief Luft. Als würde sie sich wappnen gegen das, was nun kam.

»Der … der Tod von Mats Larssen …«, brachte sie schließlich stockend hervor.

Greta runzelte die Stirn. »Ja, das ist wirklich entsetzlich, aber …« Sie blickte Judith scharf an. »Du kanntest ihn doch überhaupt nicht oder gibt es auch da eine Verbindung?«

Judith schüttelte den Kopf.

»Was ist es dann?«

»Es ist … Himmel, Greta, ich … du wirst mich für völlig verrückt halten.«

Greta machte einen Schritt auf Judith zu und legte ihr einen Arm um die Schultern. »Jetzt setz dich erst einmal, und dann erzählst du. Das ist allemal besser, als das ganze Elend in deinem Kopf kreisen und gären zu lassen.«

Judith ließ sich von Greta zum Küchentisch führen, setzte sich und umklammerte Gretas Hände. »Bleib hier bei mir, bitte.«

Greta fühlte sich an die Situation im Bad erinnert. An Judiths plötzlichen Ausbruch.

Niemand versteht mich! Niemand kann verstehen, was passiert! Ich versteh es ja noch nicht einmal selbst! Greta setzte sich neben sie. »Sieh mich an!«, forderte sie.

Langsam hob Judith den Blick und sah ihr in die Augen, jedoch ohne den Klammergriff ihrer Hände zu lösen.

»Und jetzt erzähl mir, wovor du Angst hast.«

»Ich habe Mats Larssens Tod vorhergesehen.«

Es kostete Greta viel Selbstbeherrschung, keine Miene zu verziehen. »Du hast Mats Larssens Tod vorhergesehen«, wiederholte sie so ruhig sie konnte. »Wie darf ich mir das vorstellen?«

Aber ihre Mühe war vergebens. Judith spürte ihre Skepsis.

»Du glaubst mir nicht, du hältst mich für neurotisch …«, fuhr sie auf und in ihrer Stimme lag bereits wieder jene hysterische Note, die Greta schon kannte. »Aber das ist ja auch kein Wunder bei all dem, was seit meiner Ankunft hier auf den Inseln geschehen ist …«

»Bitte, Judith, bleib ruhig und erzähl einfach.«

»Du glaubst mir ja doch nicht!«

»Darum geht es nicht. Erzähl!«

Judith ließ ihre Hände los und ballte die Fäuste. »Ich habe seinen gespaltenen Kopf gesehen, Knochensplitter und Blut …« Sie warf Greta die Worte beinahe trotzig entgegen. »Es ist über sein Gesicht, seinen Hals hinab bis in seinen Hemdkragen gelaufen.«

Greta unterdrückte spontane Widerworte. »Wann war das?«, fragte sie stattdessen.

»Als ich den Mietwagen abgeholt habe. Wir standen draußen bei dem SUV.«

Greta erkannte, dass Judith tatsächlich fest von dem überzeugt war, was sie erzählte. Aber wie konnte man den Tod eines Menschen vorhersehen? Das war einfach nicht möglich. Sie musste Judith helfen, sich von dieser Einbildung zu befreien.

Aber bevor sie etwas sagen konnte, fuhr Judith bereits fort. »Seit ich dieses verdammte Buch zu Ende geschrieben habe, komme ich nicht mehr zur Ruhe. Es hat mich auf diese Inseln getrieben, und seit ich hier bin, passieren entsetzliche Dinge. Ich muss … diesen Teufelskreis durchbrechen …« Eindringlich sah sie Greta an. »Und dafür gibt es nur eine Möglichkeit, verstehst du.«

Greta konnte nur ratlos den Kopf schütteln.

Judith beugte sich zu ihr vor und in ihre Stimme schlich sich ein verschwörerischer Unterton. »Es gibt nur eine Möglichkeit, mich aus diesem Teufelskreis zu befreien, Greta, nur eine einzige ... ich muss Rune helfen. Ich konnte es nicht bei Einar, ihn musste ich sterben lassen ...«

Mit entschlossener Geste packte Greta erneut Judiths Schultern und schnitt ihr das Wort ab.

»Nun hör mir mal zu, Judith. Rune wird nicht sterben, nur weil er in einem Gefängnis sitzt. Und dich trifft an der Situation keine Schuld. Alles, was bisher geschehen ist, ist ...«

»Ein Zufall?«, unterbrach Judith sie höhnisch. »Ist es das, was du sagen wolltest?«

Greta nickte.

Judith kramte hektisch in ihrer Hosentasche. Gleich darauf fuchtelte sie Greta mit einem USB-Sick vor der Nase herum. »Weißt du, was darauf ist? Erzähl du mir nichts von Zufällen!«

FREITAG

KNUT KRISTENSEN BEOBACHTETE, wie die Fähre in den Hafen von Bodø einfuhr. Das Fährterminal lag in Zentrumsnähe der nordnorwegischen Stadt, und sie passierten Werften und Lagerhäuser und Schiffe der norwegischen Marine, bevor sie schließlich die Pier erreichten, an der sie anlegten.

Wie so oft in den Sommermonaten war die Überfahrt ruhig gewesen. Knut hatte lange Zeit am Heck gestanden und wehmütig den Inseln nachgesehen, die im Dunst verschwanden. Er verließ sie nicht gern. Das hatte er noch nie getan. Wenn er dennoch dazu gezwungen wurde, war es jedes Mal, als würde er sich selbst zurücklassen.

Er warf einen Blick auf seine Armbanduhr. Es war kurz vor zwölf Uhr mittags. Sie waren überpünktlich, aber vermutlich würde sein Cousin Ragnar schon auf ihn warten. Sie waren nur entfernt miteinander verwandt, Cousins zweiten oder dritten Grades, aber Ragnars Haus war seit jeher die Anlaufstelle für den Lofoten-Zweig der Familie, wenn dieser das Festland besuchte.

Als Knut nun an das große Panoramafenster trat, entdeckte er Ragnar tatsächlich auf der Pier. Mehr als einen Kopf überragte er die meisten der anderen Wartenden. Als sie noch Kinder waren, war er bereits der Größte unter ihnen gewesen, als Mann schließlich zu einer Körpergröße von mehr als einem Meter neunzig aufgeschossen und selbst jetzt im Alter noch eine stattliche Erscheinung mit breiten Schultern und einem vollen weißen Haarschopf.

»Ich habe einen Anwalt für dich ausfindig gemacht«, begrüßte er Knut wenig später. »Wir haben in anderthalb Stunden einen Termin. Danach kannst du deinen Neffen besuchen.«

Wie es Ragnars Art war, hatte er sich bereits um alles gekümmert.

Knut ließ sich erleichtert auf den Beifahrersitz des SUVs seines Cousins fallen. Seinen eigenen Wagen hatte er nicht mitnehmen können. Die Fähre war bereits ausgebucht gewesen. »Du kennst den Anwalt persönlich?«, wollte er wissen.

Ragnar nickte. »Ein guter Mann. Profi im Strafrecht.« Er hielt vor einer roten Ampel und wandte sich Knut zu. »Aber jetzt erzähl mal, in was ist Rune denn da geraten?«

Knut hatte Ragnar am Telefon nur einen knappen Anriss zu den jüngsten Ereignissen gegeben. Während ihrer Fahrt durch die Stadt schilderte er die Situation nun im Detail.

»Er hat sich wirklich schuldig bekannt?«, fragte Ragnar ungläubig, nachdem Knut geendet hatte. »Warum tut er das? Und woher weißt du das überhaupt?«

Knut zögerte. Er wollte Anders, den jungen Polizisten aus Ramberg, nicht in Verlegenheit bringen, der nach Runes Abflug mit dem Hubschrauber noch einmal bei ihm vor der Tür gestanden hatte. Knut war gerade von seinem Besuch bei Greta zurückgekommen.

»Woher ich es weiß, ist nicht wichtig«, sagte er daher. »Entscheidend ist, warum Rune sich selbst bestrafen will.« Er räusperte sich. »Erinnerst du dich an die Bohrinselkatastrophe vor zehn Jahren?«

Ragnar warf ihm einen schnellen Seitenblick zu. »Sicher. Wer tut das nicht in diesem Land. Zumal die ganze Geschichte gerade wieder durch die Presse geht. Aber was hat das mit Rune zu tun?«

Knut hatte lange überlegt, ob und wie er über die Mitverantwortung, die sein Neffe an dieser Katastrophe trug, mit anderen sprechen konnte und sollte, und er war zu dem Schluss gekommen, den Kreis so klein wie möglich zu halten. Aber Ragnar gehörte zur Familie, und Knut kannte ihn als absolut integren Menschen.

Ragnar hörte ihm schweigend zu.

»Das klingt nach einem Trauma, das Rune nie aufgearbeitet hat«, bemerkte er, nachdem er die Geschichte schließlich zu Ende gehört hatte. »Das ist bitter. Aber er ist leider nicht der Einzige, der heute noch unter den Folgen der damaligen Katastrophe leidet.«

»Das habe ich mir fast gedacht«, bemerkte Knut und seufzte unwillkürlich.

Wie anders hätte Rune leben können, wenn er sich der Situation gestellt hätte. Zehn verschwendete Jahre!

»Du weißt noch nicht lange von seinen Problemen«, unterbrach Ragnar seine Gedanken.

»Dass er Probleme hat, weiß ich schon sehr lange, aber den Grund dafür habe ich jetzt erst erfahren.«

»Verstehe.«

Den Rest der Fahrt verbrachten sie schweigend, bis Ragnar den Wagen vor einem Restaurant parkte. »Ich dachte, wir essen hier eine Kleinigkeit, bevor wir zum Anwalt gehen.«

Während der Mahlzeit berührten sie das Thema nicht. Sie sprachen stattdessen über die Familie und gemeinsame Erinnerungen, und Knut merkte, wie die Anspannung allmählich von ihm abfiel.

»Danke«, sagte er schlicht beim Verlassen des Restaurants zu Ragnar, der sofort wusste, worauf Knut anspielte.

»Keine Ursache. Wir brauchen jetzt all unsere Kraft, um Rune da rauszuholen.«

Das Gespräch mit dem Anwalt, einem für Knuts Geschmack zu jungen, dynamischen Mann namens Morten Peddersen, war nur kurz, aber Peddersen wollte ihn in die Haftanstalt begleiten, um sich vor Ort selbst einen Eindruck zu verschaffen.

»Ich würde zunächst allerdings gern mit meinem Neffen allein sprechen«, brachte Knut auf dem Weg zurückhaltend vor.

Er war sich nicht sicher, wie Rune reagieren würde, wenn nicht nur er unangekündigt, sondern er zusätzlich noch mit einem Anwalt im Schlepptau vor der Tür stand. Zu seiner Erleichterung stimmte Peddersen seinem Vorschlag sofort zu.

Das Gefängnis von Bodø lag in einem Wohngebiet zwischen Hafen und Flughafen, ein kreuzförmiges, in hellgelbem Verblendmauerwerk gehaltenes Gebäude mit weißen Fenstern, das nur aufgrund der Zaunanlage, die es umgab, als Haftanstalt zu erkennen war.

Alles in Knut sträubte sich bei der Vorstellung, dass Rune hinter diesen Mauern saß. Doch noch mehr widerstrebte es ihm, das Gelände zu betreten. Mit einem Kloß im Hals passierte er Sicherheitsschleusen und nickte zu den Belehrungen der Beamten.

Und dann stand er Rune gegenüber. In einem kleinen Raum, durch dessen vergittertes Fenster helle Sonnenstrahlen fielen und ein Muster auf den schlichten grauen Tisch und die vier Stühle rundherum warfen. Knuts Schritte hallten von den mattweißen Wänden wieder, als er auf seinen Neffen zuging. Der Justizbeamte, der auf einem Stuhl in der Ecke saß, sah auf und machte eine Bewegung, als wolle er eine Berührung zwischen den Männern verhindern, sank dann aber wieder in sich zusammen, ohne etwas zu sagen.

Rune, der neben dem Tisch wartete, starrte an seinem Onkel vorbei auf einen imaginären Punkt auf dem Boden. Er hatte nicht aufgesehen, als Knut den Raum betreten hatte.

»Sieh mich an«, bat Knut leise, als er vor ihm stand.

Langsam, ganz langsam hob Rune den Blick.

Knut wappnete sich. Was würde er sehen in den Augen seines Neffen? Wem begegnen?

Ihre Blicke trafen sich.

Er begegnete keinem Mörder. Aber so viel Müdigkeit und Resignation, dass es ihm Angst machte.

»Du solltest nicht hier sein, Rune«, sagte er beschwörend. »Nicht die Schuld für etwas auf dich nehmen, was du nicht getan hast.«

Rune antwortete nicht gleich, und als er schließlich sprach, klang seine Stimme leer und emotionslos. »Ich trage eine Schuld ab, die viel älter ist. Es ist gut und richtig.«

Knut schüttelte heftig den Kopf.

»Dein Handeln ist weder gut noch richtig, Rune.« Er griff nach den Händen seines Neffen, die schlaff an den Seiten seines Körpers herabhingen. »Wer auch immer für Mats Larssens Tod verantwortlich ist, läuft dort draußen noch herum und richtet womöglich noch mehr Unheil an.«

Rune erwiderte den Druck von Knuts Händen nicht, aber die Worte seines Onkels brachten einen Funken Leben in seine Augen. »Du weißt nicht, wie viel Unheil ich noch anrichten würde dort draußen«, gab er hohl zurück. »Ich hätte auf dem Kutter fast diese deutsche Frau getötet …« Er schüttelte ungläubig den Kopf. »Wie geht es ihr?«

»Es geht ihr gut«, beeilte Knut sich, ihm zu versichern. »Sie möchte dir gern helfen.«

»Wie bitte?« Rune löste sich aus dem Griff seines Onkels und trat einen Schritt zurück. »Was hast du gesagt? Warum sollte sie mir helfen wollen? Ausgerechnet sie?«

Knut schluckte nervös. Er hatte mit genau dieser Reaktion gerechnet. »Ich habe sie darum gebeten.«

Runes Züge verdunkelten sich.

»Sie hat Unterlagen erhalten, die mit dem Prozess damals zu tun haben«, fügte Knut hastig hinzu. »Darunter sind auch bisher nicht veröffentlichte Dokumente deiner ehemaligen Firma …«

»Warum?«, fragte Rune nur.

»Jemand hat wohl ihren Roman gelesen und seine Schlüsse gezogen …«

»Jemand?«

»Der Absender ist anonym. Aber die Dokumente könnten dich entlasten …«

Rune wandte sich ab und starrte aus dem Fenster. Ein Sonnenstahl fiel auf sein Haar und hob das Grau darin hervor. »Ich will das nicht«, erwiderte Rune in einem Ton, den Knut nur zu gut kannte.

»Rune …« Verzweifelt rang Knut seine Hände. Wie konnte er seinen Neffen überzeugen? Wie ihm klarmachen, dass sein eingeschlagener Weg der falsche war. Dass sie ihn brauchten, dass er …

Ein stechender Schmerz zuckte durch sein Herz, und er schnappte erschrocken nach Luft, aber er konnte nicht atmen, oder war es seine Lunge, die sich wehrte? Die mattweißen Wände des engen Raums kamen näher, schienen auf ihn herabzufallen, ihn zu erdrücken. Er spürte nicht, wie er fiel, aber er spürte Runes Hände, die ihn auffingen, seine starken Arme, die Wärme seines Körpers, und hörte den vollen Bass seiner Stimme, als er lauthals nach einem Arzt rief.

Dann trafen sich ihre Blicke.

Tränen standen in Runes Augen. »Du wirst nicht sterben, alter Mann!«

Knut atmete gegen die Beklemmung in seinem Brustkorb an. Das seltsame Flattern seines Herzens.

»Ich tue alles, was du willst, aber du wirst nicht sterben!«, wiederholte Rune viel zu laut. »Hast du gehört?«

Knut wollte nicken, aber es gelang ihm nicht. Er hatte keine Kontrolle über seinen Körper.

Eilige Schritte näherten sich. Das Gesicht einer Frau schob sich vor Runes. »Hörst du mich? Knut?«

Sie war hübsch, viel zu hübsch für eine Ärztin in einer Haftanstalt. Das war das Letzte, was Knut durch den Kopf ging, bevor die Dunkelheit ihn verschluckte.

JUDITH SASS AM Strand, starrte auf die sich brechenden Wellen und verfolgte, wie die Seevögel in die Brandung stießen und nach Krebsen schnappten, die das Meer in seinem beständigen Rollen nach oben schleuderte.

Schon in der Nacht hatte sie hier einige Stunden zugebracht. Die Zeit der Mitternachtssonne war vorbei, aber das orange-rot-violette Farbspiel des ineinander übergehenden Sonnenunter- und -aufgangs in der hellen Nacht war so bewegend, dass sie zumindest für eine Zeit hatte ausblenden können, was geschehen war, ebenso wie ihre Angst vor dem, was noch kommen würde. Denn sie war sich sicher, dass weiteres Unglück geschehen würde. Beklemmende Ahnungen quälten sie unablässig, Bilder von Dunkelheit und Tod verfolgten sie. Deshalb war sie dankbar, so dankbar für das Licht, das nie weniger wurde, das sich im Meer und auf den Bergen spiegelte und sie einhüllte und tröstete, denn bislang war jede ihrer Ahnungen Realität geworden.

Es gab niemanden, mit dem sie darüber sprechen konnte. Nicht einmal Greta.

Ebenso wenig wie Knut glaubte ihre Mitbewohnerin, dass Rune der Mörder von Mats Larssen war. Nach allem, was sie mit ihm auf seinem Kutter erlebt hatte, konnte Judith diese Überzeugung nicht vorbehaltlos teilen. Wenn es nun Mats Larssen gelungen war, Rune in Rage zu versetzen … Aber dieser Mordfall, so sehr sie sich auch darin verwickelt fühlte, durfte sie nichts angehen. Wenn sie ihre Glaubwürdigkeit nicht völlig verlieren wollte, musste sie ihren Mund halten, das hatte Greta ihr unmissverständlich zu verstehen gegeben. Also schwieg sie, aber die Ahnungen raubten ihr den Schlaf sowie die Ruhe und die Konzentration.

Trotz all ihrer Skepsis hatte Greta ihr zumindest zugehört und schließlich auch mit ihr die Unterlagen durchgesehen, die Judith per Mail aus Deutschland erhalten und auf ihren USB-Stick kopiert hatte. Derjenige, der ihr die mehr als fünfzig Seiten geschickt hatte, hatte allen Grund anonym zu agieren. Das hochbrisante Material deckte die Verschleierungstaktik des Konzerns auf, für den Rune letztlich seinen Kopf hingehalten hatte, und zeigte auch die Lücken in der Aufarbeitung des Falles durch die Justiz auf.

Was sie nun in Händen hielt, war nur ein Bruchteil des gesamten Materials, es gab Querverweise auf weitere Dokumente, die die vorliegenden untermauerten, und sogar Hinweise auf mögliche Ansprechpartner, die bei entsprechender Beweislage bereit wären auszusagen. Judith wusste, dass sie in Norwegen einen politischen Skandal, wenn nicht sogar einen Erdrutsch auslösen würde, wenn sie dieses Material veröffentlichte. Aber es stand ihr nicht der Sinn danach, sich ins Rampenlicht zu katapultieren. Das würde sie anderen überlassen. Für sie gab es nur ein Ziel: Sie wollte Rune Kristensens Ehre wiederherstellen. Und dafür hatte sie alles in der Hand. Das hatte auch Greta erkannt.

Knut war am Morgen mit der Fähre nach Bodø gefahren. Den USB-Stick hatte er im Gepäck. Er würde mit einem Anwalt sprechen und Rune besuchen. Ihm Hoffnung machen. Am liebsten wäre sie mitgefahren. Und sei es nur, um nicht tatenlos auf seine Rückkehr warten zu müssen. Aber sie durfte die Inseln nicht verlassen, bevor …

Ja, bevor was?

Sie wusste es nicht.

Sie spürte zum ersten Mal, dass sie nicht abreisen durfte,

wenn das Unglück nicht noch größer werden sollte, als es schon war.

»Judith! Hallo!« Gretas Rufen riss sie aus ihren Gedanken.

Hastig stand sie auf.

Ihre Mitbewohnerin stand am Straßenrand und hatte die Hände trichterförmig um den Mund gelegt. Als sie nun sah, wie Judith sich umdrehte, winkte sie ihr zu.

Judith schluckte nervös.

Gretas Bewegungen gefielen ihr nicht. Sogar über die Entfernung konnte sie die Anspannung darin erkennen. Was war geschehen? Als sie näher kam, sah sie, dass Greta weiß wie eine Wand war.

»Was ist passiert?«, keuchte Judith außer Atem von ihrem Lauf über den Strand.

»Knut«, erwiderte Greta und Tränen standen in ihren Augen.

Judith sah die knorrige Gestalt des alten Mannes vor sich, das listige Blinzeln seiner Augen, und erinnerte sich an ihr letztes Gespräch, daran, wie mitfühlend er ihr begegnet war. *Ich bin froh, dass dir nichts passiert ist.*

War ihm nun etwas zugestoßen? Das durfte nicht sein! Sie wollte ihn wiedersehen! Sie musste ihn wiedersehen!

Mit wenigen Schritten bewältigte sie den grasigen Anstieg zur Straße und stand neben Greta, die ihre Tränen nun nicht mehr zurückhalten konnte. Bevor sie sichs versah, hatte Judith sie bei den Schultern gepackt und schüttelte sie. »*Was ist mit Knut?!?* Sprich doch endlich!«

»Sein … Herz …«, brachte Greta stockend hervor, » … in Bodø … in der Haftanstalt …«

Ahnungen von Dunkelheit und Tod.

»Nein!«, entfuhr es Judith. »Nein!« Ihre Finger krallten sich in Gretas Schultern. »Sag nicht, dass …« Sie konnte es nicht aussprechen.

Greta schluckte, ruderte mit den Armen, wie um sich selbst zu beruhigen. »Er lebt«, stieß sie schließlich hervor, »aber …«

Er lebt. Mehr hörte Judith nicht. *Er lebt.* Vor Erleichterung kamen ihr selbst die Tränen. Nach und nach erfuhr sie, was geschehen war. Knut hatte während seines Besuchs bei Rune einen Herzinfarkt erlitten. Dass er noch lebte, verdankte er dem sofortigen, beherzten Eingreifen einer jungen, engagierten Ärztin und dem kurzen Weg in das nahe gelegene Krankenhaus der Stadt, wo er auf der Intensivstation lag.

»Es geht ihm nicht gut, er ist nicht über den Berg«, erzählte Greta mit noch immer zitternder Stimme, »und wenn es hier auf den Inseln passiert wäre …« Sie ließ den Rest des Satzes ungesagt ausklingen, aber Judith wusste sehr wohl, was sie sagen wollte. Sie waren zum Haus gegangen, und Judith saß mit angezogenen Beinen auf Gretas Bett und beobachtete, wie Greta ein paar Sachen zusammenpackte.

»Warum kommst du nicht mit?«, fragte Greta. »Knut würde sich freuen, dich zu sehen.«

Judith wünschte sich verzweifelt, das Angebot annehmen zu können. Sie wollte nicht allein zurückbleiben, aber sie konnte die Inseln nicht verlassen. Noch nicht. »Ich glaube, es ist zu viel Aufregung für ihn, wenn wir alle auf einmal kommen«, wich sie aus. »Meinst du, es wäre nicht besser, wenn du auch noch einen Tag wartest?«

»Das kann ich nicht!«, rief Greta aus. »Und wenn ich vor dem Krankenhaus kampieren muss, weil sie mich nicht zu ihm lassen. Ich muss in seiner Nähe sein!« Sie ließ den Pullover sinken, den sie einpacken wollte, und sah Judith aus großen waidwunden Augen an. »Er darf nicht sterben, Judith. Er darf nicht sterben. Er ist alles, was ich noch habe.«

Die Worte sprudelten aus Greta heraus, panisch, entsetzt, und Judith konnte als Antwort nur nicken. Warum hatte sie nicht realisiert, wie eng die Beziehung zwischen Greta und Knut tatsächlich war? Sie waren weit mehr als nur Freunde, fast wie … Vater und Tochter. Sie wünschte sich so sehr, Gretas Sorge lindern zu können, beruhigende und tröstende Worte zu finden, aber sie war schon immer hilflos gewesen in hochemotionalen Situationen wie diesen, und die Sätze, die ihr beim Schreiben wie von selbst zuflossen, fehlten ihr hier. Es gab nichts, was sie sagen, nichts, was sie tun konnte.

Schweigend blickte sie Greta nach, als sie mit ihrem klapprigen Japaner hinter der nächsten Straßenbiegung verschwand. Greta würde die Nachmittagsfähre nehmen und den Wagen in Moskenes stehen lassen. Warum hatte sie ihr nicht angeboten, sie zu fahren?

Langsam und wie von einer schweren Last niedergedrückt, wandte Judith sich zum Haus zurück. Auf dem schmalen Trampelpfad dahinter stieg ein einzelner Wanderer den Berg herab. Er fiel ihr auf, weil er völlig untypische Kleidung trug. Eine leichte Sommerhose und durchbrochene Schuhe, die eher für einen Bummel in einem Badeort als für eine Bergwanderung geeignet waren. Um seinen Hals baumelte eine Spiegelreflexkamera, auf seinem Rücken trug er einen leichten Rucksack. Er winkte ihr zu, als er sie bemerkte. Judith hob zögerlich den Arm, um den Gruß zu erwidern, und er rief ihr auf Norwegisch etwas zu, das wie »großartiges Wetter« klang. Er hatte eine sympathische Stimme, ein freundliches Lächeln. Und obwohl ihr eigentlich überhaupt nicht danach war, lächelte sie zurück.

DU HAST MATS Larssen nicht getötet.« Der Kriminalkommissar sprach diesen Satz mit einer solchen Bestimmtheit aus, dass Rune ihn verblüfft anstarrte.

Er war überhaupt nicht gewillt, mit den Beamten zu sprechen nach dem Zusammenbruch seines Onkels. In diesem Raum hatte er vor noch nicht einmal zwei Stunden Knut in seinen Armen gehalten, blass und kaum noch atmend, dem Tod näher als dem Leben. Es war entsetzlich gewesen, ihn nicht ins Krankenhaus begleiten zu dürfen, zurück in die Zelle gebracht zu werden, tatenlos auf Nachricht warten zu müssen, bis sich endlich, endlich, der Schlüssel in der Tür gedreht hatte.

Die junge Ärztin, die die Erstversorgung bei Knut vorgenommen hatte, war persönlich gekommen, um ihm zu sagen, dass sein Onkel sich zwar immer noch auf der Schwelle des Todes befand, jetzt aber die nötige medizinische Versorgung erhielt.

»Wenn er leben will, wird er leben«, hatte sie hinzugefügt und ihn mit einem vielsagenden Blick gestreift.

Wenn er leben will, wird er leben.

Ihre Worte gingen Rune nicht mehr aus dem Kopf.

Knut war ein zäher Knochen. Aber insbesondere in den letzten Monaten war es Rune bisweilen aufgefallen, dass sein Onkel seines Lebens überdrüssig schien. Als ob er müde sei, ausgelaugt von den Grenzen, die ihm sein Körper setzte, und den Widerständen, die es im täglichen Leben zu bewältigen galt. Und er, Rune, war einer dieser Widerstände. Wie hatte er sich gehen lassen in Knuts Gegenwart! Was für ein Jammerbild hatte er abgegeben, wenn er wieder und wieder betrunken auf seiner Veranda gesessen hatte, wie viel Sorgen hatte Knut sich jedes Mal um ihn gemacht, wenn er selbst bei drohendem Unwetter mit dem Kutter hinausgefahren war wie vor ein paar Tagen erst. Seinen Neffen hier im Gefängnis zu sehen, unter einer nicht gerechtfertigten Mordanklage und nicht willens sich dagegen zu wehren, hatte ihm den Rest gegeben. Wenn Knut starb, wenn er sein Leben aufgab, weil er es nicht mehr ertrug, dann war er, Rune, maßgeblich schuld daran.

Er musste sich auf den Mann ihm gegenüber konzentrieren, Anton Solheim aus Oslo, dessen Finger langsam und gleichmäßig über die rote Aktenmappe strichen, die zwischen ihnen auf dem Tisch lag, während er den Blick nicht von Rune nahm. »Du hast Mats Larssen nicht getötet«, wiederholte er.

»Warum kannst du das so sicher behaupten?«, wollte Rune wissen.

»Weil wir Beweise haben«, erwiderte Solheim kühl.

Rune erinnerte sich an seinen spontanen Eindruck von dem Kriminalbeamten und seinem Kollegen, und musste sich eingestehen, dass er sie unterschätzt hatte. Sicher hatte das Leben in Oslo sie geprägt, sie mit einer Glätte und Geschmeidigkeit versehen, die den Menschen im Norden abging, aber sie waren beide erfahren und nahmen ihren Beruf mehr als ernst. Sie hatten mehrere Gespräche mit ihm geführt, und er hatte schnell begriffen, dass sie sich von ihm nichts vormachen ließen, auch wenn es zu Beginn den Anschein gehabt hatte, als würden sie ihm Glauben schenken. Tatsächlich hatten sie ihm nicht eine Sekunde lang abgenommen, was er ihnen erzählte. Es war naiv gewesen, das überhaupt nur anzunehmen. Solheim ließ ihn das durchaus spüren. Nicht, dass er ihn dafür anklagte, aber er begegnete ihm mit einer gewissen Herablassung. Rune schluckte seinen Ärger darüber herunter. Letztlich hatte er es nicht besser verdient.

»Ihr habt also Beweise dafür, dass ich Larssen nicht getötet habe«, erwiderte er.

Solheim nickte knapp.

»Dann kann ich die Haftanstalt verlassen?« Das war das Einzige, was ihn interessierte. Den Mauern und Zäunen entfliehen, die ihn umgaben. Er wusste, dass das Krankenhaus, in dem Knut auf der Intensivstation lag, nur wenige Hundert Meter entfernt war.

»Das kommt darauf an«, erwiderte Solheim jedoch zu seiner Überraschung.

»Worauf?«

»Auf deine Kooperation.«

»Meine Kooperation?«

Solheim lehnte sich zurück und zupfte die Ärmel seines Hemdes unter seinem Sakko hervor, bevor er antwortete. »Wir brauchen deine Hilfe«, sagte er dann beiläufig.

Rune atmete tief durch. »Hör bitte, mein Onkel …«

Solheim blickte ihn scharf an. »Dein Onkel Knut Kristensen hatte einen Herzanfall, als er dich hier besucht hat, das wissen wir.«

»Ich möchte ihn sehen.« Rune hörte das Flehen in seiner Stimme und hasste sich dafür. Mehr aber noch den Mann ihm gegenüber, der ihn dazu brachte, sich auf diese Weise bloßzustellen.

»Ich weiß«, entgegnete Solheim. »Arbeite mit uns zusammen, und du wirst ihn binnen Kürze besuchen können.«

»Wenn er dann noch lebt«, bemerkte Rune bissig.

Solheim zog eine Augenbraue hoch. »Du hast vorher auch nicht so viel Wert auf den Erhalt seiner Gesundheit gelegt, wie mir scheint.«

Rune verkniff sich eine Antwort. »Was muss ich tun?«

Solheim öffnete bedächtig die rote Mappe. Er hatte alle Zeit der Welt.

Rune ballte unter dem Tisch die Fäuste.

»Das Umfeld des Täters … nein, ich muss anders beginnen«, Solheim räusperte sich. »Der Tod von Mats Larssen hat uns gezeigt, dass wir es nicht mit einem Einzelfall zu tun haben.« Er machte eine bedeutungsvolle Pause, aber Rune konnte ihm nicht folgen.

»Ich verstehe nicht …«

Solheim nahm einen Stapel Fotos aus der Mappe und legte sie vor Rune auf den Tisch.

»Bitte, sieh dir die Bilder an.«

Rune griff nach dem Stapel. Obenauf lag ein Foto von Mats Larssen mit gespaltenem Schädel, aufgenommen am Tatort. Es folgten weitere Bilder aus verschiedenen Perspektiven sowie Detailaufnahmen. Dann folgten ebenso detaillierte Bilder von vier weiteren Toten, drei Männern und einer Frau, die ähnlich übel zugerichtet waren. Rune versuchte, die plötzliche Übelkeit zu unterdrücken, die die Aufnahmen in ihm auslösten. Hastig und oberflächlich ging er sie durch, bis Solheim sich vorbeugte und ihn mit einer energischen Handbewegung stoppte. »Du musst dir diese Bilder genau anschauen. Alle.«

Rune schüttelte irritiert den Kopf. »Es ist nicht gerade angenehm …«

»Ich weiß.« Das erste Mal schwang Mitgefühl in Solheims Stimme mit.

Rune zögerte. Die Fotografien in seinen Händen wogen schwer, fühlten sich an, als wären sie beschmutzt, doch schließlich begann er noch einmal von vorne, betrachtete jedes einzelne Bild erneut, zuerst die von Mats Larssen, und fragte sich, was Mats gefühlt haben mochte im Moment seines Todes. Zog dann das Leben an einem vorbei, wie es in der Literatur oft beschrieben wurde, dehnte sich der Moment in die Unendlichkeit, oder war es wie das Umlegen eines Schalters, von einer

Sekunde auf die nächste der Fall in Dunkelheit und Stille, der Eingang ins Nichts. Niemand würde ihm das sagen können, und vor allem nicht diese fünf Menschen, die alle eines gewaltsamen Todes gestorben waren. Er betrachtete die Fotos der Frau, sie war nackt, und wer auch immer sie getötet hatte, hatte ihren Körper mit einer Axt oder einem Beil traktiert und in eine Masse aus Knochen und Blut verwandelt. Nur ihr Kopf war unversehrt, ihr Gesicht …

Rune beugte sich vor.

»Oh, mein Gott!«, entfuhr es ihm. »Ich kenne sie. Das … das ist Maria Olsen …«

»Eine ehemalige Mitarbeiterin von dir, nicht wahr?« Solheims Stimme riss ihn aus dem Albtraum, in den ihn die Aufnahmen hinabzogen.

Er konnte zur Bestätigung zunächst nur nicken.

»Wann … ist es passiert?«, fragte er schließlich mit rauer Stimme.

»Vor einer Woche.«

Rune schüttelte fassungslos den Kopf. »Aber warum Maria … was … ich verstehe nicht …«

Maria war während der Verhandlungen und der quälenden Zeit des Prozesses oft an seiner Seite gewesen. Eine drahtige und agile Frau, die kein Privatleben gehabt hatte, außer der Pflege ihrer Eltern, um die sie sich immer dann gekümmert hatte, wenn sie nicht auf einer Bohrinsel arbeitete. Warum, um Gottes willen, tötete jemand Maria?

Fassungslos sah er zu Solheim, öffnete den Mund, doch der fiel ihm ins Wort, bevor er überhaupt etwas sagen konnte. »Bitte sieh dir die restlichen Fotos an. Dann können wir darüber reden.«

Ein Mann, ohne Kopf, gekleidet in Outdoorkleidung, Hände und Füße abgetrennt. Rune starrte auf die Tätowierung auf einem der Armstumpfe und spürte, wie ihm schwindelig wurde. Im Kontrollzentrum der Bohrinsel hatte er oft auf diese Tätowierung geblickt, während gemeinsamer Besprechungen oder wenn Henning als sein leitender Techniker über den Tagesplan referierte.

Er sah auf und begegnete Solheims Blick.

»Henning Strøm«, sagte er tonlos.

Der Kriminalkommissar nickte.

Die verbleibenden Fotos lagen wie eine Drohung vor Rune auf dem Tisch. Er wollte sie nicht ansehen, nicht noch mehr Menschen identifizieren, die ihn in seinem Leben begleitet hatten, ihm zur Seite gestanden hatten, beruflich wie privat. Nun war er sich sicher, dass er auch die beiden anderen Männer erkennen würde. Voller Beklemmung schob er die Bilder über den Tisch zurück.

»Ich will die anderen nicht sehen«, sagte er. »Ich will das nicht. Verstehst du?« Die letzten beiden Worte brüllte er heraus, sprang auf und hieb mit den Fäusten so heftig auf die Tischplatte, dass der Tisch einen Satz von vorne machte.

JUDITH VERFOLGTE, WIE der Mann behutsam zur Straße hinunterstieg. Der Weg verlor sich zwischen Büschen und sie ihn damit aus ihrer Sicht, doch als der Wanderer gleich darauf wieder auftauchte, schien es, als habe auch er ebenfalls nur auf einen erneuten Blickkontakt gewartet. Strahlend sprach er sie erneut auf Norwegisch an.

»Es tut mir leid«, erwiderte sie über den Zaun hinweg zurückhaltend auf Englisch. »Ich spreche kein Norwegisch.«

»Ach«, bemerkte er. »Ich habe dich für eine Einheimische gehalten. Eine dieser schönen, verführerischen Frauen der mystischen Inseln.«

Judith strich sich irritiert eine Haarsträhne aus dem Gesicht. Normalerweise überhörte sie solche Komplimente schlichtweg, weil sie ihr vor allem eins waren: unangenehm. Doch in der Stimme des Mannes lag eine solch verspielte Leichtigkeit, dass sie sich tatsächlich davon angesprochen fühlte. Nach den jüngsten Ereignissen, vor allem den immer wieder verstörenden und anstrengenden Begegnungen mit Rune Kristensen, war diese Unbeschwertheit eine willkommene Abwechslung.

»Für deinen Aufenthalt hast du dir hier aber ein bezauberndes Fleckchen ausgesucht«, fuhr der Mann so charmant fort, wie er begonnen hatte. »Oder liege ich auch hier falsch und du stehst nur zufällig in diesem malerischen Garten?«

»Nein … ich …«, Judith suchte nach Worten. Seine Sprache und sein Auftreten, sein Erscheinungsbild, ja, die ganze Situation erinnerte sie plötzlich an einen Jane-Austen-Roman, in dem der introvertierten Protagonistin plötzlich der erfahrene Charmeur von Welt gegenüberstand, der sie gutmütig betrachtete und mit dem nächsten Atemzug auf sein Landgut in der Nachbarschaft einlud, weil er schlichtweg bezaubert war von ihren blauen Augen.

Sein fragender Blick sagte ihr, dass sie ihm die Antwort auf seine Frage noch schuldig war. »Also … ja, ich wohne hier.«

Er betrachtete das Haus nachdenklich. »Ein hübsches altes Haus. Renoviert?«

Judith nickte und wünschte sich, einmal in ihrem Leben eloquent zu sein.

Er ließ sich von ihrer Sprachlosigkeit nicht irritieren und plauderte munter weiter. »Eine so lang anhaltende Phase guten Wetters gibt es nicht oft auf diesen Inseln, habe ich mir sagen lassen. Ich nutze seit Tagen die gute Sicht zum Fotografieren. Leider habe ich völlig unpassende Kleidung für meine Exkursionen dabei.«

Mit einer verzweifelten Geste wies er auf seine Schuhe und die helle Leinenhose, die am Saum schon Flecken hatte. »Aber ursprünglich hatte ich auch andere Pläne.«

»In Ramberg gibt es einen Laden für Outdoorbekleidung«, entgegnete Judith mehr aus Höflichkeit als aus dem Willen heraus, etwas zu dem Gespräch beizutragen.

»Ja, ich habe schon davon gehört. Wer in einem solchen Aufzug unterwegs ist, wird hier hin und wieder darauf angesprochen.« Er trat einen Schritt näher und legte die Hände auf das obere Brett, das den Zaun abschloss. Er hatte schöne, schmale Finger, fast wie ein Pianist. Sie stellte sich vor, ihn einfach spontan zu fragen, ob er Klavier spiele. Die Frauen in ihren Büchern taten so etwas. Und es entwickelten sich daraus wunderbare Gespräche …

»Wenn du nicht von hier bist, woher kommst du dann, wenn ich fragen darf?«, unterbrach er ihre Gedanken.

»Ich bin aus Deutschland.«

»Deutschland! Was für eine Überraschung«, rief er aus. »Wo genau kommst du her?«

»Ich habe in Frankfurt gelebt«, erwiderte sie und merkte dann erst, dass er nahtlos in ein fast akzentfreies Deutsch übergegangen war und sie ihm auch in ihrer Muttersprache geantwortet hatte.

»Du sprichst Deutsch«, entfuhr es ihr überrascht, während sie dem Klang der deutschen Worte lauschte, dem Singsang in ihrem eigenen Kopf und den Bildern, die dabei entstanden. Ein heftiger Anflug von Heimweh überfiel sie. Wie viel Zeit war seit ihrer Abreise aus Deutschland vergangen? Waren es zwei Wochen oder drei? Es kam ihr plötzlich viel länger vor, seit sie das letzte Mal mit einem Menschen von Angesicht zu Angesicht Deutsch gesprochen hatte.

»Ich bin zweisprachig aufgewachsen«, erwiderte er, »und darüber bin ich sehr froh, denn es ermöglicht mir, die großen deutschen Dichter und Autoren im Original zu lesen.«

Judith war noch immer elektrisiert. »Du interessierst dich also auch für Literatur?«

Er tippte auf die Kamera auf seiner Brust. »Ich bin Agenturjournalist. Und ist es nicht der geheime Traum jedes Journalisten, einmal selbst zum Literaten aufzusteigen?«

Judith schüttelte den Kopf. »Ist es das wirklich? Wie albern!«

Ihre Worte waren noch nicht verklungen, da wurde ihr bewusst, wie unüberlegt und überheblich sie klingen mussten, und dass sie ihn damit vielleicht verletzt hatte, und erschrocken schlug sie die Hand vor den Mund. Wie konnte sie sich so gehen lassen?

»Es tut mir leid«, schob sie eilig hinterher. »Ich wollte dich nicht beleidigen.«

»Zu spät«, erwiderte er. »Du hast mich tief getroffen. Das

kannst du nur wiedergutmachen, indem du mich zu einem Kaffee in dein Haus einlädst.«

Er zog ein so ehrlich betrübtes Gesicht, dass sie für einen Moment nicht wusste, ob er es tatsächlich ernst meinte, doch dann kehrte der Schalk in seine Augen zurück und sein Mund kräuselte sich in einem erneuten Lächeln.

Sie lächelte auch, sagte aber nichts.

Es war völlig ausgeschlossen seinem spontanen Vorschlag zu folgen. Sie würde sicher keinen wildfremden Mann einfach zum Kaffee einladen, nur weil er ein paar nette Sätze sagte und ein charmantes Lächeln besaß.

Aber dann spürte sie die Einsamkeit, die sie im Haus erwarten würde. Die dunklen Gedanken und das tatenlose Warten auf Nachricht aus Bodø.

»Willst du wirklich einen Kaffee?«

»Schon seit ich dich das erste Mal von dort oben gesehen habe«, gestand er und wies auf die Stelle auf dem Pfad am Berg, wo ihre Blicke sich das erste Mal gekreuzt hatten. »Mein Name ist übrigens Nils, Nils Holm.«

»Judith Wagner«, erwiderte Judith.

»Judith, was für ein geschichtsträchtiger Name!« Er breitete die Arme aus, während er in den Garten trat und mit dem verschmitzten Gesicht eines Schuljungen mit tragender Stimme zu deklamieren begann: *»Sie hatte eine schöne Gestalt und ein blühendes Aussehen. Ihr Gatte Manasse …«* Judith verzog das Gesicht, und seine Pose fiel in sich zusammen. »Es gefällt dir nicht«, stellte er enttäuscht fest.

»Ich habe mit meinem biblischen Vorbild nichts gemein bis auf den Namen«, wehrte sie unangenehm berührt ab.

»Und die Schönheit.«

Judith schüttelte den Kopf. »Vergeude nicht deine Luft.«

Sie trat zurück Richtung Haus, als könne sie so neben dem

körperlichen auch den mentalen Abstand zu ihm wieder herstellen. Seine offensive Art gepaart mit seinem charmanten Schalk war eine gefährliche Mischung. Das spürte sie. Sie war keine Judith, nicht im historischen Sinn. Nie hätte sie Holofernes töten können. Sie hätte sogar Angst gehabt, das Schwert zu berühren.

»Sag das nicht«, hörte sie seine Stimme dicht hinter sich. »Wir wachsen mit unseren Anforderungen.«

Judith erstarrte innerlich. Hatte sie ihren Gedanken laut ausgesprochen? Eilig stieg sie die wenigen Stufen zur Haustür hinauf und bereute bereits ihre Einladung.

Er schien ihren Stimmungsumschwung zu spüren und folgte ihr nicht, sondern blieb auf dem Weg stehen und seine nächsten Worte bestätigten ihre Vermutung. »Du siehst aus, als ob du deine Einladung lieber zurücknehmen würdest.« Er hob entschuldigend die Hände. »Verständlich, ich war vermutlich zu begeistert, zu direkt …« Er ging ein paar Schritte rückwärts und tastete nach der Gartenpforte. »Es war schön, ein paar Worte mit dir zu wechseln. Ich wünsche dir noch einen schönen Tag.«

»Halt, nein, warte«, entfuhr es Judith in plötzlicher Panik. Sie wollte, konnte jetzt nicht allein sein. Ihren Gedanken und Ängsten ausgeliefert. Sie spürte erneut die Dunkelheit kommen. Den Tod.

»Bitte … bleib«, bat sie. »Komm mit ins Haus.«

MIR IST KLAR, welche Belastung es bedeutet, sich die Fotos anzusehen«, erwiderte Solheim unbeeindruckt von Runes Ausbruch. »Aber nun verstehst du vermutlich auch, warum wir auf deine Kooperation angewiesen sind.«

Rune zitterte am ganzen Leib, sein Atem kam stoßweise.

»Bitte, setz dich wieder«, bat Solheim.

Ungelenk kam Rune seiner Forderung nach. »Warum legt ihr mir diese Fotos vor? Was hat das mit dem Mord an Mats Larssen zu tun?«

»Das versuchen wir gerade herauszufinden. Es gibt einen Zusammenhang, das ist uns durch diesen letzten Fall klar geworden. Die Toten verbindet eine Gemeinsamkeit.« Er sah Rune eindringlich an.

Eine Ahnung breitete sich in Rune aus, aber er weigerte sich, sie anzunehmen. »Nein!«, brach es aus ihm unkontrolliert heraus. »Das ist nicht wahr!«

»Soll ich dir die Namen der beiden weiteren Toten nennen?«

Nein. Genau das wollte Rune nicht. Aber Solheim würde es ihm trotzdem erzählen, und als Rune die Namen schließlich hörte, seine Ahnung bestätigt wurde, schloss er vor Verzweiflung die Augen.

»Nun verstehst du, wie diese Morde zusammenhängen«, fügte Solheim hinzu.

Rune nickte, während er gegen das Grauen kämpfte, das ihn zu überwältigen drohte.

»Jeder dieser Menschen stand dir beruflich einmal nahe«, fuhr Solheim schonungslos fort.

Die Worte taumelten wie trunkene Schmetterlinge um Rune herum, ihre Bedeutung erreichte und floh ihn gleichzeitig.

»Die Bohrinselkatastrophe«, stieß er schließlich tonlos hervor. »Die Morde hängen mit der Katastrophe zusammen.«

Diesmal war es Solheim, der zunächst nur nickte.

»Er hat sich langsam an dich herangearbeitet«, erklärte er dann. »Mit jedem weiteren Mord das Bild für sich selbst deutlicher gemacht. Er wusste lange Zeit nicht, dass er dich suchte. Aber jetzt weiß er es.«

Die letzten Puzzlesteine fielen an ihren Platz. Rune versuchte, ruhig zu bleiben, nachzudenken, sich nicht von seinen tobenden Emotionen in die Irre führen zu lassen. »Wer auch immer der Täter ist, muss direkt von der Katastrophe betroffen sein«, stellte er fest.

»Wir nehmen an, dass es sich um jemanden handelt, der nahe Angehörige oder Freunde verloren hat.«

»Warum nicht jemand, der selbst beteiligt war?«

»Dann würde der Täter über mehr Insiderwissen verfügen. Die Morde zeichnen aber eine Suche auf und sie bewegen sich wie in einer enger werdenden Spirale genau auf dich zu. Die ersten beiden Toten haben nur indirekt mit dir zu tun gehabt, verfügten über weniger Wissen als Henning Strøm, der als leitender Techniker unter dir gearbeitet hat, und Maria Olsen, die deine direkte Assistentin war.«

Rune hielt es nicht mehr auf seinem Platz aus. Was er hörte, war zu grausam, zu entsetzlich und vergrößerte das Maß seiner Schuld ins Unerträgliche. Um an ihn heranzukommen, herauszufinden, wer er war, waren Menschen auf bestialische Weise getötet worden.

Vor dem vergitterten Fenster blieb er stehen, starrte hinaus und ordnete seine Gedanken. Ein Stöhnen entwich ihm, ein Laut, der nichts Menschliches an sich hatte, und tief, ganz tief aus seinem Inneren aufstieg. Es war ein Ausdruck tiefster Verzweiflung. Der Schmerz, der diesen Laut begleitete, war direkt und intensiv wie eine körperliche Verletzung. Ein Stoß mitten in sein Herz, seine Organe. Sein ganzer Leib wand sich darunter.

Solheim ließ ihn zu sich kommen, wartete, bis das Entsetzen abebbte, bis Rune die Augen schließlich wieder öffnete. Dann beugte er sich vor und sah ihn eindringlich an. »Der Mörder wird wieder zuschlagen und er kommt dir immer näher.«

Rune schluckte angespannt. »Der erste Mord, wann ist er passiert?

»Vor fünf Jahren.«

»Wo?«

»In Oslo.«

»Aber da habt ihr noch nicht …«

»Nein«, fiel dieser ihm ins Wort. »Da haben wir keine Verbindungen zur Bohrinselkatastrophe gezogen. Unsere Ermittlungen gingen in eine ganz andere Richtung. Das Opfer, ein Mann namens Torben Haug, war homosexuell, hatte multiple Verletzungen unter anderem im Genitalbereich, wir haben den Täter daraufhin im Milieu oder der rechtsextremen Szene vermutet. Wir hatten zu jener Zeit in der Region einige Gewalttaten gegen homosexuelle Männer zu verzeichnen.«

»Und ihr habt die Verbindung auch nicht nach dem zweiten Mordfall gezogen?«

Solheim schüttelte den Kopf. »Haug war zwar in der Ölindustrie tätig, ist aber nie auf einer Bohrinsel gewesen. Und auf den Bezug zu dir hat uns erst der Tod von Mats Larssen gebracht.«

»Mats?«, fragte Rune ungläubig. »Warum ausgerechnet Mats? Was habe ich mit ihm zu tun? Wenn ich das eigentliche Ziel bin, warum wurde nicht mein Onkel zum Opfer?«

»Das haben wir uns auch gefragt. Es war uns inzwischen gelungen, eine Verbindung zwischen den anderen Toten herzustellen. Obwohl sich jeder Mord auf den ersten Blick von den anderen unterschied und sie zunächst keine Gemeinsamkeiten aufwiesen, entdeckten wir dann doch versteckte Hinweise darauf, dass es sich in allen Fällen um denselben Täter handeln musste. Wir verfolgten diese Spuren und fanden schließlich heraus, was diese scheinbar völlig zufällig ausgewählten Menschen miteinander verband: Alle waren in der Ölindustrie bei dem Konzern angestellt, der für die Bohrinselkatastrophe verantwortlich war. Wir ahnten, dass noch mehr dahinter steckte, aber weiter kamen wir nicht, bis Mats Larssen ermordet wurde.«

»Aber Mats passt nicht in euer Schema«, gab Rune zu bedenken.

»Richtig.«

»Aber dann …?«

»Es war der letzte Tatort, der uns den entscheidenden Hinweis gegeben hat. Wir haben recherchiert, ob es im Umfeld des Toten jemanden gibt, der ebenfalls in Stavanger gearbeitet hat, der zur Zeit der Katastrophe …«

»Und so seid ihr auf mich gekommen.« Rune war plötzlich wie elektrisiert, als er die Zusammenhänge begriff. »Ihr habt mich nicht wegen Mordverdacht an Mats verhaftet.«

»Richtig. Wir haben dich zu deiner eigenen Sicherheit mitgenommen. Damit du unsere Ermittlungen nicht gefährdest, wenn du erfährst, worum es wirklich geht, und wir dir in einer geschützten Atmosphäre die Situation darlegen können.«

»Ihr glaubt also, dass ich …«

»Wir *glauben* selten etwas«, fuhr Solheim unwirsch dazwischen, »in der Regel verlassen wir uns auf unser *Wissen,* und das Ergebnis unserer Ermittlungen in Bezug auf deine Person war eindeutig. Du bist in der Regel schwer zu überzeugen und alles andere als kooperativ.« Er räusperte sich. »Wir haben allerdings nicht damit gerechnet, dass du geradezu bereitwillig den Mord an Mats Larssen auf dich nimmst. Was die Situation deutlich vereinfacht, denn die Deutsche, die von deinem Kutter ins Wasser gesprungen ist, hat von einer Anzeige gegen dich abgesehen.«

Solheims Anflug von Humor prallte an Rune ab. »Was verlangt ihr von mir?«, wollte er lediglich wissen und setzte sich wieder.

»Wir brauchen dich als Lockvogel.«

Rune sog hörbar die Luft ein.

»Wir gehen davon aus, dass der Täter noch auf den Lofoten ist. Er weiß jetzt alles über dich.«

»Von Mats, nehme ich an.«

»Der, laut unseren Recherchen, alles über jeden zu wissen schien und mit diesem Wissen auch gern hausieren ging.«

»Musste er deshalb sterben?«

Solheim zuckte mit den Schultern. »Das werden wir erst erfahren, wenn wir den Täter haben. Larssen muss irgendetwas gesagt oder getan haben, was den Täter veranlasst hat, ihn zu töten. Er konnte und wollte sich seine Pläne nicht durchkreuzen lassen. Dafür war er schon zu weit gegangen.«

Die Tür öffnete sich und Solheims Kollege trat ein. Ohne Rune Beachtung zu schenken, trat er zu Solheim und flüsterte ihm etwas ins Ohr, worauf dieser seine Unterlagen zusammenschob und aufstand. »Wir sollten jetzt aufbrechen. Du willst deinen Onkel sehen.«

Rune entging nicht die plötzliche Anspannung in der Stimme des Kommissars. »Was ist? Warum auf einmal jetzt doch so eilig?«, wollte er wissen.

»Sein Zustand ist äußerst kritisch.«

SIE NÄHERTEN SICH dem Festland mit quälender Langsamkeit. Aus dem Dunst, der über dem Wasser lag, zeichneten sich nach und nach vor den Bergen die Umrisse der Stadt ab, einzelne Gebäude waren zu erkennen, und Greta suchte intuitiv nach vertrauten Anblicken und Mustern. Sie hatte niemanden informiert, dass sie nach Bodø kam, obwohl sie einige Freunde dort hatte. Sie konnte jetzt keinen Smalltalk ertragen, wollte keine Erklärungen geben. Sie wollte nur auf schnellstem Weg zu Knut ins Krankenhaus. Nichts anderes war von Interesse für sie. Nervös kaute sie auf einem Rest Apfel herum, den letzten, den sie als Reiseproviant mitgenommen hatte. Im Gegensatz zu vielen anderen Menschen, denen Stress und Sorgen den Magen verschloss, aß sie, um sich zu beruhigen, oftmals war es das Einzige, was wirklich half. Es hatte eine Zeit in ihrem Leben gegeben, jene Zeit nach dem Verlust ihres ungeborenen Kindes und der Flucht vor ihrem gewalttätigen Mann, da hatte sie den ganzen Tag nichts anderes getan, als zu essen, um es danach wieder zu erbrechen. Ihr Körper hatte sich davon nie wieder wirklich erholt. Auch jetzt spürte sie ein gewisses Unbehagen in ihrer Magengegend, als sie den Apfel schließlich aufgegessen und den Rest über Bord geworfen hatte. Aber das hing eher mit dem Seegang zusammen. Der Wind hatte aufgefrischt und schaukelte die Fähre durch, und Greta war noch nie in ihrem Leben seefest gewesen, weshalb sie, wenn sie es sich leisten konnte, lieber von Svolvær nach Bodø flog, wenn sie schon aufs Festland musste.

Sie hatte keine weiteren Nachrichten zu Knuts Befinden erhalten. Wie einer Beschwörung gleich stellte sie sich vor, wie es sein würde, wenn sie an sein Bett trat, wie er sie ansehen, vielleicht sogar lächeln würde. Er musste leben! Alles andere war unvorstellbar. Voller Ungeduld trommelten ihre Finger auf die kalte Reling.

Dann endlich liefen sie in den Hafen ein. Greta stand ganz vorn an der Tür zur Gangway, ihren Rucksack über der Schulter, ihr Mobiltelefon in der Hand. Sie hatte sich nicht um eine Übernachtungsmöglichkeit gekümmert. Sollten die Krankenschwestern sie schließlich hinauswerfen, weil sie nicht Stunden über Stunden an Knuts Bett sitzen durfte, konnte sie sich beim besten Willen nicht vorstellen, in ein Hotel zu gehen, zu duschen und zu schlafen, während er vielleicht …

Nein. Sie würde im Krankenhaus bleiben. Wenn nicht an seinem Bett, dann doch irgendwo in seiner Nähe, auf der Station, in einer Sitzecke. Sie war in solchen Dingen nicht wählerisch.

Die Tür zur Gangway öffnete sich, und Greta wäre beinahe über die niedrige Schwelle gestolpert in ihrer Eile. Abgesehen von den Fahrzeugen, die aus dem Bauch der Fähre herausrollten, war sie die Erste, die an Land ging. Ohne den zahlreichen Wohnmobilen Aufmerksamkeit zu schenken, eilte sie auf die Taxis zu, die nicht weit entfernt auf Passagiere warteten.

»Zum Krankenhaus«, sagte sie, als sie sich auf die Rückbank fallen ließ, noch bevor sie die Tür zugezogen hatte. Der Fahrer, ein Indonesier oder Inder, sie konnte diese Menschen nie wirklich voneinander unterscheiden, streifte sie mit einem kurzen Blick im Rückspiegel und fuhr los, ohne etwas zu sagen. Zu ihrer Erleichterung schwieg er auch während der Fahrt, aber sein Blick streifte sie immer wieder im Rückspiegel. Sie hatte auf dem Tachometer verfolgt, wie hoch der Fahrpreis sein würde und drückte ihm bei ihrer Ankunft vor dem Haupteingang des Hospitals das Geld bereits abgezählt in die Hand. Und dann war sie auch schon auf dem Weg und steuerte gleich darauf im Foyer des Krankenhauses den Informationsschalter an.

Vier Personen warteten bereits hinter einer dicklichen, mittelalten Frau, die sich mit lauter Stimme langatmig über das Essen beschwerte, das ihr Angehöriger hier bekam und nicht vertrug. Greta hörte sich das Ganze keine zwanzig Sekunden an, dann hatte sie sich auch schon selbst orientiert.

Sie wusste, dass Knut auf der Intensivstation lag. Vor Jahren hatte sie dort einmal einen Freund besucht, der einen Motorradunfall gehabt hatte. Sie eilte am Fahrstuhl vorbei, vor dem ebenfalls eine Traube Menschen wartete, durch eine Schwingtür und dann die Treppen hinauf. Das Stimmengewirr und die anderen Geräusche der Eingangshalle verstummten hinter ihr. Nur ihre Schritte hallten durch das Treppenhaus. Von oben kam ihr eine Ärztin mit wehendem weißem Kittel entgegen. Sie grüßten sich kurz.

Dann trat sie in den Flur vor der medizinischen Intensivversorgung. Wie schon bei ihrem damaligen Besuch irritierte sie die gedämpfte Stille, die hier herrschte.

»Bist du angemeldet?«

Greta zuckte zusammen. Als sie sich umwandte, blickte sie in das Gesicht einer noch recht jungen, kräftigen Schwester.

»Ich möchte zu Knut Kristensen. Er …«, sie schluckte, »… er ist hier heute eingeliefert worden mit einem Herzanfall.«

Die junge Schwester nahm ein Klemmbrett von dem Schreibtisch in dem kleinen Büro, aus dem sie gekommen war. »Knut Kristensen, ja, er ist hier«, sagte sie in einem Ton, der keinen Rückschluss auf Knuts Befinden zuließ. »Bist du eine Angehörige?«

Greta war auf diese Frage vorbereitet. »Ich bin seine Nichte«, log sie. »Greta Amundsen.«

Die junge Schwester blickte erneut auf ihr Klemmbrett.

Dann wanderte ihr Blick aus ihrem pausbäckigen Gesicht zu Greta zurück, und für einen Moment war Greta plötzlich sicher, dass sie ihr sagen würde, Knut habe überhaupt keine Nichte, und was ihr einfalle, sich unter falschem Vorwand hier einschleichen zu wollen. Greta hasste es zu lügen, und wenn sie es doch tat, war sie jedes Mal sicher, man würde ihren Täuschungsversuch sofort durchschauen. Aber nichts dergleichen geschah. Stattdessen wies die Schwester nur auf einen Raum auf der gegenüberliegenden Seite des Flurs. »Du kannst dich dort umziehen.«

»Danke«, entgegnete Greta erleichtert. »Kannst ... kannst du mir sagen, wie es meinem Onkel geht?«

»Darüber sprichst du am besten mit den Schwestern, die auf der Station Dienst haben.«

In dem Raum hingen schon andere Kleidungsstücke säuberlich auf Haken an der Wand. Sie schloss ihren Rucksack in einen der Spinde ein und da sie von ihrem letzten Besuch wusste, wie warm es auf der Intensivstation war, zog sie sich bis auf Unterhose und T-Shirt aus, bevor sie im nächsten Raum in die bereitgelegte sterile Kleidung schlüpfte und die Haube über ihr Haar zog. Dann drückte sie die Klingel.

Es dauerte einen quälend langen Moment, bis endlich jemand kam und ihr die Tür aufmachte.

»Greta Amundsen?«, fragte der Pfleger, ein mittelalter hagerer Mann mit einem müden Gesicht.

Sie nickte nervös.

»Komm bitte mit.«

»Wie ... wie geht es meinem Onkel?«

»Er liegt im Koma ...«

»Er ist nicht wach?«

»Nein, tut mir leid.«

Greta knetete angespannt ihre Hände. Sie gingen an den

Betten vorbei, in denen Menschen reglos lagen, umgeben von den Systemen, die sie am Leben hielten. Überall blinkte, piepte und brummte es, genau, wie sie es in Erinnerung hatte, und darüber surrte eine Klimaanlage in einem gleichbleibend enervierenden Ton. Schwestern und Pfleger huschten lautlos wie Schatten zwischen den Betten hin und her, die mit beweglichen Wänden voneinander getrennt waren.

Der Pfleger, der sie hereingelassen hatte, blieb vor dem vorletzten Abteil in der Reihe stehen. »Bitte sei leise, um die anderen Patienten nicht zu stören«, bat er. »Einer deiner Verwandten ist auch schon da.«

Erschrocken blickte sie auf den breiten Rücken unter dem Grün des sterilen Overalls, der ihr die Sicht auf das Bett versperrte.

»Rune«, entfuhr es ihr kaum hörbar.

Sie sah, wie seine Schultern sich versteiften, und sie presste die Lippen aufeinander, als er sich langsam zu ihr umdrehte. Wenn er wollte, konnte er ihre Lüge aufdecken und sie würde den Raum verlassen müssen, ohne auch nur einen Blick in Knuts Gesicht geworfen zu haben. Aber Rune tat nichts. Gar nichts. Sah sie nur an aus geschwollenen und rotgeränderten Augen. Dann sagte er zu ihrer Überraschung sehr leise: »Schön, dass du da bist.«

Greta wollte den Kloß in ihrem Hals ignorieren, die Tränen zurückdrängen, aber vergeblich. Wenn Rune Kristensen von sich aus das Kriegsbeil zwischen ihnen begrub, dann musste es wirklich verdammt schlecht stehen um Knut. Sie trat neben Rune und blickte auf den alten Mann, der unter der Beatmungsmaske so klein und hilflos im Bett lag. Unsicher tastete sie nach seiner schlaffen Hand, aus der eine dicke Kanüle ragte, die an einen Tropf neben dem Bett angeschlossen war.

DU WOHNST HIER nicht allein«, stellte Nils Holm fest, er war vor Gretas Bild im Flur stehen geblieben, jenem Abbild einer in blauschwarzen Schattierungen gehaltenen Höhle, an deren Rand ein Mensch stand, verloren und geborgen zugleich.

Judith wandte sich in der Küchentür um. »Wie kannst du da so sicher sein?«

»Du würdest in deinem Haus nie ein solches Bild aufhängen. Wer hat es gemalt?«

Judith betrachtete ihn irritiert. Er hatte recht. Das Bild faszinierte sie, aber sie würde es nicht aufhängen, wenn sie die Wahl hätte. »Und wenn ich dir sage, dass ich es gemalt habe?«

Überrascht schaute er sie an, aber dann hatte er sich wieder im Griff und kaschierte seine Irritation mit seinem charmanten Lächeln. »Du bist keine Malerin.« Er legte eine Hand unter sein Kinn und betrachtete sie mit schräg gelegtem Kopf. »Du bist kreativ, ja, das würde ich sagen, du … schreibst.«

Judith schnappte nach Luft. »Wie …«, entfuhr es ihr gegen ihren Willen.

Sein Lächeln vertiefte sich. »Ich weiß es nicht«, gestand er. »Es ist so ein Gefühl.« Fragend sah er sie an. »Und, habe ich recht?«

Sie antwortete nicht.

»Wie trinkst du deinen Kaffee?«, lenkte sie ab.

»Schwarz und stark.«

Er folgte ihr in die Küche, sein Blick streifte das alte Buffet, den Tisch unter dem Fenster, die gebrauchten Kaffeebecher in der Spüle. »Aber es stimmt doch, oder? Du wohnst hier nicht allein.«

»Nein, ich wohne hier nicht allein. Warum ist das so wichtig?«

»Es ist nicht wichtig, aber ich mache mir immer sehr schnell ein Bild von der Umgebung, in der ich mich befinde. Das ist Teil meines Berufs, denn häufig interviewe ich Menschen auch in ihrer häuslichen Umgebung, und der Einrichtungsstil und die Ordnung lassen viele Rückschlüsse zu, wenn man aufmerksam genug ist.« Er machte eine ausholende Armbewegung. »Was ich hier sehe, passt nicht zu dem ersten Eindruck, den ich von dir gewonnen habe.«

»Warum nicht?«

»Es ist zu verspielt. Zu dir passt eine wesentlich sachlichere Umgebung.« Er wies auf einen der Stühle am Küchentisch. »Darf ich mich setzen?«

»Ja, natürlich, sicher«, beeilte Judith sich zu sagen und ärgerte sich gleichzeitig über ihre eigene Unhöflichkeit. Sie hätte ihm längst einen Platz anbieten müssen.

Er setzte sich, und es schien ihr, als achtete er darauf, größtmöglichen Abstand zu ihr zu halten. Doch dann sagte er erneut etwas, das diesen Abstand auf ein Nichts schrumpfen ließ. »Ich verwirre dich, nicht wahr?«

Judiths Finger schlossen sich fester um den Griff der Kaffeekanne. Hilflos suchte sie nach Worten, nach einem Ausweg aus der Situation. Es war verstörend, wie nah er ihr kam, ihren Gedanken, ihrem Leben. Sie wollte das nicht. Sie hatte das noch nie gewollt. Das war immer das Problem in ihren Beziehungen gewesen. Der einzige Mann, dem sie sich je hatte öffnen können, war eine von ihr erschaffene Romanfigur: Einar Thorsen. Sie wünschte, er würde kommen, um sie zu befreien.

»Ich … nein, du verwirrst mich nicht«, gelang es ihr schließlich zu sagen. »Es klingt ganz logisch, was du sagst.«

Sie sah, wie er seine Hände, diese langen schlanken Pianistenfinger, auf der Tischplatte vor sich faltete. »Wie ist sie, deine Mitbewohnerin?«, fragte er. »Ein bisschen unordentlich, würde ich sagen, und das stört dich vermutlich.«

»Wie kommst du darauf, dass es eine Frau ist?«

»Okay«, gestand er. »Es könnte auch ein schwuler Mann sein. Aber es ist doch offensichtlich, dass die Wohnung einen femininen Anstrich trägt.«

»Du bist ein guter Beobachter.«

»Davon lebe ich.«

Warum merkte er dann nicht, wie unwohl sie sich in seiner Gegenwart zu fühlen begann, wie sehr seine Fragen sie störten, die Nähe, die er versuchte herzustellen. Wenn er ein so guter Beobachter war, so feinfühlig, wie er behauptete, warum verhielt er sich dann so? Oder war es Absicht? Wollte er sie in die Ecke drängen?

Judith stellte die Kaffeekanne in die Maschine und schaltete sie ein. Durchquerte die Küche, um aus dem Buffet zwei Tassen herauszunehmen, dabei musste sie dicht an ihrem Gast vorbeigehen. Sie spürte, dass er zu ihr aufsah, und fürchtete, er würde seine Hand nach ihr austrecken und sie berühren, so intensiv war das Gefühl, dass die Haare sich auf ihrem Körper aufrichteten und sie sich intuitiv versteifte. Aber nichts geschah. Im Gegenteil, er lehnte sich zurück, um ihr Raum zu geben, und plötzlich schämte sie sich ihrer Paranoia und lächelte ihn an, als sie die Tasse vor ihm auf den Tisch stellte. »Auch keinen Zucker?«

»Nein, danke.« Er erwiderte ihr Lächeln, als hätte er nur darauf gewartet. »Die Süße, die ich in meinem Leben brauche, hole ich mir an anderer Stelle.«

Was meinte er damit, sagte er es nur so dahin, oder hatten seine Worte eine tiefere Bedeutung? Oder war es wieder nur ihre Einbildung, dass sie jedes seiner Worte hinterfragen musste und ihnen eine Bedeutung gab, die sie gar nicht besaßen?

›Du bist immer so entsetzlich angespannt in der Gegenwart von Männern‹, hatte Jenny nicht nur einmal bemängelt, wenn sie zusammen ausgegangen waren. ›Die Kerle lächeln dich einfach nur an und sagen dir etwas Nettes und du reagierst, als wollten sie dich vergewaltigen. Was ist bloß los mit dir?‹

Die Worte ihrer Cousine klangen ihr in den Ohren. Sie stellte sich vor, wie Jenny Nils Holm betrachten und mit ihm scherzen würde. Natürlich würde er ihr gefallen, er besaß die drei wichtigen Eigenschaften, die Jenny von einem Mann forderte: Intelligenz, Attraktivität und Charme. Für ihre Cousine wäre er eine wunderbare Zufallsbegegnung.

Der Kaffee lief durch die Maschine und verbreitete sein Aroma in der Küche.

Judith zog eine Schublade des Buffets auf. »Ich glaube, wir haben hier noch ein paar Kekse.« Sie fand eine angebrochene Rolle Haferkekse, legte ein paar davon auf eine Untertasse und drehte sich zum Tisch um, um sie darauf abzustellen.

Die einfachen Handgriffe gaben ihr Sicherheit. Sie nahm die Kanne von der Warmhalteplatte und schenkte ihnen ein.

»Du trinkst auch schwarz?«, fragte er. »Das hätte ich nicht erwartet.«

Sie nickte kurz, obwohl es eine Lüge war. Sie trank ihren Kaffee nicht schwarz, aber sie wollte nicht zum Kühlschrank gehen, um die Milch herauszuholen, nicht noch einmal ans Buffet, wo der Zucker hinter den Glasfenstern stand, nicht noch einmal seine verstörende Nähe spüren.

Er trank einen Schluck, nahm einen Keks und stippte ihn kurz in den Kaffee, bevor er davon abbiss. Die plötzlich eintretende Stille lastete zwischen ihnen, nur unterbrochen von seinen leisen Kaugeräuschen, bis sie es nicht mehr aushielt.

»Bist du beruflich auf den Inseln oder privat?«, fragte sie und hörte die Atemlosigkeit in ihrer Stimme.

Er antwortete nicht gleich. Biss stattdessen noch einmal von dem Keks ab und kaute genüsslich, wobei er sie nicht aus den Augen ließ. Sein Verhalten machte sie nervös.

In aller Seelenruhe legte er den Keks neben seine Tasse auf die Tischplatte und strich sich die Krümel von den Fingern. »Ich verbinde das Berufliche wenn es geht immer mit dem Privaten, gerade auf Reisen«, antwortete er endlich. »Aber das machst du doch auch, oder?«

Judith erstarrte erneut. Was veranlasste ihn, so etwas zu sagen? Er kannte sie doch gar nicht, und sie waren sich nur zufällig begegnet!

Oder etwa nicht?

Der Gedanke traf sie wie ein Blitz.

Hastig rekapitulierte sie ihr bisheriges Gespräch, die Fragen, die er gestellt, die Mutmaßungen, die er getroffen hatte, und sie musste sich eingestehen, dass nichts von dem, was er gesagt hatte, darauf schließen ließ, dass er tatsächlich etwas über sie wusste. Er war Journalist und vermutlich nicht nur ein guter Beobachter, sondern auch jemand, der schnell analysieren und bewerten konnte. Sie hatte schon mehrere Medienvertreter seines Kalibers getroffen. Allerdings niemals privat.

Sie nippte an ihrem Kaffee.

»Ich möchte nicht über meinen Beruf sprechen«, erwiderte sie schließlich reserviert.

Er zog eine Augenbraue hoch. »Das ist aber schade.« Er griff nach seinem Rucksack, der neben ihm auf dem Boden stand und öffnete ihn umständlich. »Ich hatte gehofft, du würdest mir dieses Exemplar deines jüngsten Romans signieren. Ich habe ihn mit viel Interesse gelesen.«

Judith starrte fassungslos auf das Buch, das er in der Hand hielt. Es war tatsächlich eine deutsche Ausgabe ihres vor vier Wochen erschienenen Romans. Der Schweiß brach ihr aus. Ihr

Gefühl hatte sie nicht getrogen. Er wusste, wer sie war, hatte sich über sie informiert, seine Fragen, seine Mutmaßungen mit Bedacht geäußert. Aber wie hatte er sie gefunden? Und warum war er hier?

»Du bist nicht zufällig hier«, fasste sie ihr aufkeimendes Entsetzen in fünf schlichte Worte und schluckte nervös.

»Nein, in der Tat«, erwiderte er lächelnd.

»Was willst du von mir?«

»Ich will von dir hören, was du wirklich über die Bohrinselkatastrophe und Rune Kristensen, dein Vorbild für Einar Thorsen, weißt.«

ICH BIN WIRKLICH froh, dass du da bist«, sagte Rune noch einmal zu Greta und stand auf, um ihr einen Stuhl zu holen. »Wir dürfen Knut jetzt nicht allein lassen.«

»Wie … wie sind seine Chancen?«

»Ich weiß es nicht. Eine Ärztin hat mir gesagt, wenn er leben will, wird er leben.«

Er sah, wie Greta blass wurde. »Er war in der letzten Zeit nicht besonders glücklich«, bemerkte sie leise.

Rune nickte betroffen. »Genau das macht mir Sorge. Und ich weiß, dass ich wesentlich zu seinem Kummer beigetragen habe.«

Mit einem dankbaren Blick setzte sie sich auf den harten Plastikstuhl, den er dicht an das Bett schob, dichter als seinen eigenen. Er rechnete es ihr hoch an, dass sie seine Äußerung nicht kommentierte, nicht einmal mit einer Geste oder Gesichtsregung. »Ich bleib hier bei ihm«, sagte sie nur. »Ich lass mich nicht vertreiben.«

Eine kalte Hand schien nach seinem Herzen zu greifen bei diesen Worten. Er wollte auch bleiben, hier an Knuts Bett, seine Hand halten, ihn spüren lassen, dass er da war, dass er ihn brauchte, dass er nicht sterben durfte. In der vergangenen Stunde hatte er ihm viel erzählt, hatte sich entschuldigt für seine Rücksichtslosigkeit und Intoleranz der letzten Monate, hatte gemeinsame Erinnerungen ausgegraben, und hatte Knut versprochen, dass alles anders werden würde, wenn sie gemeinsam nach Fredvang zurückkehrten. Dass er das Dach seines Hauses reparieren würde und die leckende Dusche, dass sie regelmäßig gemeinsam essen und er nicht mehr bei Sturm aufs Meer rausfahren würde. Er wusste nicht, ob Knut ihn hörte, aber er war sich sicher, dass er seine Nähe spürte. Und seine Liebe, die er ohne Zweifel für seinen Onkel empfand seit er denken konnte, denn Knut war ihm der Vater gewesen, den er nie gehabt hatte.

Aber er konnte nicht bleiben.

Anton Solheim hatte ihm nur zwei Stunden gewährt.

›Dann musst du zurück auf die Inseln. In dein Haus. Dein Leben weiterführen, als wäre nichts gewesen.‹

›Ich kann meinen Onkel nicht allein in Bodø zurücklassen‹, hatte er heftig widersprochen.

›Wenn du hierbleibst, gefährdest du sein Leben mehr, als wenn du gehst. Das weißt du. Noch ist der Täter auf den Inseln, aber …‹

Solheim hatte nicht weitersprechen müssen. Rune wusste, dass sie es mit einem Monster zu tun hatten, das keine Skrupel kannte. Es würde nicht ruhen, bis es alle Menschen in Runes Umfeld getötet hatte, solange es nicht an ihn selbst herankam und endlich Rache nehmen konnte für den Verlust, den es erlitten hatte.

Was für ein Mensch steckte hinter diesem Monster?

Das fragte Rune sich, seit Solheim ihn gezwungen hatte, sich die Bilder der Toten anzusehen. Was würde ihn erwarten, wenn sie aufeinandertrafen? Würde die Polizei ihn schützen können?

Rune fürchtete sich nicht vor dem Tod.

Aber er wollte nicht sterben wie Henning und Maria. Einsam und gequält in den Fängen eines Irren.

Er griff nach Gretas Hand. »Ich kann nicht bleiben, Greta, so sehr ich es auch möchte.« Er schluckte. »Wenn Knut aufwacht, wenn du mit ihm reden kannst, sag ihm …« Seine Stimme versagte, es dauerte einen Moment, bis er weitersprechen konnte. »Sag ihm, dass er nicht sterben darf, uns hier nicht zurücklassen darf …«

Greta drückte versichernd seine Finger. »Ich werde ihm sagen, wie sehr du ihn brauchst und liebst«, versprach sie mit rauer Stimme, »und dass du hier warst und nicht gehen wolltest. Dass du wiederkommst.«

Kein Vorwurf, warum er nicht blieb, keine Frage, wohin er ging.

»Ich werde wiederkommen, so schnell es geht«, stieß er mühsam hervor.

Dann stand er auf, beugte sich über Knut und küsste ihn auf die Stirn, die so kalt war, als wäre er schon tot. »Du darfst nicht sterben, alter Mann«, flüsterte er dann dicht an seinem Ohr. »Nicht allein in diesem Bett. Hörst du?«

Als er sich abwandte, konnte er seine Tränen nicht mehr zurückhalten, aber es war ihm egal, ob Greta ihn weinen sah. Vielleicht war es das letzte Mal, dass er wirklich weinen konnte um jemanden, der es wert war.

Solheim wartete auf ihn im Foyer des Krankenhauses. »Der Hubschrauber steht bereit«, begrüßte er ihn.

Rune konnte nur nicken.

Gemeinsam eilten sie zu der wartenden Maschine, die die Rotoren schon angeworfen hatte. Solheim hatte durchgesetzt, dass sie nicht erst bis zum Flughafen fahren mussten, sondern vom Hubschrauberlandeplatz des Krankenhauses starten konnten.

Es war derselbe Helikopter, der sie am Vortag nach Bodø gebracht hatte. Derselbe Pilot. Er lächelte Rune aufmunternd zu. »Wird ein ruhiger Flug«, versprach er, da er Runes Blässe und Angespanntheit erneut als Flugangst interpretierte.

Und dann waren sie auch schon in der Luft. Die Stadt unter ihnen verlor sich, die Gebäude wurden zu Spielzeughäusern, die Hafengewässer zu tiefblauen Flächen, auf denen Nussschalen dümpelten. Bei einem Schwenk der Maschine erhaschte Rune einen Blick auf die schneebedeckten Berge im Landesinneren, den Malstrom im Norden der Stadt, dann blieb alles hinter ihnen und schon nach kurzer Zeit tauchten aus dem Dunst die gezackten Gipfel der Lofoten vor ihnen auf.

Was würde ihn dort erwarten?

Solheim hatte ihm versichert, dass seine Mitarbeiter, die extra aus Oslo eingeflogen waren, alles vorbereitet hatten. Runes Haus war mit Kameras und Mikrofonen versehen worden, ebenso sein Kutter, und sein Wagen mit einem GPS-Sender. Einen solchen hatte man ihm zudem in die Kleidung eingenäht. Er war winzig klein, kleiner als ein Knopf, dennoch fühlte Rune sich nicht wohl damit.

Aber es gab kein Zurück. Denn es gab keinen anderen Weg, um an den Täter heranzukommen. Er würde nach Hause fahren und seinen Alltag wieder aufnehmen. Und warten.

»Und wenn der Täter nun nicht kommt?«

»Er wird Kontakt mit dir aufnehmen. Er ist so weit gegangen, hat so viel riskiert. Er bricht nicht ab. Das kann er gar nicht. Da sind wir ganz sicher. Wir wissen nur nicht, wo oder wie die Kontaktaufnahme stattfinden wird.«

Solheim hatte ihm erzählt, dass es ihnen bei drei Todesfällen gelungen war, zu rekonstruieren, wie der Täter sich seinen Opfern genähert hatte. Es waren immer Zufallstreffen gewesen.

»Du kannst im Supermarkt auf ihn treffen, im Hafen, er kann eine Autopanne vortäuschen an einer Straße, er kann plötzlich vor deiner Tür stehen oder nachts versuchen, bei dir einzubrechen. Wir wissen es nicht. Alles ist möglich.«

Rune war kein ängstlicher Mensch, aber es hätte wohl übermenschlicher Selbstbeherrschung bedurft, um in dieser Situation keine Beklemmung zu verspüren. Wie sollte er sich völlig normal und frei bewegen, mit diesen Gedanken im Hinterkopf und einem Mörder, der ihm auf den Fersen war? Aber genau das musste er. Der Täter würde ihn beobachten, den besten Moment abwarten, Rune durfte ihm keinen Anlass geben, Verdacht zu schöpfen.

Er konnte nur hoffen, dass es schnell geschah, denn er wusste, bevor es nicht vorbei war, würde er kein Auge schließen können, und außerdem wollte er so schnell wie möglich zurück nach Bodø ans Krankenbett seines Onkels. Greta hatte ihm versprochen, ihn anzurufen, wenn sich Knuts Zustand veränderte. Sie wusste nicht, in welche Gefahr Rune sich begab und das war auch gut so. Es reichte, wenn sie sich um einen der Kristensens Sorgen machen musste.

Der Hubschrauber setzte zur Landung in Svolvær an.

Rune atmete tief durch, als er auf dem Parkplatz neben dem Landeplatz seinen Pick-up stehen sah. Alles war vorbereitet, wie Solheim gesagt hatte.

»Wir sind immer in deiner Nähe, auch wenn du uns nicht siehst«, versprach der Kommissar ihm beim Abschied.

Rune wusste, es sollte beruhigend klingen, aber es fühlte sich nicht so an. Mit angespannten Schultern ging er auf seinen Wagen zu und betätigte die Fernbedienung. Die Schlösser öffneten sich mit einem leisen Klacken, und er musste an alle schlechten Actionfilme, die er je gesehen hatte, denken. Wenn der Täter es nun gar nicht darauf abgesehen hatte, ihn langsam zu Tode zu quälen, sondern ihn einfach nur töten wollte, schnell und effizient? Zögernd öffnete er die Tür und steckte den Schlüssel ins Zündschloss, schickte ein Stoßgebet zum Himmel und drehte ihn um. Der Wagen sprang mit dem leisen Blubbern eines Sechszylinders an. Mehr nicht. Rune atmete durch. Zumindest für den Moment.

Ich will von dir hören, was du wirklich weißt über die Bohrinselkatastrophe und Rune Kristensen, dein Vorbild für Einar Thorsen.

Holms Worte lösten ein nervöses Flattern in Judiths Eingeweiden aus.

Rune Kristensen, dein Vorbild für Einar Thorsen. Wie gut kannte dieser Mann Rune, um so etwas behaupten zu können?

»Warum willst du diese Informationen von mir?«, fragte sie angespannt.

Überrascht sah er sie an und lachte gleichzeitig auf. »Was für eine Frage! Ich bin Journalist. Das Thema ist brisant. In den vergangenen zehn Jahren hat es die norwegische Bevölkerung immer wieder beschäftigt, und du hast ausführlich darüber geschrieben.«

»Also hast du … mir nachspioniert … und dieses Treffen hier und heute … ganz bewusst herbeigeführt …« Es kostete sie unglaublich viel Kraft, diese Worte zu äußern, ihm dabei ins Gesicht zu sehen und seinem Blick standzuhalten. »Du hättest stattdessen bei meiner Agentur oder meinem Verlag um ein Interview bitten können.«

»Du hättest es abgelehnt.«

Sie presste die Lippen aufeinander. Er hatte recht. Vermutlich hätte sie das getan. Aber war das ein Grund, in ihre Privatsphäre einzudringen, sie zu verfolgen, sie unverhofft zu stellen wie eine Jagdbeute?

»Du bist nur zum Teil eine Privatperson. Die Grenzen zwischen Privatem und Öffentlichem verschwimmen bei Autoren, das weißt du, insbesondere dann, wenn sie sich mit brisanten

Themen befassen und ihre Bücher ein breites Publikum erreichen.«

Judith atmete gegen die aufkommende Panik. Wieder schien er ihre Gedanken gelesen zu haben. Aber auch in diesem Punkt musste sie ihm recht geben. Eine Kollegin hatte Jahre unter Polizeischutz gelebt, weil sie einen Roman über eine Verbrecherorganisation geschrieben hatte. Ihr Leben war nicht mehr das gewesen, was es vorher war. Wie lächerlich war es dagegen, von einem Journalisten aufgespürt und bedrängt zu werden. Sie musste ihm nur geben, was er wollte, und er würde sie in Ruhe lassen. Doch bevor sie etwas sagen konnte, ergriff er schon wieder das Wort.

»Du magst es nicht, wenn du die Kontrolle verlierst«, unterbrach er ihre Gedanken. »Bei deiner Arbeit hast du die volle Kontrolle über das Schicksal deiner Protagonisten. Schreibst du deswegen?«

Judith räusperte sich. »Ich … ich denke nicht, dass persönliche Fragen vonnöten sind, um dein Anliegen zu klären«, entgegnete sie und versuchte, bestimmt zu klingen, doch das Zittern in ihrer Stimme verriet sie. Sie war nicht bestimmt. Sie war nervös und überfordert. Und natürlich entging ihm das alles nicht. Dafür war er ein zu guter Beobachter.

Sie erinnerte sich plötzlich an den ersten Blick, den sie getauscht hatten, als er von dem Berg hinter dem Haus herabgestiegen war. Warum hatte sie sich nicht einfach abgewandt und war ins Haus gegangen? Hatte die Tür abgeschlossen? Hätte er geklopft und es gewagt, sie trotzdem zu bedrängen? Hatte er gewusst, dass sie allein hier sein würde, dass Greta in Bodø war und auch sonst niemand kommen würde, um sie von ihm zu befreien? Natürlich hatte er das gewusst, er hatte sicher alles recherchiert.

Was wusste er noch?

Sie fühlte sich entblößt, als stünde sie nackt vor ihm, und sie wollte nur noch eins: Ihn möglichst schnell wieder loswerden.

Aber wie?

Um Zeit zu gewinnen, nahm sie die Kaffeekanne von der Warmhalteplatte und schenkte ihm nach, setzte sich dann auf die Kante ihres Stuhls, bereit, jederzeit aufzuspringen. »Vielleicht sollten wir einen Termin verabreden, zu dem wir uns zu einem Interview treffen, an einem neutralen Ort«, schlug sie mit klopfendem Herzen vor. »Dann kannst du dich auf deine Fragen vorbereiten und ich …«

»Ich bin vorbereitet«, fiel er ihr ins Wort. »Schon seit Wochen. Seit ich dein Buch das erste Mal gelesen habe.«

Seine Worte verstärkten das flaue Gefühl in ihrem Magen. »Du hast es nicht nur einmal gelesen?«

»Ich habe es genau sechsmal gelesen und immer etwas Neues gefunden, das mich gefesselt, mir die Augen geöffnet hat. Ich habe die Stellen markiert und kommentiert.« Er schlug das Buch auf, das zwischen ihnen auf dem Tisch lag, und ließ die Seiten durch seine Finger gleiten. »Siehst du?«

Sie blickte auf die neongrünen markierten Stellen und die mit Bleistift geschriebenen Kommentare. Sie kannte ihr Buch in- und auswendig, es genügten die ersten Worte eines Absatzes, um die Textstelle zu erkennen, die folgen würde. So erkannte sie, obwohl sie nur einen flüchtigen Blick auf die einzelnen Seiten erhaschte, dass es nahezu ausschließlich Textstellen waren, die Einars schwierigen Charakter beschrieben, seinen Kampf mit sich und der Schuld, die er trug.

Holm ließ das Buch zufallen und schob es beiseite.

»Wie gut kennst du Rune Kristensen?«, wollte er wissen. »Wie viele Gespräche waren nötig, um so über ihn schreiben zu können?«

Judith wurde plötzlich klar, dass er ihr nicht glauben würde, dass sie Rune erst vor wenigen Tagen kennengelernt hatte. Und so war es auch.

Ungläubig sah er sie an. »Das ist nicht möglich! Einar Thorsen ist nicht nur *wie* Rune, er *ist* Rune! Das kannst du nicht leugnen!«

Judith schluckte nervös.

Einar Thorsen ist nicht nur wie *Rune, er* ist *Rune*.

Das waren *ihre* Worte, *ihre* Gedanken, die sie bewegten, seit sie Rune Kristensen das erste Mal gegenübergestanden hatte. Aber wie konnte sie diesem Mann einen Zufall erklären, den sie selbst nicht verstand?

Er griff erneut nach dem Roman. »Du willst mir wirklich erzählen, dass du den Mann, den du hier so detailliert in all seinen Empfindungen beschreibst, nie im Leben vorher getroffen hast?«

Judith konnte nur nicken.

»Du lügst!«, wiederholte er jetzt sichtlich aufgebracht. »Warum, verdammt noch mal, lügst du mich an?«

Seine Reaktion verstörte sie. Bestürzt bemerkte sie die plötzliche Wut in seinem Blick. Was brachte ihn so auf? Sie suchte vergeblich nach Worten, nach einer Rechtfertigung, hörte sich selbst stammeln, unzusammenhängend, nervös und beobachtete dabei, wie seine Hände arbeiteten, wie sich die geschmeidigen Finger auf dem Tisch bewegten, als spielten sie eine stumme Melodie, aber in Wirklichkeit war die Bewegung nur Ausdruck seiner unterdrückten Erregung, ebenso wie das Zucken seiner Mundwinkel ein Kampf um Beherrschung war. Es war eine absurde, unerträgliche Situation. Wie konnte er es wagen, so aggressiv zu reagieren, ihre Gastfreundschaft auf diese Weise zu missbrauchen?

Sein Blick kehrte zu ihr zurück. Seine Hände stellten ihr Spiel ein, seine Mundwinkel hörten auf zu zucken. »Ich lasse mich nicht gern belügen«, sagte er betont ruhig. »Du wirst das bereuen.«

Judith schluckte. »Ich lüge nicht! Welchen Grund sollte ich denn dazu haben!«, entfuhr es ihr und endlich, endlich gelang es ihr, die Worte auszusprechen, ja, geradezu auszuspucken, die schon die ganze Zeit in ihr brodelten: »Geh, verlass dieses Haus!« Unbewusst war sie aufgesprungen, ruderte wild mit den Armen, um ihren Worten mehr Bedeutung zu verleihen.

Er rührte sich nicht. Sah sie nur weiterhin an.

»Raus!«, brüllte sie unbeherrscht, nun, da der Damm gebrochen war. *»Raus! Verschwinde!«* Ihr Herz klopfte wie wild, Tränen stiegen ihr in die Augen vor Aufregung.

Langsam stand er auf und schulterte seinen Rucksack.

Er ging. Er ging tatsächlich.

Vor Erleichterung schluchzte sie auf.

Gleich war alles vorbei.

Sie ließ die Arme sinken.

»Schade«, sagte er. »Ich hatte mir das anders vorgestellt. Ich hatte gehofft … «, er zuckte mit den Schultern, schüttelte kurz den Kopf, »egal …«

Geh endlich. Verschwinde.

Er machte einen Schritt in Richtung Tür, blieb erneut stehen und wandte sich noch einmal um. Die Küche war klein, höchstens anderthalb Meter trennten sie voneinander. Hinter ihm lag die kurze Flucht des Flurs, von der Treppe fiel Licht herunter, ein heller Fleck im Dunkel.

Judith spürte, wie ihr Atem sich beschleunigte, als sie begriff: Er würde nicht gehen.

Sie las es in seinen Augen. Sie hatte sich zu früh gefreut. Langsam kam er auf sie zu. Sie konnte nicht ausweichen, nicht zurückweichen. Er hatte sie gefangen, in die Ecke gedrängt, wie ein wehrloses Tier.

»Schade«, sagte er erneut. »Wirklich schade.«

»Was willst du von mir?«, flüsterte sie panisch.

»Die Wahrheit«, erwiderte er und versetzte ihr einen schnellen präzisen Hieb gegen die Schläfe.

Sie spürte den Schlag kaum, so schnell stürzte sie in die Dunkelheit.

RUNE LENKTE SEINEN Wagen über die gewundenen Straßen der Insel und rieb sich die Augen. Er war nicht müde, aber völlig unkonzentriert. Kurz nach der Abfahrt in Svolvær wäre er beinahe auf einen Lkw aufgefahren, als dieser vor einer Kurve gebremst hatte. Auf der nassen Fahrbahn war sein Pick-up durch die abrupte Bremsung ins Schleudern geraten. Daraufhin hatte er bei nächster Gelegenheit angehalten und sich einen Kaffee geholt, hatte versucht, sich nicht umzusehen, als er aus dem Wagen ausgestiegen war, und die Menschen um sich herum zu ignorieren, obwohl er doch in jedes Gesicht blicken wollte, prüfen, ob die Augen darin ihn ansahen und verfolgten.

›Ist es möglich, dass ich den Täter kenne?‹, hatte er Solheim bei ihrem Abschied gefragt.

›Alles ist möglich‹, hatte dieser erwidert.

Alles und nichts.

Seit der Bohrinselkatastrophe hatte Rune sich nicht mehr so erbärmlich gefühlt. Er dachte an die Tage nach dem Unfall zurück, an jene Zeit, als ihm bewusst geworden war, dass er die Verantwortung für all die Toten trug. Damals hatte er sterben wollen und es nicht gekonnt. Heute wollte er leben und würde vielleicht schon bald tot sein.

Seine Hände schlossen sich fester um das Lenkrad. In einer halben Stunde würde er zu Hause sein. Wenn er nicht in Ramberg stoppte, um im Supermarkt noch etwas einzukaufen. Aber er wusste jetzt schon, dass er nicht die Nerven dafür hatte.

Er bewegte sich wie in einem Albtraum, aus dem es kein Erwachen gab. Wohin er sich auch wandte, lauerte etwas Unerkanntes, Bedrohliches. Er konnte sich nicht einmal betrinken, um sich so aus der Realität hinauszustehlen, denn er würde in den nächsten Stunden seine ganze Wachsamkeit brauchen.

Es war Solheims feste Überzeugung, dass es nicht länger als Stunden dauern würde. ›Er wird so schnell zuschlagen, wie er es verantworten kann. Er wird nicht warten können.‹ Solheim hatte Täterprofile und psychologische Studien angeführt, um seine Worte zu untermauern, doch Rune hatte ihm nicht mehr zugehört.

›Wir reden immer von *ihm*‹, hatte er den Kommissar unterbrochen. ›Kann es nicht auch eine Frau sein?‹

Einer Frau zu begegnen, die ihn töten wollte, erschien ihm seltsamerweise nicht so beängstigend, obwohl zahlreiche Beispiele aus der Vergangenheit zeigten, dass auch Frauen sowohl effektiv als auch grausam morden konnten.

›Wir gehen definitiv von einem männlichen Täter aus‹, hatte Solheim ihm jedoch die Hoffnung genommen. ›Die Art der Tötungen ist untypisch für eine Frau.‹

Es war beruhigend und beklemmend zugleich, das Thema so sachlich mit Solheim zu behandeln. Beruhigend, weil die offensichtliche Erfahrung des Kommissars und seiner Kollegen ihm das Gefühl vermittelte, dass sie tatsächlich alles so gut im Griff hatten, wie sie behaupteten. Beklemmend, weil sie so nüchtern und geschäftsmäßig über grausame Morde sprachen, als würden sie in einem Supermarkt über die richtige Brotauswahl für das Abendessen diskutieren.

Solheim hatte ihm die Visitenkarte eines Psychologen in Bodø in die Hand gedrückt. ›Wenn das hier vorbei ist, solltest du ihn aufsuchen und aufarbeiten, was geschehen ist. Erfahrungsgemäß bleibt immer etwas hängen.‹

Rune hatte das nicht kommentiert. Dabei hätte er Solheim viel über posttraumatische Belastungsstörungen erzählen können. Seine nicht aufgearbeitete Vergangenheit war vielleicht mit dafür verantwortlich, dass er sich jetzt in dieser Situation befand. Aus diesem Grund hatte er die Karte des Psychologen nicht gleich in den nächsten Mülleimer geworfen, auch wenn er es gern getan hätte. Er hatte sich – und das nicht zuletzt um Knuts willen – geschworen, dass er sein Trauma diesmal aufarbeiten würde, falls er dem Monster entkam, das ihm auf den Fersen war.

Im Gegensatz zum Festland, wo die Luft klar und die Sicht weit gewesen war, war es schon bei seiner Ankunft in Svolvær verhangen und grau gewesen, und je weiter er nun in Richtung Süden kam, desto unwirtlicher wurde es. Dichte Nebelschwaden zogen vom Meer auf das Land und hüllten die Berge ein. Häuser und verkrüppelte Bäume tauchten wie gespenstische Schatten daraus auf. Streckenweise war es so trüb, dass in den Ortschaften die Straßenbeleuchtungen angesprungen waren.

In Ramberg zögerte er, weiterzufahren. Er wollte nach wie vor nicht einkaufen, überlegte aber, ob er im Café gegenüber des Supermarktes etwas essen sollte. Es gab dort während der Saison den ganzen Tag über und bis in die Nachtstunden hinein warme Speisen. Inzwischen war es schon fast neun Uhr abends, und er hatte seit dem Frühstück in der Haftanstalt kaum etwas gegessen. Und der Kaffee von unterwegs verursachte ihm Magenschmerzen. Oder war es die Aufregung?

Letztlich fuhr er weiter, auch wenn die Fenster des Cafés einladend warmes Licht verströmten, und er wusste, dass der Inhaber, ein guter Bekannter von ihm, ihm mit seinen Geschichten zumindest für eine Stunde die Nervosität genommen hätte. Aber er wusste auch, dass er auf diese Weise sein Schicksal nur hinauszögerte.

Augenblicke später hatte er den Ort bereits hinter sich gelassen. Als er über die hohe geschwungene Brücke fuhr, die die

Halbinsel, auf der sein Heimatort lag, vom Rest von Moskenesøya trennte, wanderte sein Blick wie immer hinunter zum Hafen. Aber der Nebel war so dicht, dass er nichts sehen konnte außer wallenden grauen Wolken. Er stellte sich seine *Cassiopeia* vor, wie sie an ihrer Pier lag, still wartend, bis er das nächste Mal mit ihr auslief. Es würde dieses nächste Mal geben. Ganz gewiss. Vielleicht schon am Wochenende, das kurz bevorstand. Irgendwo hatte er gehört, dass die Winde günstig waren für die Fischer.

Er erreichte sein Haus. Zum ersten Mal, seit er es fertiggestellt hatte, blickte er nicht mit Stolz und Liebe darauf. Das Einzige, was er bei seinem Anblick spürte, war Angst. Die großen Fenster wirkten wie dunkle, leere Höhlen, die kubistische Form des Gebäudes wie die eines Mausoleums. Er ließ den Pick-up auf der Auffahrt langsam ausrollen. Er fuhr ihn nicht in die Garage. Das hatte er so mit Solheim vereinbart. Sein Haustürschlüssel lag im Handschuhfach. Die Polizei hatte ihn dort deponiert.

Er blieb im Wagen sitzen und versuchte zu erkennen, wo die Kameras angebracht waren, aber natürlich konnte er keine einzige sehen. Dann gab er sich einen Ruck, öffnete die Wagentür und atmete tief die kalte, klamme Nebelluft ein, die erfüllt war von den Gerüchen des nahen Meeres, von faulendem Tang und feuchtem Sand. Und für einen kostbaren Moment fiel alles von Rune ab. Die Angst um Knut, das Entsetzen im Fokus eines Mörders zu stehen, einfach alles. Hier würde es immer genauso riechen, selbst wenn sie alle tot und begraben waren und andere Menschen die Inseln bevölkern würden. Oder niemand. Dieser Gedanke gab ihm seltsamerweise mehr Sicherheit als Solheims Vorkehrungen und Absicherungen.

Er hielt seinen Schlüssel fest umklammert, als er auf die Veranda vor seinem Haus zuging und die wenigen Stufen hochstieg. Es war kein Geräusch zu hören. Auch nicht von den Nachbargrundstücken. Nicht ein Vogel rief, keine Möwe kreischte. Nichts. Er wünschte sich, er hätte einen Hund besessen, der ihm nun freudig bellend entgegenkam, allein um die Stille, die sich mit dem Nebel über alles legte, zu durchbrechen. Rune steckte den Schlüssel ins Schloss, und auch die Tür öffnete sich lautlos, als er sie aufschob. Angespannt ließ er sie hinter sich wieder ins Schloss fallen und machte das Licht an. Lauschte.

Nichts war zu hören. Überhaupt nichts.

›Verhalte dich genauso, wie du es immer tust. Keine Abweichung zur Gewohnheit‹, hatte Solheim ihn gemahnt.

Also zog er seine Schuhe aus und stellte sie unter die Garderobe, obwohl er sie lieber angelassen hätte. Nahm die Post auf und die Zeitung, die er vom Briefkasten an der Straße mit einem Griff aus dem Auto heraus mitgenommen hatte, ging in Richtung Küche und warf einen Blick in das weitläufige Wohnzimmer. Er machte überall Licht. Am liebsten wäre er sofort die Treppe hinaufgestürzt, um sich zu versichern, dass niemand dort lauerte. Dass er tatsächlich allein war, aber er bremste sich.

Er legte die Post auf den Küchentisch, es war nichts dabei von Interesse, das hatte er schon gesehen, als er sie aus dem Briefkasten gezogen hatte. Er ließ die Zeitung darauffallen. Dann schaltete er seinen Laptop ein, der auf dem Küchentisch stand, öffnete den Kühlschrank und nahm ein Bier heraus. Er wusste, er würde es nicht trinken können, aber er tat zumindest so. Der Computer fuhr hoch und meldete sich mit einem kurzen freundlichen Ton als betriebsbereit. Rune öffnete wie immer, wenn er nach Hause kam, sein E-Mail-Programm, und lauschte dabei angestrengt auf die Geräusche des Hauses.

Er hatte nur eine neue Mail in seinem Postfach. Der Absender war ihm unbekannt. Nein, war er nicht …

Er runzelte die Stirn.

Judith Wagner.

Warum in Teufels Namen schrieb sie ihm eine Mail?

Woher hatte sie seine private E-Mail-Adresse?

In der Betreffzeile stand *»Fotos«*. Er zögerte, doch schließlich öffnete er die Mail. Sie enthielt keinen Text. Nur drei JPG-Dateien im Anhang. Erneut zögerte er, den Finger über dem Touchpad des Rechners. Schließlich klickte er die erste Datei an. Als die Fotografie sich öffnete, starrte er darauf, ohne zu begreifen, was er sah. Dann ordnete sein Gehirn die Details: Blut. Knochen. Tod. Das Foto zeigte den grausam verstümmelten Körper von Maria Olsen. Es war exakt das Bild, das Solheim ihm in der Haftanstalt gezeigt hatte, mit einem Unterschied – es war nicht Marias Gesicht. Rune stöhnte auf und ein Schauer durchlief seinen Körper, als er es erkannte.

WILLST DU NICHT für ein paar Stunden nach Hause fahren? Du kannst hier im Moment nichts tun.«

Greta kam zu sich und streckte ihren schmerzenden Rücken, während sie sich langsam aus ihrer verkrampften Haltung aufrichtete und in das Gesicht des Arztes blickte, der neben ihr stand. Schlaftrunken schüttelte sie den Kopf. »Ich muss hierbleiben.«

»Es macht für deinen Onkel heute keinen Unterschied, ob du an seinem Bett sitzt oder nach Hause fährst, um dich dort ein wenig zu erholen und dann morgen früh frisch ausgeruht zurückzukommen.«

Greta fuhr sich mit der Zunge über die Zähne und blinzelte ins Licht. Sie musste wirklich tief geschlafen haben. »Wie spät ist es?«

»Kurz nach Mitternacht.«

Sie bewegte ihre verspannten Schultern. »Ich kann hier nirgends hin, wir leben auf Moskenesøya.«

Der Arzt, ein gut aussehender, dunkelhaariger Mann mit einer Hornbrille etwa in ihrem Alter, ließ nicht locker. »Dann komm wenigstens mit, ich zeige dir, wo du etwas zu essen bekommst und einen Becher Kaffee oder Tee.«

Greta schüttelte den Kopf. »Ich brauch nichts.«

Er lächelte freundlich, aber bestimmt. »Du wärst nicht die erste Angehörige, die uns vor Entkräftung vom Stuhl fällt. Das ist nicht hilfreich.«

»Seh ich so schlecht aus?«

»Du siehst gut aus. Aber erschöpft, was auch kein Wunder ist bei der Belastung, der du ausgesetzt bist.«

Müde fuhr sie sich durch ihr krauses blondes Haar. »Ich kann Knut nicht allein lassen. Ich hab versprochen, bei ihm zu bleiben.« Sie schluckte. »Wenn er nun ...«

»Er wird nicht sterben, nur weil du für eine Viertelstunde von seiner Seite weichst. Seine Werte sind seit einigen Stunden recht stabil, und wenn etwas sein sollte, werde ich es sofort erfahren.« Er tippte mit dem Finger auf den Pieper in seiner Brusttasche.

Die Cafeteria befand sich im gleichen Flügel, nur zwei Stockwerke tiefer. Der Tresen war um diese Uhrzeit geschlossen, aber es gab einen Self-Service. Sie waren die einzigen Gäste.

Greta kramte in ihrer Tasche. »Ich glaube, ich hab nicht die passende Karte dabei.«

»Ich lad dich ein. Was möchtest du?«

Sie entschied sich für einen Kakao und zwei Käsebrötchen. Beim Anblick des Essens überfiel sie plötzlich der Hunger. Er nahm einen Kaffee und einen Donut. Sie setzten sich an einen Tisch in der Nähe der Fenster. Die Sonne war gerade untergegangen und der Himmel glühte dort, wo sie gleich wieder aufgehen würde.

»Ein großartiges Schauspiel«, bemerkte er. »Ich kann mich nicht satt daran sehen.«

»Ja«, stimmte Greta zu und biss von ihrem Brötchen ab. »Es ist schon besonders, aber auch irgendwie normal, wenn man hier lebt.«

»Es ist mein erster Sommer in Bodø«, gestand er, »vorher war ich noch nie weiter nördlich als Trondheim.«

»Dann ist es natürlich ein Erlebnis. Kannst du schlafen?«

»Wenn ich nicht arbeiten muss.«

»Und was sagt deine Familie dazu?«

»Die lebt in Bergen. Meine Frau und ich haben uns im vergangenen Jahr getrennt.« Er nahm einen Schluck von seinem Kaffee, ohne den Blick von der Aussicht zu nehmen.

Greta betrachtete sein markantes Profil. »Geht es dir gut damit?«

»Ja«, gestand er und wandte sich ihr zu. »Besser als vorher. Manchmal braucht es Veränderungen, damit es weitergehen kann.« Sein Blick hielt sie fest. »Was macht eine Frau wie du auf Moskenesøya?«

»Überleben.«

Er lachte auf. »Das impliziert eine große Bandbreite an Tätigkeiten.«

»Na, so viel ist es nicht.«

»Erzähl.«

»Ein andermal vielleicht.« Sie stand auf, den Kakaobecher noch in der Hand.

»Du willst zurück.«

Sie nickte.

»Du weißt, dass du den Kakao nicht mit auf die Station nehmen darfst.«

»Ich trink ihn auf dem Weg nach oben aus.«

Er begleitete sie. In der Schleuse vor der Intensivstation wechselten sie in ein neues Set steriler Kleidung. Erst an Knuts Bett verabschiedeten sie sich.

»Danke«, sagte Greta schlicht.

»Es war mir ein Vergnügen.« Er zögerte. »Sehen wir uns wieder?«

Überrascht sah sie ihn an. »Ich weiß nicht. Kommt darauf an, wann du wieder Dienst hast, und ob ich dann noch hier bin.«

Er ließ sich von ihrer Distanz nicht beeindrucken. »Du weißt, wie ich es meine.«

»Ja«, erwiderte sie nur und setzte sich wieder auf ihren Stuhl an Knuts Bett. Mehr sagte sie nicht, und er fragte nicht noch einmal. Sie sah ihm nach, als er ging, dann blickte sie auf Knut, der noch genauso unter den weißen Laken lag, wie sie ihn verlassen hatte. Die Geräte surrten und piepten, und lange blickte sie reglos auf die Kurve, die seinen Puls und seinen Herzschlag anzeigte. Ihre Gedanken wanderten zurück zu ihrer jüngsten Begegnung. Mit dem ersten Blickkontakt hatte dieser Mann eine Saite in ihr zum Klingen gebracht, die noch immer nachschwang. Sie durfte ihn nicht wiedersehen. Unter keinen Umständen. Sie beugte sich vor.

»Knut, hörst du mich? Du musst zu dir kommen. Wir müssen nach Hause. Ich kann hier nicht bleiben.« Sie griff nach Knuts Hand. »Und du kannst deinen Campingplatz nicht der Grönländerin überlassen. Sie betrügt dich, sobald du ihr den Rücken zukehrst. Ich hab gehört, dass sie ihren Sohn nach Tromsø an die Universität schicken will. Dafür braucht sie Geld, mehr Geld, als sie bei dir verdient …«

Sie hielt inne, als sie plötzlich einen Gegendruck an ihren Fingern spürte, und sah in Knuts Gesicht. Er hatte die Augen geöffnet.

»Knut! Du bist wach!«, entfuhr es ihr.

Kaum merklich bewegte er den Kopf zu einem Nicken.

Greta wusste nicht, was sie tun sollte. Sollte sie eine Schwester rufen, den Arzt …

Sie wollte aufstehen, doch Knuts Finger klammerten sich plötzlich mit erstaunlicher Kraft um ihre Hand.

»Bleib«, formten seine Lippen lautlos unter der Beatmungsmaske.

Greta sank auf ihren Stuhl zurück.

»Rune …«

Sie schluckte. Sie hatte keine Ahnung, wo Rune war und wann er zurückkommen würde. Geschweige denn, warum er überhaupt weggegangen war. Sie war so aufgeregt gewesen, als sie ihm hier unerwartet gegenübergestanden hatte, als sie Knut gesehen hatte, umgeben von all den Geräten und Apparaten, dass sie gar nicht auf die Idee gekommen war, ihn zu fragen.

»Er … er ist aus dem Gefängnis entlassen«, sagte sie unbeholfen. »Er war hier bei dir, bis ich gekommen bin …«

Knut nickte.

»… und er kommt wieder, um dich mit nach Hause zu nehmen …«

Ein schwaches Lächeln huschte über Knuts Gesicht.

Behutsam löste sie ihre Finger aus seiner Hand. »Ich geh jetzt kurz raus, um ihn anzurufen, und ihm zu sagen, dass du aufgewacht bist.« Sie sah ihn streng an. »Mach keinen Mist, hörst du?«

Das Lächeln wurde breiter.

Auf dem Weg nach draußen traf sie auf eine der Schwestern. »Knut Kristensen ist aufgewacht.«

»Das ist eine gute Nachricht«, erwiderte diese. »Ich werde sofort den Arzt benachrichtigen.«

Greta nahm ihr Handy aus dem Spind, in den sie ihre Sachen eingeschlossen hatte, und suchte einen der Bereiche des Krankenhauses auf, in dem Mobiltelefone erlaubt waren. Rune war nach nur zweimaligem Klingeln am Apparat.

»Knut ist aufgewacht.«

»Gott sei Dank!«, stieß er hervor. »Hast du mit ihm gesprochen?«

»Nur ein paar Worte. Er hat nach dir gefragt, und ich sagte, dass du da warst und bald zurückkommen würdest, um ihn zu holen.«

Ihren Worten folgte ein so tiefes Schweigen am anderen Ende der Leitung, dass sie sich fragte, ob die Verbindung unterbrochen war. »Rune …?«

»Ich bin noch da.«

Erst jetzt hörte sie die Anspannung in seiner Stimme.

»Ist etwas passiert? Wo bist du überhaupt?«

»Ich bin zu Hause, ich …«

Wieder Schweigen.

»Rune, ist alles in Ordnung?«

»Ich kann darüber am Telefon nicht sprechen, Greta«, erwiderte er schließlich. »Bitte bleib bei Knut. Sag ihm … sag ihm, dass ich ihn liebe.«

Seine Worte, mehr aber noch der Unterton, der in seiner Stimme lag, alarmierten Greta zutiefst. »Rune, um Himmels willen, was ist los?«

»Ich ruf dich an, wenn alles vorbei ist. Bleib bei Knut.«

Die Verbindung war unterbrochen.

Greta starrte auf das Telefon in ihrer Hand.

Ich ruf dich an, wenn alles vorbei ist. Bleib bei Knut.

Was war geschehen? Er war aus dem Gefängnis entlassen worden, also hatte sich seine Unschuld bestätigt. Aber warum machte er sich Sorgen um ihre und Knuts Sicherheit? Genau das implizierten die drei Worte, die er hastig mehrmals wiederholt hatte, bevor er die Verbindung beendet hatte. *Bleib bei Knut.* Kommt nicht nach Hause. *Ich ruf dich an, wenn alles vorbei ist.*

Was ging vor auf den Inseln?

Nachdenklich suchte sie Judiths Nummer heraus und rief bei ihrer Mitbewohnerin an. Vielleicht konnte sie ihr mehr erzählen. Aber sie erreichte nur Judiths Anrufbeantworter. Greta hinterließ keine Nachricht.

MIT ZITTERNDEN FINGERN legte Rune sein Mobiltelefon auf den Tisch zurück.

Greta hatte gespürt, dass etwas nicht in Ordnung war, aber wie hätte er ihr am Telefon sagen können, was geschehen war? Er wusste es ja selbst nicht wirklich! Er wusste nur, dass Greta und Knut im Krankenhaus in Bodø sicherer waren, als hier auf den Inseln, wo ein Mörder sein Unwesen trieb, dessen Ziel es war, Rune in den Wahnsinn zu treiben, ihn zu zerstören …

So wie du mich zerstört hast.

Diese Worte würde er nie mehr vergessen.

Der Anruf hatte ihn erreicht, kurz nachdem er die angebliche Mail von Judith auf seinem Laptop geöffnet hatte, die aber nicht von ihrem Account verschickt worden war, obwohl ihr Name im Absender auftauchte, und wieder sah er die Fotografie auf dem Monitor vor sich, den nackten blutverschmierten Frauenkörper … darüber *ihr* Gesicht …

›Es handelt sich hier eindeutig um eine Fotomontage‹, hatte Solheim ihm versichert, nachdem er es an ihn weitergeschickt hatte und das Foto untersucht worden war. ›Das Bild ist nicht echt. Es handelt sich tatsächlich um den Körper von Maria Olsen, aber der Kopf wurde sozusagen ausgetauscht.‹

Rune verstand die Warnung. Wie war der Mörder überhaupt an dieses Foto aus dem Polizeiarchiv gekommen?

›Wir hatten vor zwei Wochen einen Hackerangriff‹, hatte Solheim ihm gestanden. ›Das passiert überall. Natürlich reden wir darüber nicht.‹

Ein Hacker.

War es möglich, sein Entsetzen noch zu vergrößern? Das paranoide Gefühl, das er erlebte, seit er erfahren hatte, dass er im Fokus eines Mörders stand?

Ja, es war möglich.

Dieses Monster – seit dem Anruf wusste er sicher, dass es sich um einen Mann handeln musste – hatte Judith Wagner in seine Gewalt gebracht, und niemand konnte sagen, ob sie noch lebte oder tot war, ob er ihr tatsächlich angetan hatte, was er mit den Fotomontagen versprach.

Aber warum sie?

Nachdem er das Foto gesehen hatte, war er entgegen Solheims Rat wie von Furien gejagt zu ihrem Haus gefahren. Seine Hoffnung, dass es sich vielleicht doch nur um einen bösen Streich handelte, hatte sich zerschlagen, als er feststellt hatte, dass die Haustür nicht abgeschlossen war. Sie war nicht einmal richtig zu gewesen, nur angelehnt. Und das Erste, was er im Flur bemerkt hatte, waren die Schleifspuren auf den alten Holzdielen gewesen. Er war in die Küche gestürmt, hatte die Kaffeetassen auf dem Küchentisch gesehen, die Untertasse mit den Keksen. Die Kaffeemaschine war noch eingeschaltet gewesen, der ganze Raum hatte nach dem eingebrannten Kaffeerest am Boden der Kanne gerochen.

Vor Ort noch hatte er Solheim angerufen. Das Schweigen gebrochen, das dieser ihm verordnet hatte.

›Fassen Sie unter keinen Umständen etwas an!‹, hatte Solheim gewarnt. Gehen Sie am besten wieder. Wir sind bereits unterwegs.‹

Die Einheit der Polizei war keine zehn Minuten später vor Ort gewesen. Es stimmte also, was der Kommissar versprochen hatte: Er war nicht allein in dieser entsetzlichen Situation.

Er war auf Solheim zugestürzt, als dieser aus dem Polizeifahrzeug ausgestiegen war. »Warum Judith? Warum ausgerechnet sie? Was hat sie mit mir zu tun?«

Solheim hatte ihn nur ungläubig angesehen. ›Sie hat einen Roman über das Bohrinselunglück geschrieben. Er scheint so viele Details zu enthalten, die dich damit in Verbindung bringen, dass der Täter annehmen muss, dass die Autorin dich sehr gut kennt. Nicht Maria Olsen war, wie wir bisher angenommen haben, das letzte Verbindungsglied zu dir, sondern Judith Wagner. Wusstest du, dass Maria Olsen kurz vor ihrem Tod Judith Wagner per Mail in größerem Umfang Unterlagen geschickt hat über die Katastrophe, über deine angebliche Verantwortlichkeit, die Verhandlungen, unterschlagene Beweise und zum Schweigen gebrachte Zeugen … Material, das dich entlasten sollte.‹

Rune hatte nicht glauben können, was er hörte. ›Ich habe Maria seit Jahren weder gesehen noch gesprochen. Als ich auf die Lofoten zurückgekehrt bin, habe ich den Kontakt zu meinen ehemaligen Mitarbeitern genauso abgebrochen wie zu Freunden und Bekannten. Ich wollte ein völlig neues Leben beginnen …‹

›Maria Olsen ist gestorben, weil sie dir helfen wollte‹, hatte Solheim ihn unterbrochen. ›Und genauso wird Judith Wagner sterben, wenn wir nicht alle an unserem Platz sind, um genau das zu vermeiden. Dein Platz ist in deinem Haus. An deinem Laptop und deinem Telefon.‹

Nun saß er hier während der kurzen Stunden der Nacht, in deren Licht er sich wie auf einem Präsentierteller fühlte, und wartete, dass das Monster ihn wieder anrief.

Ich werde dich zerstören, so wie du mich zerstört hast.

Das waren seine Worte gewesen. Ruhig und emotionslos hatte er gesprochen. Seine Stimme hatte Rune an etwas erinnert, und seit er den Hörer aufgelegt hatte, versuchte er es zu greifen, aber es bewegte sich immer gerade außerhalb seines Bewusstseins.

Ich werde dich zerstören, so wie du mich zerstört hast.

Rune hatte nur eine Antwort darauf: Ja, töte mich, setz dem Ganzen endlich ein Ende! Und töte keine Unschuldigen mehr.

Die Welt brauchte ihn nicht.

Niemand brauchte ihn, nicht einmal Knut. Sein Onkel blieb nicht allein zurück, wenn er starb, er hatte Greta, das hatte Rune erkannt, als sie zu seiner Überraschung plötzlich im Krankenhaus aufgetaucht war.

Wie ein Tiger im Käfig lief er hin und her, nicht in der Lage still zu sitzen. Er starrte auf die leere Kaminöffnung in seinem Wohnzimmer, auf die Bücherrücken an den Wänden, auf die alte Ledercouch, eines der wenigen Stücke, das er aus Stavanger mitgenommen hatte. Er musste etwas tun, er durfte hier nicht tatenlos warten, während eine Frau, die noch dazu so verletzlich und ängstlich war wie Judith, seinetwegen zu Tode gequält wurde.

Er riss eine der großen Glastüren auf, trat auf die Veranda und brüllte in die Stille des Nebels. *»Wo bist du? Komm her, du verdammter Feigling! Komm her und hol dir, was du haben willst!«*

Nichts antwortete ihm, kein Geräusch kam zurück.

Die Welt schien den Atem angehalten zu haben, angesichts dessen, was in dieser hellen Nacht geschah. Verzweifelt hieb er mit den Fäusten gegen einen der hölzernen Pfosten seiner Veranda, bis sie bluteten, bis der Schmerz ihn innehalten ließ und er die Tränen spürte, die über seine Wangen liefen.

In diesem Moment hörte er sein Telefon klingeln. Er tastete instinktiv in seiner Hosentasche danach, aber da war es nicht. Er hatte es in der Küche vergessen! Wie konnte das passieren? Ausgerechnet jetzt!

Schon von Weitem konnte er das Display leuchten sehen. Die Nummer war unterdrückt, wie beim ersten Anruf auch. »Ja?«, meldete er sich außer Atem.

»Ich weiß, dass die Polizei dein Telefon überwacht. Was hast du gemacht?«

Woran, zum Teufel, erinnerte ihn die Stimme?

»Nichts, ich hab überhaupt nichts gemacht. Sie wussten bereits alles …« Rune durfte jetzt nicht die Nerven verlieren. Was musste er als Nächstes tun? Was hatte Solheim ihm aufgetragen? ›Frage nach der Frau.‹ »Ich will mit Judith sprechen«, fügte er hinzu.

»Judith?«

»Sie ist bei dir.«

»Wie kommst du darauf?«

»Du warst bei ihr im Haus.«

Der Mann am anderen Ende lachte, und plötzlich traf Rune die Erkenntnis. Es war nicht seine Stimme, die ihn an etwas erinnert hatte, es war ein Echo, das durch sein Lachen deutlicher zu hören war. Und es gab nur einen Ort auf den Lofoten, an dem dieses Echo erzeugt wurde. Er war vor wenigen Tagen erst dort gewesen.

Einen Atemzug lang zögerte er, ob er Solheim informieren sollte, und entschied sich dagegen.

»Du hast einen Fehler gemacht«, fuhr der Mann unbeirrt fort. »Und für jeden Fehler, den du begehst, bezahlst du mit einem weiteren Menschenleben.«

»Nein … hör mir zu …«, erwiderte Rune schon auf dem Weg nach oben in sein Schlafzimmer. Er musste seine Kleidung wechseln. »Judith … sie …«

Aber die Verbindung war bereits unterbrochen.

Er ließ das Telefon achtlos auf sein Bett fallen, zog sich hastig aus und neue Kleidung über. Das hier war allein sein Krieg. Niemand außer ihm durfte mehr zu Schaden kommen, auch kein Polizist in der Ausübung seines Dienstes. Mit der Stimme seines Mörders im Kopf rannte er schließlich aus dem Haus, an seinem Pick-up vorbei die Straße hinunter zu Knuts Haus. Der Zweitschlüssel hing wie immer hinter einem Balken in der Garage. Er schloss die Haustür auf und nahm den Autoschlüssel des Landrovers aus dem Körbchen vom Sideboard im Flur. Augenblicke später raste er mit dem klapprigen Gefährt die Straße hinunter Richtung Norden.

UNRUHIG STARRTE JUDITH auf die Tür, die hinter Nils Holm ins Schloss fiel. Es war das zweite Mal seit ihrer Ankunft, dass er sie allein ließ. Er ging hinaus, um zu telefonieren, sie konnte ihn durch das Fenster beobachten.

Entsetzen erfüllte sie bei dem Gedanken, was passieren würde, wenn er zurückkehrte. Bislang hatte er sie mit kalter Gleichgültigkeit behandelt, aber sie ahnte, dass das so nicht mehr lange weitergehen würde.

Nach ihrer Ankunft in der Hütte, nachdem er sie an einem der tragenden Balken angekettet hatte wie einen Hund, hatte er schweigend Fotos um sie herum ausgebreitet. Alle zeigten grausam entstellte Leichen.

Mit ihren Füßen hatte sie sie von sich getreten, aber sie konnte sie noch immer sehen. Eins lag unter dem Esstisch, ein weiteres vor dem Sessel am Kamin, zwei genau außerhalb ihrer Reichweite. Düstere Prophezeiungen ihres eigenen Schicksals. Er würde sie töten. Es gab kein Entkommen, die Fotografien waren wie ein magischer Kreis, den er um sie gezogen hatte, in dem er sie gefangen hielt, beherrschte.

Schweigend, mit dem Gesichtsausdruck eines unbeteiligten Zuschauers, hatte er sie beobachtet, ihr Zerren an der Kette, ihre verzweifelten Versuche, diesen Kreis zu durchbrechen. Als ob er sich vergewissern wollte, dass es nicht möglich war. Dann hatte er sich ein Glas Wasser eingeschenkt, sich ans Fenster gesetzt und es in aller Ruhe ausgetrunken. Und schließlich war er hinausgegangen, um das erste Mal zu telefonieren, und ohne, dass er auch nur ein Wort zu ihr gesagt hatte, wusste sie, dass sie sterben würde, dass er sie töten würde auf dieselbe gleichgültige und emotionslose Art, wie er sie behandelte. Es würde keinen Ausweg geben, keine Rettung. Niemand würde sie finden in dieser gottverlassenen Hütte irgendwo an der Nordküste der Lofoten. Sie würde enden wie die Toten auf den Bildern. Gequält und entstellt.

Aber warum? Was hatte sie diesem Mann getan?

›Nichts‹, hatte er schlicht geantwortet, als sie ihm die Frage gestellt hatte. ›Du hast mir überhaupt nichts getan.‹ Und er war zu ihr getreten und hatte ihr unter das Kinn gefasst und ihr in die Augen gesehen. Die Berührung war fast zärtlich gewesen. ›Aber Rune wird es zerstören, wenn ich dich töte.‹

Ihr war vor Grauen der Atem gestockt.

Rune. Immer wieder Rune.

Was hatte Rune diesem Mann getan, dass er auf diese Weise Rache nahm?

Sie hatte versucht, mit ihm zu reden, doch er hatte ihr nicht einmal geantwortet. Aber sie musste ihn zum Reden bringen, Zeit gewinnen, sie durfte die Hoffnung nicht aufgeben, dass ihr Verschwinden bemerkt würde, dass man nach ihr suchte.

Er kehrte zurück, im nächsten Augenblick öffnete sich die Tür. Ihre Blicke begegneten sich, sie sah, dass das Telefonat ihn aufgewühlt hatte, und aus ihrem Entsetzen wurde Panik, als er langsam auf sie zukam. Würde er es jetzt tun? War es so weit? Sie durfte es nicht zulassen, sie musste sich wehren, aber was konnte sie tun? Sie war ihm ausgeliefert, wenn sie ihn nicht zum Reden brachte. Ihr Hirn arbeitete wie wild.

Er kam näher, zog sie an der Kette hoch und zu sich heran. Nackte Angst blockierte ihr Denken. Panik überfiel sie, sie wollte fliehen, sich verstecken, Tränen schossen ihr in die Augen, ihr Herz raste. Sie wollte nicht sterben. Nicht jetzt! Nicht hier!

Du musst ihn zum Reden bringen.

War es nicht so, dass jeder Mörder in der Tiefe seines Herzens nach Absolution suchte, mitteilen musste, was er erlebt hatte im Moment des Tötens, ob es Lust war oder Verzweiflung, Erleichterung oder Hass, und es doch nie konnte, nie durfte, um sich selbst nicht zu verraten? Wie oft hatte sie genau darüber geschrieben, wie viele Stunden hatte sie mit Gedanken wie diesen verbracht.

Und in der Ausweglosigkeit der Situation, in der sie sich befand, geschah etwas, womit sie nie in ihrem Leben gerechnet hatte. Ihr schreibendes Ich, dieser starke, selbstbewusste Teil ihres Wesens, den sie nur in ihren Romanen ausleben konnte, diese Frau, die sie immer gern hatte sein wollen, brach sich Bahn und übernahm das Kommando. Und es war, als beobachtete sie sich selbst, als sie sich an Nils Holm drängte, sein Hemd mit beiden Händen packte und dicht an seinem Ohr flüsterte: »Wie fühlt es sich an, Menschen zu töten?«

Ein Schaudern durchlief seinen Körper, sie spürte es, so nah waren sie einander.

»Erzähl mir von ihrem Tod, lass mich teilhaben.«

Er schluckte, und sie sah seinen Kehlkopf tanzen. »Es ist ein Gefühl unglaublicher Macht«, erwiderte er leise, beinahe gegen seinen Willen, aber sie spürte, dass er ihr nicht widerstehen konnte, ihr nicht, aber vor allem nicht der Verlockung, zu teilen, was ihn Tag und Nacht bewegte, was sein Leben antrieb. »Wenn das Licht in ihren Augen bricht, empfindest du Macht … und Genugtuung.«

»Für wen sind sie gestorben?« Ihre Stimme war nur noch ein Hauch.

»Für meinen Bruder. Jeder einzelne von ihnen hat eine Facette seines Todes erlebt.«

Sie dachte an die Fotos.

»Erzähl mir mehr …«

Langsam, stockend zunächst, begann er zu sprechen, aber schon bald war es, als hätte er nicht nur die Umgebung vergessen, sondern auch ihre Gegenwart. Sie hörte die Beichte eines Mannes, der sich verloren hatte in der Passivität seines Schmerzes um den Verlust seines Zwillingsbruders, des einzigen Menschen, der ihm wirklich nahegestanden hatte, der verzweifelt war an der Übermächtigkeit eines Konzerns, dessen Führungsriege ihre Fehler nicht eingestanden hatte, und der sich erst befreien konnte, als er für sich einen Schuldigen definiert hatte.

Rune Kristensen.

Und von da an sein ganzes Leben seiner Rache gewidmet hatte.

Fünf Menschen mussten sterben.

Fünf grausame Tode.

»Marias Tod war der wertvollste für mich«, gestand er. »Sie war so schön, so rein und unschuldig.« Er sah sie an, kehrte zurück. »So wie du auch.«

Sie standen noch immer mitten im Raum, ein Paar gefangen in einem tödlichen Dialog, und bei seinen letzten Worten spürte sie die Nähe dieses Todes wieder, das Aufkeimen ihrer Angst, doch es gelang ihr erneut, der Panik zu widerstehen, obwohl sie nicht wusste, woher sie die Kraft nahm.

»Wie hast du sie getötet? Wirst du mich töten wie sie?«

Es lag tatsächlich keine Furcht in ihrer Stimme, und damit fing sie ihn. Es machte sie ebenbürtig.

»Ihr Tod kam zu schnell. Viel zu schnell«, erwiderte er flüsternd.

Er hielt die Kette, die um ihren Hals lag, noch immer in der Hand, und sie spürte, wie sie sich nun spannte.

»Was wirst du anders machen?«

»Jeder Tod ist ein Kunstwerk. So wie das Gemälde in deinem Haus. Eine schwarze Höhle, die uns verschlingt. So werde ich dich töten. Als ich das Gemälde gesehen habe, wusste ich sofort, das es deinen Tod zeigt.«

Der Druck auf die Kette erhöhte sich weiter.

»Wirst du auch von mir Fotos machen?«

Wieder berührte er sie zärtlich. Es ekelte sie an, ihr Magen krampfte, als müsse sie sich erbrechen, aber sie behielt die Kontrolle.

»Ich werde wunderschöne Fotos von dir machen. Und dann ist es vollbracht.«

»Vollbracht? Was meinst du damit?«

»Dann gibt es nur noch Rune und mich.«

Seine Stimme veränderte sich und an seinem Blick erkannte sie, dass nun der Moment gekommen war. Er trat zurück und zog sie hinter sich her, bis die Kette um ihren Hals schmerzhaft in ihr Fleisch einschnitt.

Sie biss die Zähne zusammen, um sich nicht von Schmerz und Angst überwältigen zu lassen, griff in die Glieder der Kette, um so den Druck zu verringern.

»Warum wollen wir nicht noch ein wenig warten«, stieß sie mühsam hervor. »Bist du in Eile?«

»Nein«, entgegnete er gelassen. »Aber deine Zeit ist gekommen.« Es war, als wäre er aus dem Beichtstuhl aufgestanden, in den er sich geflüchtet hatte, und träte hinaus ins Licht, um sein Tagwerk wieder aufzunehmen.

Er hatte sich befreit.

Doch niemand sollte erfahren, was sein Herz bewegte.

Judith hörte das Meer gegen die Felsen schlagen, ein einzelner Sonnenstrahl brach durch den Nebel und tauchte die Welt außerhalb der Hütte in ein unwirkliches Licht.

Sie wollte nicht sterben. Nicht hier, nicht jetzt! Aber es gab keinen Einar, der sie retten würde, kein Leben nach diesem Tod, der sie hier in dieser Hütte erwartete. Gerade jetzt, wo sich ihr eigentliches Ich im Angesicht dieses Todes gezeigt hatte. Sie spürte dadurch neue Kraft in sich und die Möglichkeiten, die sie barg.

Aber es war zu spät.

IM ZWIELICHT DES Nebels raste Rune über die Küstenstraße im höchsten Tempo, das der Landrover hergab. Das alte Gefährt drohte in manchen der engen Kurven auszubrechen, aber Rune war ein guter Fahrer und behielt den Wagen unter Kontrolle. Um diese nächtliche Uhrzeit war kaum Verkehr, und so erreichte er keine zwanzig Minuten später den Abzweig nach Eggum. Hier musste er seine Fahrt drosseln. Die Straße war schmal, hinter jeder Felsbiegung konnte Geröll auf der Straße liegen oder Schafe den Weg kreuzen. Er passierte Fischerdörfer, in denen alles schlief, während über dem Meer hinter aufbrechenden Nebelschwaden die Sonne bereits wieder aufstieg und die Welt in ein unwirkliches Licht tauchte. Er ließ sich von der gespenstischen Atmosphäre nicht beeindrucken und konzentrierte sich stattdessen auf das, was vor ihm lag.

Er kannte das Tal, das er ansteuerte, wie seine Westentasche. Hohe Felswände schlossen ein lang gezogenes, sehr ebenes und fast zwanzig Hektar großes Stück Land ein, das sich zum Meer hin öffnete. Einst hatte es Knut gehört, der es aber vor einigen Jahren dem Staat verkauft hatte, und nun war es Teil eines ausgedehnten Naturreservats an der Nordküste der Inseln. Sie ließen dort noch immer Schafe weiden, und vor wenigen Tagen erst war Rune hergefahren, um nach ihnen zu sehen. Und dabei auf die mit ihrem Wagen liegen gebliebene Judith getroffen. Der Gedanke an sie ließ ihn das Gaspedal trotz der schlechten Straßenverhältnisse erneut durchtreten, und wieder klang ihm die Stimme des Monsters im Ohr. *Ich werde dich zerstören, so wie du mich zerstört hast.*

Dieser Mann würde Judith töten, um ihn zu quälen. Ein

weiteres unschuldiges Menschenleben würde geopfert werden. Das durfte nicht geschehen! Und wenn er selbst sein Leben geben musste, um den Mörder an der Ausführung seiner Tat zu hindern!

Als er endlich den Parkplatz an der Touristeninformation des Naturreservats erreichte, kam die Erinnerung an seine letzte Begegnung mit Judith schmerzhaft in ihm hoch. Ihre Nervosität und Sprachlosigkeit, die ihn ungeduldig und wütend gemacht hatte, der Wunsch, sie einfach nur so schnell wie möglich wieder loszuwerden. In welchem Gegensatz standen dazu die Gefühle, die ihn jetzt bewegten! Sorge und Angst um ihre Sicherheit ließen alles andere bedeutungslos erscheinen.

Rune stieg aus, um die Schranke, mit der der Weg in das Reservat versperrt war, zu öffnen, aber sie war abgeschlossen. Einen Atemzug lang zögerte er, dann stieg er wieder in den Wagen, fuhr ein Stück zurück und brach mit Vollgas durch die Sperre. Holz splitterte und barst, als das robuste Frontgitter des Landrovers dagegenkrachte, aber das Geräusch wurde überdeckt vom Tosen des nur wenige Meter entfernten Meeres, dessen Brandung an diesem Küstenstrich nicht auf Sand auslief, sondern laut gegen die Felsen schlug.

Rune schaltete die Scheinwerfer aus. Noch ein paar Hundert Meter, dann musste er den Wagen stehen lassen und zu Fuß weitergehen. Er verfluchte die Helligkeit. Wie viel einfacher wäre es gewesen, sich geschützt im Dunkel der Nacht an die Hütte heranzuschleichen, er hätte darauf zu laufen können, ohne dass ihn jemand bemerkt hätte. Auch der Nebel war nicht mehr dicht genug, um ihn zu verbergen, und so würde er sich im Schutz der Felswände heranschleichen müssen an die Hütte, die am Ende der Bucht unter einem Felsvorsprung lag. Rune sah zu dem aus rohem Holz zusammengezimmerten Haus hinüber. Weit über dem Giebel war das Loch in der Felswand zu sehen und die seltsamen Verwerfungen der übrigen Felsen, die das einzigartige Echo auslösten, das ihn auf die Spur von Judith und ihrem Kidnapper gebracht hatte.

Endlich erreichte er die Stelle hinter der kleinen Anhöhe, wo er den Landrover so abstellen konnte, dass er von der Hütte aus nicht gesehen werden konnte. Eine Gruppe von fünf Schafen, zwei Muttertiere und drei Lämmer, beobachtete aus sicherer Entfernung aufmerksam, wie er ausstieg und die kurzläufige Flinte aus dem Kofferraum nahm, die Knut immer im Wagen aufbewahrte. Eilig lief er über die freie Fläche in den Schutz der Felswand. Ein Entenpaar flog mit lautem Gequake kurz vor ihm aus einem Gestrüpp auf, und Rune erstarrte in seiner Bewegung und versuchte verzweifelt, das Zwielicht zu durchdringen, das das Tal erfüllte. Ihm war, als halle das Rufen der Enten von den Felswänden wider, lauter, immer lauter, aber tatsächlich war es nur eine Einbildung seiner überreizten Fantasie.

Er zwang sich zur Ruhe. Nur wenn er ruhig war, würde er Judith helfen können. Seine Finger strichen über den Lauf der Flinte. Die Waffe fühlte sich gut an in seiner Hand. Er würde nicht zögern, seinen Widersacher zu erschießen. Das hatte er sich geschworen. Er würde ihn töten, wenn es sein musste. Der Mann hatte fünf Menschen auf dem Gewissen. Menschen, die ihm, Rune, zum Teil sehr nahegestanden hatten. So wie Maria. Er konnte noch immer nicht glauben, dass sie tot war, obwohl die Bilder ihres verstümmelten Leichnams beim Gedanken an sie sofort vor seinem inneren Auge auftauchten. So durfte Judith nicht enden!

Eilig schritt er aus über Moos und Heidekraut, das vollgesogen war mit Wasser. Jeder Schritt, den er tat, ließ die Feuchtigkeit zwischen seinen Stiefeln aufsteigen und zwang ihn, sich mehr auf seine Bewegungen zu konzentrieren, als auf das, was vor ihm lag.

Als er näherkam, konnte er Einzelheiten erkennen: Ein verrottetes Regenrohr, abgeblätterte rote Farbe, Fensterläden, die schief in den Angeln hingen. Ein umgekipptes Holzfass, ungemähtes Gras. Eine Stromleitung führte an den Felsen entlang zum Haus, aber hinter den Fenstern war kein Licht. Schließlich blieb er stehen, beruhigte seinen Atem und beobachtete dabei angestrengt die Hütte. Er konnte keine Bewegung erkennen, so sehr er sich auch bemühte. Nichts. Gleichzeitig fragte er sich, wie der Mörder Judith hierhergebracht hatte. Nur ein schmaler Fußpfad führte hierher, und Rune hatte nirgends einen abgestellten Wagen bemerkt.

Und plötzlich übermannten ihn Zweifel. Er war einfach losgerast, ohne weiter nachzudenken, war so sicher gewesen, wo er Judith und ihren Peiniger finden würde – aber was, *wenn er sich getäuscht hatte?*

Erneut warf er einen prüfenden Blick auf die Hütte, die so still und unbewohnt vor ihm lag, und erinnerte sich an Solheims Worte:

Maria Olsen ist gestorben, weil sie dir helfen wollte, und genauso wird Judith Wagner sterben, wenn wir nicht alle an unserem Platz sind, um genau das zu vermeiden. Dein Platz ist in deinem Haus. An deinem Laptop und deinem Telefon.

Er tastete nach dem Mobiltelefon in seiner Tasche, zog es heraus. Starrte darauf.

Er hatte keinen Empfang.

Wieder beobachtete er die Hütte.

Hatte er einen fatalen Fehler begangen?

Für jeden Fehler, den du begehst, bezahlst du mit einem weiteren Menschenleben.

Judiths Leben.

Szenen ihrer letzten Begegnungen stiegen vor seinem inneren Auge auf. Wie sie auf seinem Kutter gestanden und aufs Meer geblickt hatte, und wie die Vorstellung, dass sie dafür verantwortlich sein könnte, dass er in den Fokus der Medien geriet, ihn bis zur Weißglut gereizt hatte. War er in jener Situation nicht auch bereit gewesen, sie zu töten? Sich von dem seltsamen Band zu befreien, das sie anscheinend miteinander verband? Vollendete der Mörder nicht lediglich, was er begonnen hatte?

Der Schrei einer Möwe schreckte ihn auf, und Scham überkam ihn für die grausigen Gedanken, die ihn heimsuchten. Er durfte nicht zweifeln, sich nicht in Spekulationen verlieren. So würde er keine Schlacht gewinnen.

Er eilte weiter und arbeitete sich im Schatten der Felsen an die Hütte heran, bis er nur noch etwa zehn Meter entfernt war. In diesem Augenblick brach ein Sonnenstrahl durch den Nebel und fiel durch eins der Fenster und erleuchtete das Innere der Hütte

Und da sah er sie.

Judith.

Rune hielt den Atem an.

Sie stand mitten im Raum angekettet wie ein Hund an einem der Balken der Hütte. Vor ihr ein dunkelhaariger Mann in einem hellen Leinenhemd.

Ohne hinzusehen, entsicherte Rune die Flinte in seiner Hand und tastete sich lautlos heran.

Er hatte sich nicht getäuscht.

Seine Wahrnehmung war absolut richtig gewesen.

Erleichterung und Entsetzen paarten sich in seiner Brust, als er beobachtete, wie der Mann die Kette straffte und Judith ganz dicht zu sich heranzog. Sie wehrte sich, kämpfte, aber sie hatte keine Chance.

Etwas in der Haltung, dem Äußeren des Mannes kam ihm vertraut vor, doch er verschwendete keinen weiteren Gedanken darauf.

Er durfte nicht warten. Er musste Judith retten, bevor es zu spät war.

SIE WOLLTE LEBEN! Leben! Judith kämpfte mit aller Macht, aber ihre Kräfte erlahmten zu schnell. Nils Holm schnürte ihr langsam, aber sicher den Atem ab. Sie spürte bereits, wie die Welt sich um sie herum zurückzog, wie ihre Wahrnehmung sich verschleierte.

»Was … hast … du davon, … wenn … du mich … tötest?«, stieß sie unter Qualen hervor. »Ist … es nicht nur … ein weiteres Gesicht, … das dich … in deinen Träumen verfolgt?«

Für eine kostbare Sekunde lockerte sich der Zug der Kette, und sie schnappte gierig nach Luft, während sie Holms Blick begegnete.

»Du machst mir keine Angst«, erwiderte er kalt.

»Worauf … wartest … du dann? Los … mach es endlich …«

Ärger blitzte in seinen Augen auf. »Du wirst mir nicht vorschreiben, wie ich dich töte.«

Sie lächelte ihn herausfordernd an, sie hatte nichts mehr zu verlieren. Es war ihre einzige Chance, bevor sie das Bewusstsein für immer verlieren würde, und sie spürte sein Zögern, seine plötzliche Unsicherheit. Sie verhielt sich nicht, wie er es erwartet hatte. Sie weinte und flehte nicht, bettelte nicht um ihr Leben. Sie provozierte ihn, forderte ihn heraus: *Töte mich! Jetzt!* Das passte nicht in seinen Plan. Er wollte Rune ihren Tod als sein Werk beschreiben, ihn ihre Qual fühlen lassen, aber sie würde ihm diese Genugtuung nicht geben. Erneut bäumte sie sich gegen die Kette, die sie hielt. Ihre Haut darunter war wund, aber sie war längst über das Stadium hinaus, in dem Schmerz sie bremste.

»Du willst nicht sterben, genauso wenig wie die anderen sterben wollten«, entgegnete er rau. »Jeder Mensch kämpft um sein Leben, das liegt in unserer Natur.«

Es gelang ihr kurz aufzulachen. »Du tust mir einen Gefallen, wenn du mich tötest!«

Er starrte sie ungläubig an, dann schlug er ihr so heftig ins Gesicht, dass ihr Kopf zurückflog. »Sei ruhig!«, schrie er. »Lüg mich nicht an!«

Sie atmete flach gegen den Schmerz und den Schwindel an, der sie erfasste, als sie das Blut schmeckte, das aus ihrer Nase über ihre Lippen lief.

»Sehr gut …«, flüsterte sie. »Weiter … gleich hast du es geschafft.«

Er ballte eine Faust vor ihrem Gesicht.

»Ja … los …«

»Hör auf!«, schrie er erneut, doch zu mehr kam er nicht, denn in diesem Moment flog die Tür der Hütte auf, und Rune Kristensen stürzte sich wie ein Berserker auf ihren Peiniger, riss ihn um und schlug ihn mit einem Gewehrkolben nieder.

Judith wurde mit zu Boden geschleudert, die Kette spannte sich erneut um ihren Hals, drückte ihr die Luft ab, verzweifelt kämpfte sie sich frei, während die beiden Männer auf dem Boden miteinander rangen, bis sich plötzlich ein ohrenbetäubender Schuss löste.

Der Augenblick der absoluten Stille danach war das Entsetzlichste, was Judith jemals erlebt hatte. Sie starrte auf die regungslosen Männer. Sie schnappte nach Luft, wollte sich bewegen, aber die Kette blockierte sie. Und dann war es ausgerechnet Nils Holm, der stöhnend begann, sich aus Runes Umklammerung zu befreien. Rune blieb bewegungslos mit geschlossenen Augen liegen. All ihre Hoffnung, all ihre Auflehnung gegen ihr Schicksal erstarben bei diesem Anblick.

»Nein«, wimmerte sie verzweifelt. »Nein.«

Rune rührte sich nicht.

Er war tot.

Ihretwegen.

Sie hatte nicht nur Einar sterben lassen, sondern auch Runes Tod verschuldet. Sie hatte ihn nicht retten können. Und nun würde Nils Holm sie töten. Alle Kraft verließ sie. Schluchzend brach sie zusammen.

So sah sie nicht den größer werdenden blutroten Fleck auf Holms Hemd, seine Hände, die auf seinen Leib drückten, als könne er auf diese Weise verhindern, dass das Leben aus ihm herausfloss. Erst als er neben ihr auf dem Boden aufschlug, so dicht, dass seine Kleidung sie streifte, schrak sie auf. Sie starrte auf seinen Körper, auf das Blut, hörte den rasselnden Atem, der ihm entwich, und der bei jedem Luftzug schwächer zu werden schien. Dann erst bemerkte sie den Schlüssel, der neben ihm auf dem Boden lag, herausgerutscht aus der Tasche seiner zerknitterten Leinenhose. Sie reckte sich, schob ihn mit dem Fuß näher zu sich heran und bekam ihn schließlich zu packen, doch ihre Finger zitterten so sehr, dass es ihr zunächst nicht gelang, ihn ins Schloss zu stecken, mit dem die Kette an dem Balken befestigt war. Erst nach mehreren frustrierenden Versuchen hatte sie Erfolg. Mit einem metallischen Klicken sprang das Schloss auf, und sie riss an der Kette, um sich davon zu befreien. Dann beugte sie sich über Runes reglosen Körper.

Als sie ihn berührte, spürte sie mit einem Mal das leichte, kaum merkbare Heben und Senken seines Brustkorbs.

Er lebte! Er war nicht tot!

Die Erleichterung trieb ihr erneut die Tränen in die Augen.

Sie kniete neben ihm nieder, strich über sein Gesicht und entdeckte dabei die Schwellung an der Seite seines Kopfes. Während des kurzen Kampfes mit Nils Holm musste er so heftig auf die Metallverankerung im Boden gefallen sein, neben der er lag, dass er bewusstlos geworden war.

Ihre Knie zitterten ebenso sehr wie ihre Hände, als sie sich mühsam aufrichtete, zu der Küchenzeile ging, alle Schubladen aufriss, bis sie ein Tuch fand, es unter kaltes Wasser hielt und zu ihm zurückkehrte, um es in seinen Nacken zu legen.

Es dauerte nicht lange und seine Augenlider begannen zu flattern.

»Rune …«, flüsterte sie.

Schwerfällig öffnete er die Augen. Er sah sie nicht, erkannte sie nicht. Er war mental noch im Kampf mit Holm, versuchte hektisch, sie wegzustoßen, sich aufzurichten und tastete nach dem Gewehr. Erschrocken stieß Judith ihn zurück zu Boden, griff über ihn hinweg und kickte die Waffe aus seinem Radius. Atemlos ließ sie sich zurückfallen.

Langsam kam Rune zu sich. Sah sie an. Dann wanderte sein Blick auf Nils Holm, der reglos ausgestreckt in nur anderthalb Meter Entfernung in einer Blutlache lag.

»Was … was ist passiert?«

Mit wenigen Worten schilderte Judith das Geschehen. Er lauschte, während er sich mühsam aufrichtete, seinen Kopf betastete und das Gesicht schmerzlich verzog, als er die Stelle berührte, mit der er so unglücklich auf dem Boden aufgeschlagen war. Schließlich blieb sein Blick wieder an Judith hängen. Wanderte über die Schwellung in ihrem Gesicht hinab zu ihrem Hals, und er streckte eine Hand aus und berührte vorsichtig die Wundmale, die die Kette hinterlassen hatten.

»Es … tut mir leid«, flüsterte er rau. »Es war alles nur wegen …«

Sie beugte sich vor und legte ihm ihre Finger auf den Mund.

»Du hast mir das Leben gerettet«, fiel sie ihm leise ins Wort, zögerte und sprach dann weiter: »Es ist alles so gekommen, wie es kommen musste.«

Sie sah erst das Erstaunen in seinen Augen, dann das Verstehen.

Sie zog die Hand von seinem Mund, doch seine Finger schlossen sich um ihr Handgelenk und er drückte sie erneut gegen seine Lippen und hauchte einen flüchtigen Kuss darauf. »Ich bin so froh, dass du lebst.«

»Ja«, entgegnete sie schlicht. »Ich weiß.«

Welcher Zauber auch immer sie beide umfangen hielt, welche Mächte wirkten, es gab plötzlich nichts Trennendes mehr zwischen ihnen, wenn es das überhaupt je gegeben hatte. Rune zog sie in seinen Arm, und sie legte den Kopf an seine Brust und hörte sein Herz schlagen, dieses kräftige, unverwüstliche Herz, so stark wie Einars Herz, aber so viel lebendiger. Einar und Rune. Die beiden Männer verschmolzen miteinander, wurden eins. Und Judith spürte wieder diese neue, unerwartete Kraft in sich. Die Möglichkeiten, die sie barg. Runes Finger strichen durch ihr Haar, und sie tastete nach seiner Hand. Es war nicht zu spät. Alles fing gerade erst an.

EPILOG

Zwei Wochen später

KNUT BEOBACHTETE DIE beiden Frauen, die langsam und ins Gespräch vertieft auf ihn zukamen. Es war ein sonniger, ruhiger Tag, der Wind blies aus Ost und brachte warme Festlandluft mit, und Knut streckte wohlig seine alten Knochen. Er saß am Strand gleich unterhalb von Gretas und Judiths Haus auf den Steinen der Uferbefestigung. Die beiden Frauen schlenderten barfuß in der auslaufenden Brandung, und Judith bückte sich gerade nach einer Muschel, spülte sie im Wasser ab und hielt sie dann gegen die Sonne, bevor sie mit einem Lachen in der Stimme etwas zu Greta sagte.

Sie war völlig verändert. Als ob die furchtbaren Ereignisse während seiner Abwesenheit etwas in ihr aufgebrochen, ja, ihr geradezu zu einem neuen Leben verholfen hatten. Ihre Unsicherheit und Schüchternheit blitzten zwar noch ab und an auf, aber bestimmend war diese wunderbare, unerwartete Lebenslust, die Neugier, die er bei ihr spürte, auf jeden neuen Tag, jede neue Begegnung.

Er war sehr erleichtert, sie so zu sehen. Am Leben. Unversehrt. Es hätte böse enden können. Rune und Judith hätten genauso gut sterben können bei dieser wilden Rettungsaktion, die sein Neffe in seiner eigensinnigen, unbelehrbaren Art im Alleingang unternommen hatte. Knut wurde übel, nur bei dem Gedanken daran. Eine gewisse Genugtuung empfand er immerhin, dass es zumindest seine alte Flinte gewesen war, mit der Rune den Mörder erschossen hatte. So hatte er das Gefühl, doch etwas beigetragen zu haben, denn nach wie vor war er sich nicht sicher, ob er erleichtert sein sollte, dass er die Zeit während der Zuspitzung der Geschehnisse weit ab von allem im Krankenhaus in Bodø verbracht hatte, oder ob er sich darüber ärgern sollte. Rune hatte ihm, solange er dort war, kaum etwas von dem erzählt, was geschehen war, vermutlich um das Herz seines Onkels nicht schon wieder an die Grenze seiner Belastbarkeit zu bringen, aber auf der Fährfahrt zurück zu den Inseln hatte er ihm die ganze Geschichte in allen Details gebeichtet. Es war beinahe ein wenig unheimlich, dass die Inseln sich ihm bei seiner Rückkehr danach völlig unverändert präsentiert hatten. Alles war wie immer. Bis auf die Tatsache, dass Rune in der Zwischenzeit tatsächlich sein Dach und die Dusche repariert hatte. Knut hatte seinem alten Landrover liebevoll auf die Motorhaube geklopft, seine Flinte geputzt und sich dann in seinen Sessel am Fenster gesetzt und die Beine hochgelegt. Und auch wenn er seinen Alltag bislang noch nicht ganz wieder hatte aufnehmen können, wie er es gewohnt war, war es dann doch gut.

Rune, Greta und Judith schienen sich abgesprochen zu haben, wenn es darum ging, für ihn einzukaufen oder für ihn zu kochen. Rune hatte eine entfernte Verwandte der Grönländerin eingestellt, um das Haus sauber und in Ordnung zu halten. Und Eva, die Arzthelferin aus dem Nachbarhaus, kontrollierte, ob er auch regelmäßig seine Medikamente einnahm. Es war ihm fast ein wenig viel Aufmerksamkeit. Aber sie waren so bemüht, ihm zu helfen, dass er sie nicht vor den Kopf stoßen wollte und sich schlicht fügte. Es würde mit der Zeit schon ruhiger werden, wenn sie merkten, dass es ihm gut ging. So gut wie es einem eben gehen konnte mit Mitte Siebzig nach einem Herzinfarkt.

Die Ärzte in Bodø hatten keinen Hehl daraus gemacht, dass er sich schonen musste. »Geh raus, beweg dich jeden Tag, das ist wichtig, aber überlass die schwere Arbeit den Jüngeren«, hatten sie ihm mit auf den Weg gegeben.

Also würde Rune in Zukunft im Herbst die Schafe zusammentreiben. Und die Reparaturen auf dem Campingplatz übernehmen. Und er, Knut, würde mit seinem Fahrrad überall vorbeischauen, ob es auch so lief, wie er es sich vorstellte. Zumindest jetzt in der ersten Zeit.

Nach Mats Larssens Tod stand die Werft zum Verkauf. Knut hatte in den vergangenen Jahren sparsam gelebt und so viel auf die Seite gelegt, dass es ihm nicht das Genick brechen würde, wenn er in den florierenden Betrieb investierte. Er hatte bereits versucht, Rune den Posten des Geschäftsführers schmackhaft zu machen. ›Du bist bald zu alt, um deinen Lebensunterhalt mit der Fischerei zu verdienen. Hör endlich auf, so stur zu sein.‹

›Ich habe zu wenig Erfahrung im Schiffsbau‹, hatte Rune dagegengehalten.

›Aber du weißt, wie man einen Betrieb führt. Und jetzt, wo die Ölpreise sinken und überall Arbeitsplätze wegfallen, gibt es genug Fachkräfte da draußen, die für einen gut bezahlten, sicheren Job auch in den Norden kommen würden.‹

Er hatte Rune noch nicht überzeugt. Aber er konnte, wenn er sich etwas in den Kopf gesetzt hatte, mindestens so stur sein wie sein Neffe.

Ein Hupen holte ihn aus seinen Gedanken.

Wenn man vom Teufel sprach …

Auf der etwas oberhalb seines Platzes gelegenen Straße hielt Rune mit seinem Pick-up und winkte ihm zu. Knut winkte zurück und fragte sich, wer der dunkelhaarige Mann auf dem Beifahrersitz war, der mit gespanntem Blick hinunter zum Wasser sah, wo Greta und Judith noch immer standen und sich unterhielten.

Die beiden Männer stiegen aus dem Wagen und kletterten zu ihm hinunter, und zu seiner Überraschung erkannte Knut in Runes Begleiter einen der Ärzte von der Intensivstation des Krankenhauses in Bodø.

»Reicht es nicht, dass ihr mich bevormundet wie ein Kind und mich meiner Selbstständigkeit beraubt, müsst ihr jetzt auch noch einen Arzt aus Bodø dazuholen?«, begrüßte er seinen Neffen knurrig.

Rune lachte auf. »Knut, ganz ehrlich. Er ist nicht wegen dir hier.«

»Was macht er dann hier?«, wollte Knut wissen und betrachtete den Mann mit gerunzelter Stirn.

»Sieh selbst«, bemerkte Rune mit einem Augenzwinkern und winkte Judith zu, die fröhlich zurückwinkte und auf sie beide zugelaufen kam. Knut beobachtete, wie die Sonne goldene Lichter in ihr wehendes braunes Haar brachte, und er sah das Leuchten in ihren Augen, als sie Rune anblickte, der mit zwei großen Schritten bei ihr war und ihr leise etwas erzählte, während er gleichzeitig besitzergreifend und beschützend den Arm um sie legte.

Knut verstand die ganze Aufregung nicht. Bis er Gretas Gesichtsausdruck wahrnahm, als sie den Arzt aus Bodø erblickte. Er spiegelte eine für Greta typische und eigentlich unmögliche Mischung aus Freude und Entsetzen.

Das Psychogramm einer Ehe: bedingungslose Liebe, unkontrollierte Wut und unwiderrufliche Grenzüberschreitungen.

KAREN WINTER

WENN DU MICH TÖTEST

PSYCHOTHRILLER

Sie lieben sich, und sie hassen sich. Sie sind sich nahe und doch so fern. Sie würden alles füreinander tun, und sie würden einander alles antun.
In der einsamen Sandwood Bay an der schottischen Atlantikküste nimmt das Leben von Laura und Julian Tahn eine fatale Wendung.

DROEMER

BERNARD MINIER

WOLFSBEUTE

PSYCHOTHRILLER

Ein perfider Stalker, eine Frau, die die Kontrolle verliert, ein Kommissar, der mit seiner dunklen Vergangenheit kämpft. Wer ist Täter? Wer ist Opfer?

Bernard Minier spielt mit den Vorstellungen des Lesers, entwirft das eiskalte Psychogramm eines Stalkers und zieht den Leser in eine Geschichte hinein, deren Facettenreichtum elektrisiert. Ein kunstvoll inszeniertes und erstklassiges Psychokammerspiel, komponiert wie eine Oper.

»Rundes Leseerlebnis mit ganz viel Gänsehaut.«
wdr.de

»Genau so muss ein Thriller sein:
subtil, abgründig und völlig unerwartet.«
Lesen und Hören

Kirstie oder Lydia? Gut oder böse? Lebendig oder tot?

S.K. TREMAYNE

EISIGE SCHWESTERN

PSYCHOTHRILLER

Ein Jahr, nachdem die sechsjährige Lydia durch einen tragischen Unfall ums Leben kam, sind ihre Eltern Sarah und Angus Moorcroft psychisch am Ende. Um neu anzufangen, ziehen sie zusammen mit Lydias Zwillingsschwester Kirstie auf eine atemberaubend schöne, einsame Privatinsel der schottischen Hebriden. Doch auch hier finden sie keine Ruhe. Kirstie behauptet steif und fest, sie sei in Wirklichkeit Lydia, und die Eltern hätten den falschen Zwilling beerdigt.
Bald umhüllen Winternebel die Insel, Angus ist beruflich oft abwesend, und bei Sarah schleicht sich das unheimliche Gefühl ein, etwas stimme tatsächlich nicht. Zunehmend fragt sie sich, welches ihrer Mädchen hier an ihrer Seite lebt und wem sie noch trauen kann. Als ein heftiger Sturm aufzieht, sind Sarah und Kirstie komplett von der Außenwelt abgeschnitten und den Geistern der Vergangenheit ausgeliefert. Was geschah wirklich in jener verhängnisvollen Unfallnacht?

KNAUR

Unheimliche Vogelschwärme und eine Frau,
die die falschen Fragen stellt

SVEN KOCH

KALTE SONNE

THRILLER

Sort Sol, die schwarze Sonne, verwandelt den stürmischen Herbst auf Jütland in eine unheimliche Kulisse. Während gigantische Vogelschwärme den Himmel über Dänemark verdunkeln und Bilder von Überschwemmungen die Nachrichten dominieren, sieht Maja im Fernsehen etwas, das unmöglich ist: Der Mann, der im Hintergrund durchs Bild läuft, ist Erik, ihr verstorbener Ehemann! Nur wurde Eriks Leiche vor sechs Jahren aus dem Meer gezogen und mittels DNA-Abgleich eindeutig identifiziert.
Maja beginnt, die gemeinsame Vergangenheit zu hinterfragen. Was sie findet, beschwört ein Unwetter herauf, ebenso dunkel und unheimlich wie die Zeit der schwarzen Sonne.

KNAUR